이세계 묵시록 마이노그라

~파멸의 문명으로 시작하는 세계 정복~

08

Mynoghra the Apocalypsis

-World conquest by Civilization of Ruin- 08

카즈노 페후

일러스트/준

author.Fehu Kazuno+illust.Jun

"이야기를 들어보게나, 주정뱅이들."

"나, 남자를 휘두르는 건 정말 잘 하거든♡"

"평소 그대로—

마이노그라의,

이라 타쿠토의 전쟁을 시작하자."

"타, 타쿠토 님!"

"새로운 주사위를 던질 수 있어."

"네가 던지고 싶은 만큼"

"그리고 조금 전의 화제는 또 다른 이야기니까 답변은 삼가도록 하겠습니다."

"네림. 당신은 어디에 있나요……"

"그저 행복해지고 싶었을 뿐이야. 성녀의 바람 따윈 죄다 자그마한 것이야."

"아아아아아아아아 책! 책이 없어! 그게 없으면 나 내가!"

"안녕,
《정숙의 마녀 바기아》.
다시 싸워보자는 초대야.
함께 춤춰주겠어?"

"열정적인 초대네♡
응하지 않고서야 여자 실격이야.
하지만 할 수 있을까?"

Mynoghr the Apocalypsis

-World conquest by Civilization of Ruin- 08

CONTENTS

Mynoghra the Apocalypsis
-World conquest by Civilization of Ruin- 07

이세계 묵시록 마이노그라

~파멸의 문명으로 시작하는 세계 정복~

08

카즈노 페후

일러스트 / 준

author.Fehu Kazuno+illust.Jun

"타, 타쿠토 님——!!"

"그저 행복해지고
싶었을 뿐이야.
성녀의 바람 따윈 죄다
자그마한 것이야."

"아아아아아아아아!!
책! 책이 없어!
그게 없으면 나는!
내가!"

"거기 방해되는 거예요."
"의욕이 없다면 돌아가—."

"나,
남자를 휘두르는 건
정말
잘하거든♡"

"몰타르 옹과
마법 부대
배치도
완료되었습니다."

프롤로그

《정숙의 마녀 바기아》가 개최한 전 진영 회담.

장대한 계획과 무모하다고도 할 수 있는 망언은 역시 그녀들이 짠 함정이었다.

하지만 이라 타쿠토는 상대가 무언가 의도를 가지고 이 회담을 열었다는 사실을 이미 파악하고서 참가를 결정했다.

그는 현실성과 신뢰성이 낮은 이 회담에 대역을 보내어 상대의 대응을 살피기로 했다.

그들은 당연하다는 듯이 마이노그라에 항복을 권고하고 선전 포고를 했다.

하지만 정통 대륙의 모든 세력이 손을 잡고서 공격한 것은 타쿠토의 예상조차 넘어서는 일이었다. 정통 대륙 연맹이라는 강력한 조직, 아직 정보가 부족한 플레이어나 게임 시스템.

완전히 막다른 곳까지 몰린 것만 같은 맹공에, 타쿠토도 협력 관계인 RPG 진영 플레이어 카미미야 데라유도 방어하기에 급급했다.

하지만《파멸의 왕》은 이 정도로 패배할 만큼 나약하지 않았다. 그는 처음부터 이 상황을 상정하고 있었다.

사소한 예상 밖의 일이 벌어지기는 했지만 물론 대책도 준비했다.

그것이 바로『Eternal Nations』의 국가가 가진 비기.

——《대의식: 어스름한 나라》.

적대하는 모든 국가와 전투 행동을 불가능하게 만드는 어둠의 베일이 암흑 대륙을 뒤덮었다.

효과는 1년. 타쿠토는 이 기간에 정통 대륙과 맞설 수 있을 만큼의 세력을 암흑 대륙에서 만들어낼 생각이었다…….

제1화 자부

이라 타쿠토가 깨어나고 다크 엘프들을 받아들인 삼림 지대——대주계.

타인의 접근을 허락하지 않는 광대하고 깊은 숲. 이 대륙에 사는 이들은 그곳을 포함한 이 땅 전체를 암흑 대륙이라 부른다.

다시 말해 사람이 살기에는 너무나도 불모지. 농업 같은 생산 능력이 빈약하고, 게다가 그 흉포한 야만족이나 인간족에게도 유해한 지대. 이것은 단적으로 표현한 일종의 멸칭 같은 것이었다.

하지만 그런 가혹한 땅일지라도, 대지의 시련을 극복하고 억세게 살아가는 이들에게는 둘도 없는 고향이었다.

다양한 사람이 사는 암흑 대륙에서도 가장 강한 국력을 가진 국가.

암흑 대륙의 동쪽 끝에 있는 해안 지역과 작은 섬들, 암초 지대를 영토로 가진, 바다를 사랑하는 나라 서덜랜드.

키가 작고 완력이 무척 강한 종족 드워프. 지금 그들은 평소의 호탕하고 대범한 기질과는 달리, 더없이 혼란에 빠져 있었다.

"너무나도 무모해! 상대는 사악한 존재라고! 아무리 북쪽 녀석들한테 대항하겠다고 해도 사신과 손을 잡는다니 말도 안 돼!"

"그럼 어떻게 하자는 거냐? 이대로 내버려 둬도 언젠가 녀석들은 틀림없이 우리 나라까지 올 거야. 그냥 지켜보고만 있을 거냐? 아니면 뭐냐? 네가 요전에 말한 것처럼 죄~다 배에 태우고

도망칠까?"

"아무리 계산해도 그건 안 된다고 바보 취급한 건 네놈이잖아……."

술과 생선 요리의 진한 냄새로 숨이 막힐 듯 어수선하고 좁은 회의실 안. 원탁에 둘러앉은 드워프들이 침을 튀기며 품위 없이 매도를 주고받았다.

바로 그들이 해양 국가 서덜랜드의 지도층인 『선단장』이라 불리는 이들. 암흑 대륙에서 가장 강한 국력을 가진 해운 국가의 수장들이 지금 이곳에 모여 있었다.

그중 하나, 원탁에서는 조금 떨어진 장소에서 끝없는 싸움을 지켜보는 인물.

키가 작은 그들 사이에서 유독 눈에 띄는 그녀는 바로 폰카븐의 지도층 『지팡이 술사』의 일원인 트누카폴리였다.

'정말이지, 이 주정뱅이들은 언제까지 이럴 생각이냐고…….'

소머리 노파는 멀찍이서 턱을 괴고 드워프들의 다툼을 지켜봤다. 그러는가 싶더니 크나큰 한숨을 한 번, 흥미를 잃은 듯 눈을 감고 묵상에 잠겼다.

물론 드워프들도 이곳에 소머리 노파—— 그러니까 폰카븐에서 부른 지팡이 술사 트누카폴리가 있다는 사실은 안다.

이곳에서 동료를 더러운 욕설로 매도하는 것이 나라의 품위를 떨어뜨리고 다른 나라에게 무시당할 일이라는 사실도 잘 알고 있었다.

하지만 그들은 혈기 왕성하고 거친 이들의 집단인 드워프. 그중에서도 우두머리인 선단장들을 말릴 수는 없었다.

혹시라도 그들 스스로가 끝없는 이 대화에 질리거나 항아리 그득하게 준비된 술이 떨어진다면 멈출 테지만.

——이번에는 아무래도 후자인 듯했다.

"뭐, 진정하라고. 열받은 상태로는 제대로 머리가 돌아가진 않겠지. ……그보다도《총선단장》. 당신 말이야, 엘프의 나라에도 단골 있잖아? 어때? 뭔가 들어온 정보는 없어?"

간신히 이야기가 진행되기 시작했다.

서덜랜드에서는 다른 국가에서 볼 수 있는 씨족이나 종족 같은 범주의 그룹은 존재하지 않는다.

그 대신에 '선단'이라 불리는 일종의 영리 집단 같은 조직이 존재했다.

각각의 선단이 서로 경쟁하고 때로는 협력하며 서덜랜드라는 강력한 국가를 움직인다.

그 선단의 대표가 선단장이고, 그중에서 가장 발언력이 강한 것이 총선단장이다.

총선단장 도반. 그는 서덜랜드에서 가장 거대한 선단을 소유하고 있다. 동시에 가장 호탕한 성격으로 드워프들의 리더이기도 했다. 그러니까 바로 그가 서덜랜드의 실질적인 지도자.

용맹하고 과감. 뛰어난 판단력과 결단력, 배짱도 충분. 게다가 드워프 중에서도 가장 주당. 누구든 이상적인 선단장이라고 인정하는 도반일지라도, 현재 서덜랜드를 고민에 빠뜨린 문제는 해결하기 힘들었다.

"아니, 이 자식들! 공짜로 정보를 알려달라니, 장사꾼의 혼은 어디로 팔아먹었냐! ……평소라면 그렇게 말하겠지만 뭐, 그럴 때가 아니겠지. 재미있는 이야기가 좀 들어왔다."

총선단장 도반의 이야기에 각 선단장들이 겨우겨우 귀를 기울였다. 그렇게나 소란스럽던 목소리도 어느샌가 사라지고, 그곳에는 진지하게 자신과 국가의 이익을 확보하려는 역전의 맹자들이 앉아 있었다.

"전 진영 회담이라고 했나? 기분 더러운 이야기지만, 역시나 다른 곳에서 온 녀석들이 자기 것처럼 차지한 모양이야. 폰카븐도 퀼리아도 꿔다 놓은 보릿자루처럼 얌전히 있었다더라고. 뭐, 꼴 보기 싫은 엘프들도 똑같은 상황이라는 건 기분 좋은 일이지만 말이야!"

전 진영 회담── 이드라기아 대륙의 앞날을 정한다는 명목으로 개최된 짜고 치는 판의 내용은 도반도 이미 아는 바였다.

뼛속부터 상인인 그들의 정보망을 얕봐서는 안 된다. 정통 대륙에 사는 사람들에게 드워프가 어떤 지위인가, 그런 건 상관없다.

그곳에 장사할 것이 있다면 뛰어드는 것이 드워프. 종족을 따지지 않고 돈 냄새를 풍기면 입이 가벼워지는 것이 사람의 어리석은 본성이다.

그렇지만……. 아무리 정보를 가지고 있더라도 해결할 수 없는 문제는 항상 벌어진다. 때로는 모르는 편이 행복한 일도 종종 존재한다.

이번에 총선단장이 지신의 인맥과 연줄과 돈을 총동원해서 얻은 정보가 바로 모르는 편이 행복한 종류의 일이었다.

"듣기도 싫은 엄청난 문제야. 아까도 말했다시피 회담 내용은 뭐, 거의 예상대로 확실하게 결렬되었지. 이제부터는 각각의 진영이 제멋대로 행동할 텐데, 성가시게도 북쪽 나라들은 단단히 손을 잡았다고. 『정통 대륙 연맹』이라던데. 허! 명백하게 과잉 전력이야."

그 말에 선단장들이 얼굴을 찌푸리고, 트누카폴리는 깊은 흥미를 느끼며 눈을 떴다.

언젠가 암흑 대륙에도 알려질 정보이기는 했지만, 지리적으로 가장 먼 서덜랜드가 이 단계에서 해당 정보를 입수한 것은 의외라고 할 수 있었으니까.

"그래서 《파멸의 왕》은 대체 어떻게 된 거야, 도반? 그 친구는 성스러운 국가와 적대하고 있어. 아무리 그래도 이 상황을 용납하진 않을 텐데?"

"그것까지는 나도 몰라. 제대로 한 판 붙었다고는 들었지만, 저쪽 나라에서도 정보를 통제하고 있는지 자세한 이야기는 안 나오더라고."

모두가 낙담한 한숨을 흘렸다.

파멸의 왕―― 사악 국가 마이노그라는 그들에게 최후의 희망이라고도 할 수 있는 존재였다. 현재는 더욱 세력이 강해진 성스러운 국가와 미지의 능력을 가진 특이한 존재들. 그들을 쓰러뜨릴 가능성이 있는 존재이기 때문이다.

사악한 국가라서 교섭의 위험성은 너무나도 높다. 하지만 현

상황을 마냥 좌시하고만 있을 수도 없었다.

왜냐하면…….

'예전처럼 다른 곳에서 온 녀석들이 마구 헤집고 다녀서야 곤란하니까…….'

그렇다. 그들은 이미 플레이어나 서큐버스와 접촉했다.

RPG 플레이어인 용사 유가 쓰러뜨린 키고 마사토는 원래 서덜랜드에서 활동하던 플레이어였다.

그의 장난질에 잃은 선단은 둘. 그중 하나의 선단장은 전사, 다른 하나는 책임을 지고 스스로 목을 맸다.

드워프들은 그 사실을 잊지 않았다. 외부인이 있는 이 자리에서 함부로 입을 놀릴 만큼 어리석은 자도 존재하지 않았다.

그들의 평소 모습 탓에 다들 간과하고는 하지만, 위협에 대한 그들의 경계심은 무엇보다도 강했다.

"칫, 파멸의 왕이 그 천박한 여자들을 한꺼번에 죽여버렸다면 제일 편했을 텐데 말이야. 그래서 그 왕은 대체 뭘 하고 있지? 설마 깨졌다는 그 회담에서 죽은 건 아니겠지?"

선단장 중 하나가 당연한 의문을 꺼냈다.

파멸의 왕에 대한 정보는 많지 않았다. 처음부터 회담에 참가하지 않아서 자세한 정보는 모르니까, 상황을 보고 이렇게 판단하는 것도 무리는 아니었다.

하지만 그때 누군가 끼어들었다.

"그건 내가 설명하도록 하겠네."

트누카폴리가 간신히 무거운 몸을 일으켰다.

그녀의 목적은 마이노그라와 폰카븐의 동맹에 새로이 동료를 맞이하는 것. ——아니다, 마이노그라를 맹주로 한 새로운 군사 동맹을 체결하는 것이다.

그것을 준비하기 위해 이곳에 찾아왔다.

"트누카폴리 할멈인가……. 그러고 보니 우리가 불렀던가. 미안하네, 깜박했어!"

"농담을 할 여유가 있다면 술에 쩐 그 머리부터 제대로 돌리게나, 총선단장."

간신히 회의에 참가한 소머리 지팡이 술사를 도반은 기분 좋게 씨익 웃으며 환영했다.

이번 회의는 사실 그녀를 초대하는 것이 더 중요한 목적이었다. 현재 미지의 국가인 마이노그라와 가장 가까운 곳에 있는 것이 폰카븐이고, 그중에서도 가장 가까운 위치에 있는 사람이 트누카폴리였다.

서덜랜드의 향방을 정하기 위해서라도 현재 가장 필요한 것은 바로 그녀의 말이었다.

"걱정할 것 없네, 마이노그라의 왕은 살아있어. 하지만 이건 국가의 존망과 관련된 이야기야. 당신들 취향대로 말하면, 앞으로 장사를 못 하게 될지도 모르는 중대 사건이지."

"하지만 우리 모두가 움직인다고 뭐가 어떻게 될 것도 아니잖아? 당신은 본 적 없을지도 모르겠지만, 적은 장난 아니게 강하다고."

"녀석들은…… 이방인은 우리가 감당할 수 있는 존재가 아니니까.”

몇몇 선단장이 약한 소리를 흘리고, 그들을 유약하다고 비난하는 사람은 없었다.

드워프들의 거짓 없는 본심이었으니까.

현재 피아의 전력 차이는 절망적. 흘러나오는 이야기만 들어도 상대하는 것이 말도 안 되는 전력이었다. 그에 더해서 상대는 특이한 능력을 갖추고 있다.

아무리 암흑 대륙에서는 최강의 국력을 가진 서덜랜드라도 어차피 선 성향 국가에게는 미개한 야만족에 불과하니까.

하물며 능력자를 상대로는…….

서덜랜드가 마이노그라라는 국가의 조력을 바라던 것은 분명하다. 하지만 상황이 바뀌었다.

정통 대륙의 모든 국가와 이방인—— 플레이어가 손을 잡았다면, 아무리 파멸의 왕이라도 맞설 순 없지 않을까. 그들은 당연히 그렇게 예측했다.

하지만 그것조차도 트누카폴리는 부정했다.

“뭐, 이야기를 들어보게나, 주정뱅이들. 우선 현재 상황부터 설명하지. 파멸의 왕 이라 타쿠토가 암흑 대륙에 거대한 결계를 쳤네.”

총선단장 도반은 의아하다는 표정이었다. 스케일이 너무나도 커서 도저히 믿기 힘든 이야기지만 의심하는 것은 아니었다. 그 정도 일은 간단히 해내는 것이 바로 녀석들이니까. 그들은 과거에 그것을 뼈저리게 실감했다.

표정이 바뀐 이유는 따로 있었다. 왜 그런 일을? 그 자리에서 결판을 내기에는 무언가 문제라도 있었나? 이런 정보만으로는 판단하기 어려우니까 속을 떠보기 위해서라도 일부러 농담처럼 말했다.

"으응? 우리는 바다로 못 나간다는 건가? 이래서는 장사도 끝장이다만. 뭐냐, 파멸의 왕께서는 우릴 괴롭히고 싶으신가?"

"바보 같은 소리를. 우리 진영을 지키기 위한 일이야. 상상을 초월하는 힘을 가진 결계라던데, 적대하는 상대는 어떠한 수단을 쓰더라도 절대로 마이노그라와 동맹국의 영토 안으로 침입할 수 없다더군. 정말이지, 내 마법관이 근본부터 뒤집혔다고."

무척 흥미로운 정보였다. 적어도 마이노그라가 회담 장소에서 결전을 피한 것은 확실해졌다.

그리고 자신들이 불렀다고는 해도 트누카폴리가 굳이 서덜랜드까지 온 것을 보면, 전력이 부족할 가능성이 높다.

수많은 장사를 거치고 바다의 마물들과 싸우며 단련된 총선단장 도반의 감이 내린 판단은 현재 상황을 거의 정확하게 꿰뚫고 있었다.

"그렇군. 결계를 쳐버리면 퀼리아의 성기사든 엘프들이든 이쪽 대륙으로 넘어오진 못한다는 건가! 서큐버스들도 포함해서 말이야! 술이 땡기는 이야긴데!"

"너희는 아직 동맹을 체결하지 않았잖아? 부스러기나 받아 가겠다니, 역시 욕심쟁이들이야."

"뭐, 그러네. 그래서 뭐지? 지금 현재, 가장 위험한 게 우리란 거야. 대륙의 접촉 영역은 댁들이 지배하고 있으니까 그쪽으로 들어올 리는 없겠지만 바다 쪽에서 올 수도 있으니까. 저 녀석들은 어쩔 생각이지?"

"서큐버스들이 어떻게 행동할지는 나도 모르네. 적어도 마이노그라와 폰카븐은 한동안 안전하다는 건 확실해."

"흥!"

'현재 전력으로 마이노그라는 엘프나 서큐버스들에게 이길 수 없다고 판단했나.'

도반은 입 밖으로 꺼내진 않고 마음속으로 투덜거렸다.

예상을 좀 넘어선 일이었다. 본래라면 전력 차이는 그렇게 나지 않는다고 판단했다. 그런 상태에서 자신들을 얼마나 비싸게 팔 수 있을지 계산하고 있었던 것이다. 그 계산의 기반부터 뒤집히려 했다. 낙관적인 상황이 아니라는 건 분명했다.

도반은 주변 선단장들의 분위기를 흘끗 살피며, 이젠 거의 남지 않은 술을 쭉 들이켰다.

"한동안이라고 했지, 트누카폴리. 너희의 그 결계란 녀석은 얼마나 버티는 거냐? 서두르는 걸 보니 영원한 건 아니겠지?"

"유예는 1년. 그동안에 이쪽 대륙을 한데 묶어서 상대에게 대항할 필요가 있네."

"그렇군. 확실히 정통 대륙 녀석들과 붙는다고 생각하면 이치에 맞는군."

'그동안에 전력을 증강하겠다는 생각인가? 애초에 그게 가능한가? 상대의 패를 모르니 상대하기 힘들군.'

“……할 수 있겠나?”

“할 거야. 못 하면 전부 끝장이니까.”

불확정 요소는 다수 있었다. 상대가 사악한 존재라는 점도 문제다. 하지만 서덜랜드가 혼자서 서큐버스들, 정통 대륙 연맹에게 대항할 여유 따윈 어디에도 없다. 처음부터 서덜랜드가 취할 수 있는 수단은 한정적이었다.

인생은 때로 큰 도박에 나서야만 할 때가 있다.

처음으로 빚을 지고 배를 샀을 때도 그랬고, 보물을 찾아서 위험한 수역으로 돌입했을 때도 그랬다. 폭풍이 치는 날에 큰 장사를 위해 배를 띄운 것도 한 손으로 꼽을 수 없을 정도다.

무슨 일이든 위험한 다리를 건너야만 했다. 하지만 이제까지는 모두 승리했다.

본래라면 피해야 할 장사. 하지만 의외로 그런 순간이야말로 공포와, 그 이상의 흥분으로 몸이 떨렸다.

도반은 자신의 손을 봤다. 조금 전부터 잔뜩 마셨으니까 이건 금단증상으로 떨리는 것이 아니었다.

떨리는 손을 꽉 쥐고서 도반은 각 선단장들을 빙 둘러봤다.

다들 대담한 미소를 짓고 있었다. 술과 내기를 좋아하는 변변치 않은 녀석들의 눈이었다.

모두가 자신에게 하라고 말한다. 그렇다면 서덜랜드의 총선단장이 겁먹고 움츠러들 수야 없지.

도반은 무릎을 찰싹 때리고 트누카폴리를 바라봤다.

“바다는 우리에게 제2의 고향이야. 첫 번째는 산에서 쫓겨나

고향을 버렸지. 하지만 두 번째는 없어. 바다를 지키기 위해서라면 난 얼마든지 엉덩이를 내놓겠어, 트누카폴리! 다들 마찬가지겠지!"

선단장들이 껄껄 웃으며 천박한 야유를 날려댔다.

트누카폴리는 크게 한숨을 내쉬고, 손을 팔랑팔랑 흔들어 승낙의 뜻을 표했다.

"하지만! 엉덩이 말고도 내놓을 건 내놔야지! 마침 딱 좋은 공물이 떠올랐어!"

도반이 무언가 떠오른 듯 환하게 웃었다.

"어? 어쩔 생각이야, 총선단장. 그런 게 있었나?"

선단장 하나가 의아한 듯 물었다. 늙어서도 여전히 패기가 넘치는 이 드워프가 엉뚱한 소리를 꺼내는 일은 자주 있었지만, 이번에는 무슨 이야기를 하는지 전혀 짚이지가 않았으니까.

굳이 거드름 피우는 말투로 이야기를 꺼냈다. 아마도 평범한 공물이 아니겠지.

하지만 현재 서덜랜드에 공물로 적절한 가치가 있는 물건은 존재하지 않았다. 굳이 따지자면 있기는 하겠지만, 이번 전쟁에서 도움이 될 법한 물건은 아니었다.

하지만 이 선단장의 예상은 크게 빗나갔다. 그것도 나쁜 방향으로.

"이봐, 브루노!! 요전 항해 때, 저쪽 대륙에서 꽤 재미있는 걸 데려온 모양이던데."

그 말에 젊은 선단장 브루노는 깜짝 놀라서, 술루 달아오른 얼굴이 새파래져서는 고개를 가로저었다. 그 태도에서는 연기가 아니라 진심이 느껴졌다.

눈치 빠른 선단장들은 그 모습에서 무언가 오락거리의 냄새를 맡고는 히죽히죽 웃으며 상황을 지켜봤다.

"아, 아니아니! 총선단장 형님, 그건 아니지! 저건 빚까지 지면서 간신히 얻은 거야! 소중하게 길러서 앞으로 번식시킬 생각이라고! 만에 하나 무슨 일이 생긴다면 난 집사람한테 죽어!"

"죽으면 빚도 못 갚겠네."

"어느 쪽이든 마누라한테 죽는 건 확정이니까 냉큼 말해."

"남자라면 마누라한테는 끝까지 숨기라고."

다른 선단장들이 야유를 퍼부었다.

아무래도 다른 선단장들도 생각이 났나 보다. 얼굴이 새파래진 선단장 브루노는 자기 선단 비장의 카드로 끝까지 감출 생각이었지만, 노련한 맹자들이 가득한 바다에서 그는 안타깝게도 아직 신참이었다.

"대체 뭘 준비하려는 거냐?"

트누카폴리의 물음에 총선단장은 기다렸다는 듯 소리쳤다.

"드래곤이야! 그것도 중급! 쌍으로 매입했지, 저쪽 대륙에서!"

마치 환호성 같은 드워프들의 야유가 쏟아졌다. 다들 브루노에게 찬사를 보내는 목소리였다.

트누카폴리도 놀라서 눈을 크게 떴다.

드래곤이란 높은 지능을 가진 몬스터의 일종으로, 강력한 전투 능력을 갖추고 있다.

날카로운 발톱과 이빨. 높은 운동 능력. 그리고 강인한 생명력.
특히 중급 정도라면 대화는 못 하더라도 의사소통이 가능하고, 브레스 같은 강력한 공격 수단도 있다.
전용 장비 따위를 준비해서 군에 도입한다면 무척 강력한 카드가 되겠지.
적어도 이전의 폰카븐이라면, 서덜랜드가 드래곤을 손에 넣었다면 철저하게 우호적인 관계를 지속하려고 노력했을 것이다.
하지만 마이노그라라는 존재를 보고 만 이상, 조금 부족한 존재였다.
"이봐, 트누카폴리. 우리 모든 선단이 힘을 모아 이 드래곤을 전력으로 만들어주겠어. 바다로 옮겼다고는 하지만 아직 대장장이 실력이 녹슬진 않았다고. 완전 무장한 중급 드래곤이라면 어중간한 적 따윈 상대도 안 돼. 우리의 저력과 성의를 보여주기에 제격이지!"
총선단장 도반이 자신만만하게 말했다.
솔직히 그런 것보다도 그들이 모르는 기술이나 다른 대륙의 상품을 준다면 더 기뻐할 것 같지만…….
"드래곤…… 말이지."
말해야 할지 망설였지만, 상대가 너무나도 들떠 있으니까 일단은 대화를 맞춰주기로 했다.
"뭐냐? 무슨 불만이라도 있나? 오, 좋은 게 떠올랐다고! 마침 잘 됐어, 그 친구 실력도 볼 겸해서 우리 드래곤이랑 한 판 붙어 보는 거야! 어쩌면 우리 힘이 강한 가능성도 있으니까! 뭐, 힘은 적당히 조절하고!”

“초, 총선단장 형님! 이제야 간신히 얌전해진 참이야! 힘 조절 같은 건 못 한다고!”

“시끄러워, 브루노! 어떻게든 해! 뭐, 트누카폴리. 할 수 있다는데!”

“허어, 그런가. ……뭐, 저쪽에는 내가 잘 전달해주겠네.”

오히려 마이노그라 왕한테 적당히 해달라고 잘 전해둬야겠군. 트누카폴리는 마음속으로 생각했다.

드래곤을 손에 넣어서 조금 자만이 생긴 듯했다.

그들은 벌써 잊어버렸나? 이 세계에서 벌어지는 싸움은 인지를 초월하여 상식의 범위로는 도저히 맞설 수 없다는 사실을……. 마이노그라 역시도 그런 초월적인 존재가 통치하는 국가라는 사실을.

‘뭐, 드워프들은 마이노그라를 직접 본 적이 없으니까. 언젠가 이 주정뱅이들도 이해하겠지. 세상에는 도저히 상대할 수 없는 존재가 있다는 걸…….’

언젠가 찾아올 만남의 순간. 호쾌하게 웃는 이 드워프들이 그때 어떤 표정을 지을지 조금은 기대된다고, 트누카폴리는 심술궂은 생각을 품었다.

Eterpedia

서덜랜드

국가

속성: 중립
지향: 《해양 지향》《무역 지향》

해설

~바다에 다다른 자들의, 제2의 고향~

서덜랜드는 해안 지역과 바다에 적응한 드워프들이 만든 중립 국가입니다. 주요 산업은 해양 무역과 해양 자원 확보 등으로, 일반적인 드워프 국가와는 무척 다른 성질을 가지고 있습니다. 다만 드워프의 본래 기질이 완전히 사라진 것은 아닙니다. 그들의 특징은 조선이나 건축 등으로 이어져서 강력한 해군 전력을 보유하고 있습니다.

제2화 의도

서덜랜드에서 마이노그라와 어떤 식으로 교섭할지 격론이 벌어지던 그때.

마이노그라 역시도 서덜랜드와 어떤 식으로 교섭할지 기본적인 방침을 정하고자 회의를 진행하고 있었다.

“자, 열심히 해보자. 절대로 전투가 벌어지지 않는다는 걸 아는 현재 상황은 마이노그라에게 어떤 의미로 절호의 기회야. 앞으로의 일도 고려해서 조금 억지로 끌고 가더라도 괜찮지 않을까 생각해.”

“서덜랜드 말이군요. 타쿠토 님께서는 압력을 가해서라도 시급히 끌어들일 필요가 있다고 생각하시나요?”

아투가 맞장구를 치고…….

“응, 상황이 달라지지 않았다면 조금 더 시간을 들여서 천천히 대화를 해도 됐을 테지만.”

“하지만 1년이라는 기간을 생각한다면 여기서 지체할 시간도 없다는 말씀이시군요!”

비토리오가 덧붙였다.

타쿠토는 매끄러운 진행에 만족하며, 동시에 협력자 중 하나인 플레이어를 생각하고 있었다.

‘유도 힘을 더 얻으려고 신이랑 만나러 간다고 했어. 결과가 어떻게 될지는 제쳐놓고, 나도 질 수는 없지.’

RPG의 용사인 카미미야 데라유. 그의 힘은 앞으로 찾아올 싸움에서 가장 중요한 요소 중 하나다.

서로 대등한 관계니까 현재 어디서 무엇을 하는지 알 수 있는 방법은 없지만, 적어도 놀고 있지 않다는 것만큼은 확실하겠지.

오히려 그렇게나 분하다는 태도였으니까, 틀림없이 확실한 성과를 가지고 돌아올 것이다.

타쿠토는 자신의 발언을 기다리는 부하들을 조용히 둘러봤다. 준비는 만전인 듯했다.

【궁전】의 회의실에는 평소의 멤버들이 모여 있었다.

건일지간인 아투와 비토리오조차 얌전히 출석했다.

아투는 번번이 소란을 떨어 회의를 지체시키는 것이 마이노그라에게 치명적이란 사실을 아니까.

비토리오는 어설프게 아투를 놀리는 것보다도 앞으로 더욱 큰 즐거움이 기다린다고 확신하니까.

놀랍게도 각각의 의도 덕분에 현재는 타쿠토에게 전혀 스트레스가 없는 회의가 진행되고 있었다.

다만 내용 자체는 조금 서둘러 진행해야 한다는 점에서 그다지 즐겁지 않았지만…….

“서덜랜드를 끌어들이는 건 전제로 깔고 가야 해. 물론 다른 계획이 없는 건 아니지만, 서둘러 결과를 내고 싶어.”

마이노그라에게 암흑 대륙에서 가장 큰 국력을 가진 서덜랜드와 교섭하는 것은 필수나 마찬가지였다.

우선 여기가 시작이라고 해도 과언이 아니었다.

《대의식》의 기한은 1년이다. 그러니 서덜랜드를 끌어들이는 것부터 지연된다면 모든 작전이 늦어진다.

그것은 마이노그라의 패배를 의미한다. 이것부터 늦어져선 안 된다, 어떻게든 성립시켜야 한다. 그것도 시급하게.

전 진영 회담이 결렬된 것은 불과 며칠 전. 1년이라는 기간을 생각하면 짧은 시간일지도 모르지만, 반대로 말하면 벌써 며칠이나 지났다고도 할 수 있다.

병문졸속(兵聞拙速)*이라는 유명한 말이 있는데, 지금 마이노그라는 그것을 염두에 두고서 신속하게 대응할 필요가 있었다.

"그렇다면 어떠한 수단을 사용해서 머리를 숙이도록 만들까요? 《대의식》으로 전쟁 행동이 봉인된 이상, 직접적인 수단을 취할 수는 없는데……."

"확실히 그렇지. 하지만 상대는 그걸 몰라. 적어도 폰카븐에는 쓸데없는 소리를 하지 않도록 못을 박아뒀으니까, 상대측에 우리 약점을 전하진 않을 거야."

"타쿠토 님의 말씀이 옳지만요……."

아투가 미적지근하게 반응했다. 그녀 안에서 교섭이란 어디까지나 서로의 차이를 확실하게 보여주는 것이다. 특히 서둘러야 하는 상황에서는 어설픈 대화보다 한 번 큰 충격을 주는 게 빠른 경우가 많다.

하지만 전쟁 행동을 취할 수 없는 상태에서는 그런 방법도 어렵진 않을까? 그런 의문을 느낀 것이었다.

---

* 손자병법의 구절로, 용병술은 서투르더라도 빠른 움직임이 중요하다는 의미.

물론 타쿠토도 그건 이미 고려했다. 오히려 시스템의 허점을 찌르는 것은 그에게 익숙한 일이고 노하우도 충분히 쌓았다.

이야기를 듣던 비토리오는 타쿠토의 생각을 깨달은 듯, 흥미진진하게 고개를 끄덕였다.

“그러니까 허세를 부린다! ……라는 말씀이십니까!”

“표현은 좀 그렇지만. 뭐, 그런 이야기야. 다행히도 마이노그라의 유닛은 다른 나라 사람들한테 무척 무섭게 보이는 것 같으니까. 그걸 잘 이용할 수 있겠지. 최악의 경우에는 모의 대결 정도라면 어떻게든 될 테고.”

힘의 차이를 보여주는 것이라면 딱히 직접적인 전투를 벌일 필요는 없다. 특히 현재 마이노그라에는 《반편이》를 비롯한, 외모의 위압감이 무시무시한 유닛이 얼마든지 존재한다.

그것들을 보여주어 상대의 전의를 꺾는다면 이야기도 빨리 진행되겠지. 그리고 폰카븐과 마찬가지로 우호적인 기술 공여 이야기 따위를 흘리면 그만이다.

다시 말해 당근과 채찍 작전이다.

“한 번 겁을 준 다음에 달래서 친해진다는 계획? 으음, 조폭 같은데? 하지만 그렇게 잘 풀릴까요?”

“난 《이라교》가 그걸 위해서 존재한다고 생각하는데? 서덜랜드는 폐쇄적인 국가이지만 교류가 아예 없는 건 아니야. 그렇다면 파고들 틈은 얼마든지 있어. 그리고 방법은 이미 준비하고 있지.”

물론 타쿠토가 그저 외모가 무시무시한 유닛이 있다는 사실만으로, 얼핏 무모하게 보이는 작전을 전면적으로 받아들인 것은 아니었다.

그가 말하다시피 《이라교》의 존재도 큰 요소 중 하나였다.

이라 타쿠토 본인을 신으로 숭배하는 괴짜들의 모임 《이라교》.

그 종교는 이미 이곳 암흑 대륙 전역에 얕고 넓게 퍼져 있었다. 아직 숫자는 적지만 서덜랜드에도 영향력을 미치고 있었다.

시스템으로 확실하게 정의된 신도는 강력하다. 타쿠토가 한마디 건넨다면 어떠한 사정이 있을지라도 기꺼이 그의 말에 찬동하겠지.

그렇기에 타쿠토는 서덜랜드를 반쯤 억지로라도 끌어들이려고 했다.

끌어들일 수 있다고 판단했다.

"참으로 훌륭합니다. 뭐, 《대의식》 아래에서는 제 능력도 모두 발휘하긴 힘들지요. 지금 가진 카드로 적당히 운용할 필요는 있겠지만, 준비는 충분합니다. 그렇게 보면 되겠지요."

기분 좋게 짝짝, 박수를 치며 비토리오가 타쿠토의 결단에 찬사를 보냈다.

타쿠토는 그 찬사에 별다른 반응을 보이지 않고 아투를 봤다. 그녀가 살짝 불만스러워하면서도 회의를 조용히 지켜보고 있다는 것을 확인했다.

이어서 다크 엘프들. 처음부터 회의에 참가 중인 그들도 지금은 타쿠토의 말에 조용히 귀를 기울이고 있었다.

우선은 방침을 듣고 질문한다는 생각일까. 아니면 위기 상황에서는 왕인 타쿠토의 판단에 전부 맡기는 게 최선이라고 생각하는 태도일까.

어쨌든 그들이 평소 이상으로 얌전히 귀를 기울이고 있다는 사실은 타쿠토에게도 고마운 일이었다.

……이야기를 진행하자.

"폰카븐을 통해서 서덜랜드가 가진 기술은 어느 정도 파악했어. 전부 마이노그라가 아직 입수하지 못한 기술이야. 더욱 상위의 비밀 기술이 존재하진 않을까, 그런 욕심도 있기는 해. 하지만 현재 기술만으로도 반드시 입수해두고 싶은 것들이야."

시선을 흘끗 보냈더니 몰타르 옹이 깊이 머리를 숙였다.

주로 그가 주도해서 모은 무척 값진 정보였다. 서덜랜드의 우선도가 낮을 때에 모은 정보와 최근 며칠 사이에 서둘러 그러모은 정보라서 그렇게까지 정확도가 높지는 않지만, 그래도 명백하게 마이노그라가 가지고 있지 않은 미발견 기술을 여럿 보유하고 있었다.

현재는 해양 쪽 기술이 많아서 그다지 유효하게 활용할 수는 없을 것 같다. 하지만 반대로 생각하면 간단히 조사한 것만으로 이만큼 나왔다. 엄청난 기술을 숨기고 있을 가능성은 높겠지.

타쿠토가 전력 자체로는 뒤처지는 서덜랜드를 고집스럽게 끌어들이려는 이유가 바로 이것이었다.

"여하튼 시급히 서덜랜드와 교섭 자리를 마련할 필요가 있겠네요, 타쿠토 님. 그것도 며칠 안으로."

"응. 서덜랜드만 끌어들이면 남은 도시 국가 둘은 솔직히 아무래도 상관없고, 최악의 경우에는 그냥 내버려 둬도 될 정도의 국력이야. 정통 대륙 연맹을 상대할 첫걸음이라는 건 확실해.”

“실제로 서덜랜드를 포함한 중립 국가에게서는 폰카븐을 통해서 교섭 이야기도 이미 왔잖아요? 정상적인 판단력을 가지고 있다면 바로 우리 제안을 받아들일 거라고 생각하는데요.”

“그렇게 생각하고 싶지만 우리는 사악 속성이니까……. 어디서 이야기가 어그러질지 몰라.”

“아아, 사악 속성의 힘겨운 점이네요.”

아투와 타쿠토가 아주 잠깐 씁쓸한 표정을 지었다. 과거……그러니까 병실에서 게임을 플레이하던 당시에 있었던 무언가가 잠시 떠오른 모양이었다.

속성 차이에 따른 가치관의 차이, 그것 때문에 당연히 충돌도 발생한다. 하지만 그렇다고 해서 딱히 환영할 일은 아니었다.

물과 기름이 간단히 섞이지 않는 것과 마찬가지다. 어쨌든 그런 이치를 뒤집으려면 수고가 드는 법이다.

“그때는《이라교》신자를 앞장세워서 혁명이라도 일으키면 되지 않을까요? 그리고 지도자를 본보기로 거리에 효수하면 만사 OK예요!”

“전투 행동은 불가능하다고 했잖아. 아니, 중립 국가를 상대로 스파이 활동이나 파괴 활동은 가능한가? 그 전에 내가 마음을 표현하는 것만으로 신도가 움직이니까 완전히 규칙의 허를 찌를 수 있나? 정치적인 친마이노그라 세력으로만 생각했는데…….《이라교》신도, 정말로 성가시네.”

타쿠토는 무심코 미간을 찌푸렸다.

그 발언을 들었다면 《이라교》 대리 교조인 요나요나 같은 경우에는 기절해서 한동안 앓아누울 것 같지만, 여기에는 없으니까 괜찮겠지.

비토리오 이상으로 컨트롤이 안 되는 그들도 주의할 필요는 있다. 어설프게 방치했다가 제멋대로 행동해서 모든 걸 엉망으로 만들 수도 있다.

'나중에 시간을 봐서 요나요나한테 이야길 좀 하러 가야겠네. 정말로 고생이 많은 아이야.'

사실 《이라교》에 대해서는 그것 말고도 이래저래 생각하는 건 있었다. 그를 위해서는 이제까지의 방침을 변경해서 추후 《이라교》와도 적극적으로 교류해야만 한다.

그런 의미에서는 대리 교조라는 입장인 요나요나와 밀접한 교류가 필요하다.

본인이 들었다가는 또 기절해서 한동안 앓아누울 것 같은 계획을 세우며 타쿠토는 회의 참가자를 둘러봤다.

그 후에는 다크 엘프들이 몇 가지 질문을 던졌지만 대체로 이해는 얻은 듯했다.

현재로서는 일단 서덜랜드와 접촉, 연합 설립을 위해서 끌어들인다는 큰 방침만 세워졌다. 그렇다 보니 세세한 이야기는 할 수 없었지만…….

타쿠토는 모두가 납득한 것을 확인하고, 궁전의 디자인에 녹아들도록 고른 목제 시계를 흘끗 확인했다.

시각은 이미 심야. 오늘은 회의 전에 각 유닛에게 지시를 내리고 도시에 방침을 전달, 첩보 관련 지시 등등 다양한 업무를 진행했다. 오히려 이 시간에 회의를 마무리할 수 있었던 것은 다행이라고 해야 할까.

이러면 가볍게 수면을 취하고 내일 아침 일찍 출발할 수 있다.

"그러니까 내가 갈게. 다행히도 《대의식》으로 우리 쪽에 해를 끼치려는 것도 자동적으로 막을 수 있지. 속도를 중시해서 이동할 수 있어."

이미 《대의식》의 내용에 대해서도 다크 엘프 간부팀은 전부 파악했다.

익숙하지 않은 부분이 있었는지 조금 놀라기는 했지만, 잠시 후에는 그런 분위기도 가시고 다들 납득한 표정을 지었다.

"직접적인 위해는 물론이고 암살 같은 것도 전투 행위로 방어가 되니까. 이 타이밍에 가능한 일은 전부 해두고 싶군요!"

"《대의식》은 어떠한 수단으로도 뒤집을 수 없는 절대적인 마법. 이게 깨질 거라고는 생각하기 힘드니까요. 적어도 무언가 징조는 있겠죠. 물론 저도 항상 타쿠토 님 곁에서 호위하겠지만요!"

두 영웅의 호언장담도 제대로 효과를 발휘했다.

《대의식》은 『Eternal Nations』 안에서도 특별한 위치에 있는 마법이다. 국가로서 발동한 그 마법은 어떠한 예외 처리도 통하지 않는다. 게임 안에서는 결코 깰 수 없는 절대적인 마법으로 동작한다.

물론 설정 역시도 성능에 맞추어서 정해졌다. 통상적인 마법과는 또 다른 더욱 높은 단계의 법칙에 따라 만들어진 것으로 설정되어 있다.

이런 설정을 생각하면《대의식》자체가 공략당할 일은 거의 없다고 판단해도 된다. 적어도 아투의 말대로 이변이 벌어질 때는 무언가 징조가 있겠지.

그렇기에 지금은 타쿠토가 비교적 주변을 덜 경계하며 자유롭게 움직일 수 있는 절호의 기회였다.

그런 확신과 자신감은 자연스럽게 다크 엘프들에게도 전염되어 반대하는 목소리가 나오진 않았다.

타쿠토는 이전에 의식을 잃는 추태를 보였다. 그렇다 보니 여기서 다크 엘프가 또 과보호하는 소리를 꺼낸다면 설득하기가 귀찮겠다고 생각하던 만큼 안도했다.

인간── 뭐, 그들은 다크 엘프이지만, 사람의 감정은 복잡하다. 이성으로는 알더라도 감정이 용납하지 못하는 일은 다수 있다.

그것이 인간의 훌륭한 점이고, 또한 약점이기도 하다.

타쿠토도 이 세계로 와서 그것을 이해할 수 있게 되었다. 병실에서 경험했던 무미건조한 인연과는 다른, 어떤 의미로 희로애락이 격렬한 사람들과 어울리다 보니 확실히 그의 마음은 성장했다.

'국내 설득이 원만하게 풀려서 다행이야. 최악의 패턴으로는 여기서 좌절될 가능성도 있었으니까.'

비토리오는 의도적으로 거들어준 모양이지만, 아투는 아마도 순수하게 그런 거겠지. 그렇다고 해도 두 영웅에게 도움을 받은 것은 사실.

티쿠토는 든든한 동료들에게 감사하며 모두와 시선을 맞추고 자신만만하게 발언했다.

"서덜랜드에는 다른 대륙에서 온 물건이 여럿 있다고 들었어. 이 상황에 너무 들뜨는 것도 좋지 않겠지만, 조금 기대되네."

모두가 끄덕였다.

시간대도 심야라서 무척 조용했다.

평소의 흐름이라면 여기서 타쿠토의 마무리로 회의가 끝났을 터.

타쿠토도 그럴 생각으로 일어서서 마지막 인사를 하려고 했다……만, 무언가 떠오른 듯 작게 "아아……" 하고 목소리를 흘렸다.

왕에게 시선이 집중되었다.

"기술을 두 가지, 아니지, 세 가지인가. 서덜랜드한테 이전 받으면 그게 해금되는구나."

서덜랜드와 무사히 협력하고 기술을 양도받을 수 있을 경우, 당연히 마이노그라가 보유한 기술의 총 숫자가 늘어난다.

그것은 설명할 필요도 없는 당연한 결과. 물이 위에서 아래로 흐르는 것과 같은 이치다.

대체 무슨 의미가? 대체 무엇이 해금되지? 일동은 의문을 품었다. 하지만 두 사람만큼은 금세 반응했다.

바로 《오니의 아투》, 《행복해지는 설화 비토리오》.

"뭐가…… 앗!"

"새로운 《영웅》……이로군요!"

다크 엘프들이 숨을 삼켰다.

영웅 소환은 마이노그라가 보유한 기술과 밀접한 관계가 있다.

특정한 기술 발견이 필요하다든지, 그런 조건이 몇 가지 존재한다. 그중에는 보유한 기술의 숫자도 있다.

이전에 퀼리아로 잠입했을 때 입수한 기술. 그리고 다음으로 마이노그라가 입수할 수 있을 기술. 그것들의 숫자를 더하고 일이 제대로 풀린다면 새로운 영웅을 소환할 수 있다.

마이노그라의 카드가 한 장 더 늘어난다.

다크 엘프들의 표정에서 희색이 보였다. 하지만 어째서일까? 조금 어두운 표정인 사람도 있는 건 기분 탓일까……?

타쿠토는 그 표정도, 이유도 제대로 파악했으면서도 굳이 이야기를 계속했다.

괜찮다. 다음으로 소환할 영웅은 아주 조금은 더 나으니까…….

진짜로 괜찮다고 할 수는 없다는 게 참으로 애처로웠다. 마이노그라의 영웅 중에서 양식이 있는 것은 이슬라가 끝이었기에…….

"마이노그라의 영웅도 남은 건 둘. 성격은 제쳐놓고 둘 다 능력은 확실해. 비용은 비싸지만…… 1년이란 시간이라면 어떻게든 소환하는 건 가능해."

조금 재미있어졌다.

다음 영웅은 누구로 할까. 타쿠토 안에서 작전이 착착 세워졌다.

남은 두 영웅은 둘 다 까다로운 능력을 갖추고 있다. 사용하기에 따라서는 마이노그라의 전력을 증강시킬 만큼 강력하다.

어느 쪽이든 괜찮다. 상황에 따라 판단해도 괜찮겠다고 타쿠토는 마음속으로 생각했다.

"그럼 모두에게 물어볼까."

조금 흥분한 탓일까. 타쿠토는 이곳에 모인 이들에게 즉흥적으로 물었다.

영웅 둘은 제쳐놓고, 다크 엘프들은 판단할 수 없을 질문이라는 것도 알면서.

그럼에도 자신의 흥분을 미처 억누를 수가 없었다.

"어느 영웅이랑 만나고 싶어?"

SYSTEM MESSAGE

현재 판명된 서덜랜드의 미지 기술은 아래와 같습니다 .

《광학》《천문학》《원양 항해》
《초기 로지스틱스》《문화 감상》

OK

제3화 주연

서덜랜드라는 국가에는 독특한 풍습이 있다.

물론 어느 나라나 민족, 종족이라도 마찬가지라고 할 수 있다. 하지만 풍요를 찾아 바다로 나가야만 했던 그들의 역사가 만들어낸 풍습은 다른 나라와 비교하더라도 독특했다.

'태어나서 배는 처음 타는데……. 설마 이런 일로 타게 될 줄이야. 으윽, 속이 이상해…….'

파멸의 왕 이라 타쿠토는 주변에서 쏟아지는 공포와 경외의 시선 가운데, 뱃멀미로 고생하며 기진맥진한 상태였다.

마이노그라 일행이 전광석화와 같이 서덜랜드로 들어와서 회담을 성사시킨 것은 불과 몇 시간 전.

짧은 시간 만에 이렇게나 제대로 된 환대를 준비하고 회담 자리를 마련한 것은 타쿠토 일행에게도 의외의 일이었다. 어떤 의미에서는 감동과 찬사를 느꼈다.

역시 무역을 생업으로 하는 종족이었다. 암흑 대륙의 중립 국가라서 문명적으로 조금 뒤처지지는 않을까 생각했는데, 그 인식을 바꿀 필요가 있겠지.

예를 들자면. 타쿠토를 포함한 마이노그라의 주빈들을 초청한 장소도 그랬다…….

타쿠토는 멀미 탓에 빙글빙글 도는 머리와 치밀어 오르는 구역질을 들키지 않으려고 먼 곳을 바라봤다.

그곳에는 수평선까지 이어지는 대해원, 점점이 존재하는 선박. 반대쪽에는 육지가 보이지만 그것도 저 멀리 있었다.

그렇다……. 그러니까 그들은 지금 바다 위에 있었다.

"바다 위에 영빈관을 마련하다니 무척 기발한 생각을 하는군요. 폭풍이 부는 날에는 어떻게 하는 걸까요?"

아투의 말대로, 그들이 현재 있는 장소는 여러 선박을 옆으로 잇고 그 위에 만든 저택이었다.

지상만큼 지반이 탄탄하진 않아 규모나 장식에는 한계가 있지만…….

그래도 타쿠토가 생전에는 본 적 없는 호화로운 저택이, 서로 연결된 배 위에 그대로 놓여 있었다. 적어도 암흑 대륙에서 마이노그라 다음가는 2등 국가라는 평가에 부끄럽지 않을 만큼 화려한 모습이었다.

'그건 그렇고 해상 영빈관이라니……. 정말로 판타지라는 느낌이네. 솔직히 바다에 만들 필요는 딱히 없는 것 같은데. 적어도 상식적으로 판단하면 안 될 것 같네.'

어떻게 이런, 비상식적이고 각종 역학을 생각해도 무리가 있는 구조물이 아무렇지도 않게 존재할 수 있는지 타쿠토도 무척 흥미가 깊었다. 하지만 그건 판타지적인 이런저런 게 작동하는 거라고 납득했다.

마이노그라도 딱히 할 말은 없는 것이다. 판타지는 판타지로 받아들이는 게 최선이겠지.

아무리 비효율적이든 비합리적이든…… 말이다.

그보다도 타쿠토에게 중요한 것은 겉모습이 멋진 드워프의 해상 건축물 구조가 아니다. 이 건물 하나만 보더라도 더욱 중요한 점이 여럿 있었다.

'캐러벨을 영빈관용으로 여러 척 연결. 게다가 이런 규모의 건축물은 바로 만들 수 있는 게 아니야. 퀼리아나 엘 나와는 어디까지나 장사 상대일 뿐, 그렇게까지 교류가 깊다는 이야기도 없었지. 그러니까 이건 어디까지나 이야기로만 들은, 다른 대륙에서 온 특사를 위해서 만들었다는 걸까.'

굳이 마이노그라를 위해서 만들었을 가능성은 낮다. 아무리 드워프라도 시간과 예산이 부족할 테고, 설령 충분하더라도 정말 사용할지 알 수 없는 건물을 사전에 준비하려면 무척 독단적인 결정이 필요하다.

그렇다면 해답은 자연스럽게 알 수 있었다.

다만 그 해답이 마이노그라가 패권을 잡으려면 명백한 장애물이라는 점이 문제였다.

'다른 대륙 쪽은 신경 쓰여. 그쪽의 정보도 언젠가 알아낼 수 있다면 좋겠지만……. 다행히도 교역이란 매번 목숨을 거는 일. 저쪽에서 가볍게 개입할 수 있을 위치 관계가 아니라는 건 그나마 안심인가.'

모든 일을 동시에 처리하는 것은 도저히 불가능하다. 리소스가 부족한 것은 물론이고 부담도 지나치게 크다.

게다가 마이노그라가 시급히 해결해야 하는 문제가 너무나도 컸다. 정통 대륙 연맹을 어떻게든 처리하지 않고서는 다른 대륙에 대해서 검토할 여지도 없이 멸망해버릴 테니까.

그렇지만 머릿속 한구석에는 남겨두는 게 좋겠다.

타쿠토는 차례차례 쌓여만 가는 문제에 골치가 아팠다.

이 두통의 원인은 과연 마이노그라의 여러 문제들 때문일까, 아니면 멀미 때문일까. 안타깝게도 타쿠토로서는 알 수 없었지만…….

"그럼 조금 전에 설명드렸다시피, 이 대륙을 둘러싼 상황은 무척 긴박하니 말입니다. 서덜랜드 여러분께서도 모쪼록 현재 상황을 이해하시고 현명한 판단을 내려주시길."

창밖으로 일렁이는 수면이 보이는 화려한 회의장. 마이노그라 측에서 대화를 주도하는 것은 전적으로 몰타르 옹이었다.

타쿠토와 아투는 특별히 준비된 호화로운 의자에 앉아서, 그저 위압감을 풍기며 드워프들을 바라보고 있었다.

참가자는 그들에 더해서 에므루와 다크 엘프 행정관. 눈에 보이는 호위로 다크 엘프 《총사》와 《브레인 이터》.

소속은 다르지만 폰카븐의 『지팡이 술사』인 트누카폴리도 참가했다. 다만 그녀는 어디까지나 입회인이라는 입장. 적극적으로 회담에 참가할 생각은 없어 보이지만.

비토리오의 참가를 허락하지 않은 것은 모두의 일치된 판단이었다.

타쿠토가 《파멸의 왕》으로서 풍기는 위압감도 어우러져서 상대는 제대로 위축되었다.

아니…… 지나치게 위축되었다고 할까.

'젠장. 이런 터무니없는 게 이 대륙에 있다니, 전혀 몰랐다고…….'

드워프들은 도저히 정상적인 사고를 할 수 없을 만큼 냉정을 잃은 상태였다. 그저 눈앞에 자리 잡은 농밀한 어둠을 보고서 공포에 빠져 있었다.

이번 회담에 참가한 것은 해양 국가의 대표인 총선단장 도반.

그리고 서덜랜드의 중심 역할을 맡은 선단장 전원.

하지만 용맹하고 호탕한 바다의 사내, 선단장들은 다들 위축되어서 평소와 전혀 다른 분위기였다.

파멸의 왕이란 녀석을 자기 눈으로 확실하게 판단하겠다며 선단장들은 의기양양하게 회담에 임했다. 하지만 막상 눈앞에 나타난 어둠은 너무나도 강력했기에 본능적으로 공포를 억누를 수가 없었다.

총선단장 도반은 아직 어떻게든 나라의 대표로서 위엄을 지키고 있지만 다른 선단장── 특히 젊은이들은 명백하게 시선을 피하며 떨고만 있을 뿐.

도반은 "으음" 하고 몸을 작게 움직이더니 그다지 익숙하지 않은 동작으로 자신의 턱수염을 쓸어 올렸다.

『이 자식들! 얼빠진 모습 보이지 말라고! 이래서는 허점을 잡혀서 장사 끝장이야!!』

드워프들…… 특히 선단장급이라면 장사를 위해 동료 사이에서만 통하는 특수한 암호를 사용한다. 그중 하나가 이 동작이었다.

턱수염을 만지는 방법에 따라 간단한 의사소통을 진행, 교섭

상대에게 들키지 않도록 동료들 사이에서 논의를 나누어 일을 유리하게 진행할 수 있다.

이 바다로 오기 전부터 전해지는 전통적인 방법이었다. 복잡하며 섬세한 동작과 의미를 모두 이해하고는 있었다. 하지만 그 내용을 받아들이고 실행할 수 있는지는 다른 문제였다.

'칫…… 죄다 배짱이 부족하다고. 저쪽은 교섭하러 왔어. 무산되지만 않는다면 굳이 손을 대려 하진 않을 거라고.'

큰 반응 없이 여전히 떨고만 있는 동료들에게 마음속으로 투덜거리며, 하지만 총선단장 도반은 그들을 크게 비난할 수 없다는 사실도 잘 알고 있었다.

다름 아닌 도반도, 조금이라도 정신을 놓았다가는 소리를 지르며 도망치고 싶다는 충동에 시달리고 있었으니까…….

'서큐버스한테 고스란히 당했다고 해서 조금 더 만만한 녀석이라고 생각했는데, 이래서야 어설프게 찔러보고 반응을 보려다가는 큰일 나겠어. 사신이니 파멸의 왕이니, 그냥 자기 권위를 높이려는 과장된 호칭이라고 생각했는데 설마 진짜였을 줄이야…….'

이 모습을—— 파멸의 왕의 모습을 직접 보고 말았으니 도반도 방침 전환을 고려해야만 한다.

오히려 서큐버스한테 당했다는 이야기도 블러핑일 가능성이 높다. 무언가 목적이 있어서 일시적으로 물러났다고 생각하는 게 타당하겠지.

도반도 서큐버스나 플레이어—— 그러니까 외부의 존재를 자신의 눈으로 보았다. 물론 압도적인 위협도.

그렇기에 이방인을 상대로 안이하게 평가하거나 가볍게 여기지도 않았다.

하지만…… 설령 그럴지라도.

그들의 눈앞에 있는 파멸의 왕은 이상했다.

모든 것을 부정하듯이 철썩 달라붙은 어둠.

끝없이 깊은, 끌려들 것처럼 검은색의 그것. 사악이라는 개념을 물질화한 것처럼 무시무시한 압력과 함께, 날카로운 손톱으로 보는 사람의 모든 정신을 천천히 찢어발긴다.

제아무리 역전의 상인인 선단장들조차도 그의 눈빛에서 무엇을 생각하는지 읽을 수는 없었다. 오히려 아무것도 존재하지 않는다고 해도 납득이 갈 정도로 공허한 느낌을 드리우고 있었다.

도반은 이마에서 식은땀이 연신 흘러내리는 것을 알면서도 그것을 닦지도 못하고 그저 손만 떨었다.

이것이 이라 타쿠토.

이자가 바로《파멸의 왕》. 오래된 전승에서 말하는, 세계에 종언을 초래할 존재였다…….

게다가 당사자인 이라 타쿠토는 뱃멀미에 시달리고 있었다.

그와 함께 사악의 현현인 아투의 오니는, 그런 주인을 걱정하느라 정신이 팔려서 드워프 따윈 안중에도 없었다. 그리고 가장 성가신 영웅은 무단으로 거리를 돌아다니며 쓸데없는 짓을 시작하느라 이 자리에 없었다.

실상은 그들의 생각에서 크게 동떨어져 있었다. ……좋든 나쁘든, 말이다.

'젠장, 이 나이 먹고 불알이 잔뜩 오그라들었다고! 왜 하필 내가 총선단장을 맡았을 때 이런 성가신 일이 날아드냐고!'

하지만 그는 역시나 총선단장. 수많은 선박의 정점에 선 사내.

그야말로 드워프, 그야말로 뱃사람.

그렇기에 여기서 겁먹고 상대의 안색을 살피며 아양을 떠는 태도를 취할 수는 없었다.

설령 그것 때문에 자신이 목숨을 잃을지라도.

서덜랜드 총선단장 도반. 그 이름에 부끄럽지 않은 배짱과 담력을 가진 남자였다.

"헌데 알 수 없군. 댁들이 우리 힘을 원한다는 건 알겠어. 하지만 보아하니 댁들의 왕만큼 강한 자라면 우리 협력 따윈 필요 없지 않겠나?"

우선 한 방 날렸다.

도반의 가감 없는 본심이자 탁 터놓고 꺼낸 첫마디였다.

조금 전, 도반이 몰타르 옹을 통해서 들은 마이노그라의 요구사항은 생각하던 것보다도 단순했다.

정통 대륙 연맹에게 대항하고자 암흑 대륙의 국가가 동맹을 맺고, 같은 연합 국가로서 큰 전쟁을 벌이자는 이야기였다.

상대의 요구는 일방적이었다. 비교적 우호적인 태도로 대하고는 있지만, 그런 요구 내용도 그렇고 갑작스럽게 찾아온 것도 그렇고. 이것이 교섭이란 이름의 최후통첩이나 마찬가지라는 건 분명했다.

그것은 마이노그라가 동맹과 함께 기술 제공을 원하는 것을 봐도 명백했다.

"당신들이 갖고 있지 않은 다른 대륙의 기술……. 그걸 넘긴다면 친하게 지내주겠다는 건가."

"귀국이 바다 건너에 있는 다른 대륙과 조금씩이나마 교류를 가지며 몇 가지 기술을 얻은 것은 우리도 이미 아는 바입니다. 그것을 제공해 주신다면 정통 대륙 연맹에 맞서 우리가 큰 역할을 하겠습니다. 다름 아닌 귀국보다도 더욱 큰 역할을."

몰타르 옹이 잽을 날렸다.

일부러 조금 도발적인 말투로 건넸지만, 이 정도로 분노에 사로잡힐 도반이 아니었다. 수염을 쓰다듬으며 슬며시 확답을 피했다.

"하지만 싸진 않다고? 기술이란 건. 특히 다른 사람은 모르는 독점 기술이라면 더더욱. 그걸 갑자기 내달라고 그래도 말이지."

"우리 나라는 마법 계열의 기술이 발달되어 있습니다. 특히 불모지 개선에는 훨씬 앞서 있지요……. 그것들을 제공한다는 형태라면 어떻겠습니까?"

"호오! 토지 개선! 그건 흥미롭군!"

곧바로 보상이 제시됐다. 그렇다면 상대도 이 정도 대가는 이미 계산하고 있었다는 것이다.

조금 더 버티면 뭔가 나올까? 하지만 지나치게 굴어서 기분을 상하게 하면 모두가 손해를 볼 뿐이다.

파멸의 왕을 앞에 두고서도 여전히 장사꾼의 사고방식. 총선단장 도반은 뼛속까지 상인이었다.

몰타르 옹은 그런 도반의 반응을 보고 상대를 평가했다.

'흠. 왕을 앞에 두고서도 이런 태도인가. 역시 드워프들의 두령이로군. 이런 녀석은 본래라면 좀 더 시간을 들여서 차분하게 교섭을 진행하는 게 상책이지만…… 우리에겐 시간이 없어. 하지만 우리 상황을 들킬 수야 없지. 이것 참, 힘든 상황이군.'

몰타르 옹이 흘끗, 타쿠토와 아투의 분위기를 살폈다.

아무리 몰타르 옹이 마이노그라 대표의 일원으로 회의를 주도하고 있어도 모든 결정권은 위대한 왕에게 있다.

왕과…… 그리고 그의 의사를 대변하는 충실한 부하 아투가 어떻게 반응하는지 항상 신경 쓸 필요가 있었다.

특히 지금 드워프들은 무언가 미적지근한 태도로 은근슬쩍 결단을 피하는 상황이었다.

타쿠토는 몰라도 아투가 더는 못 참고 격노할 가능성은 충분히 존재했다.

물론…… 당사자들은 뱃멀미 탓에 그런 생각을 할 상황이 아니었다.

타쿠토는 계속 속이 좋지 않고, 아투는 그런 타쿠토를 걱정해서 아무에게도 들키지 않도록 촉수로 열심히 등을 쓰다듬어주고 있었다.

한동안, 아니, 한 시간 정도는 내버려 둬도 문제없을 만큼 두 사람은 자신들의 상황만으로도 벅찼다.

어떤 의미로는 예상치 못한 싸움과 맞닥뜨린 둘의 태도를 어떻게 판단해야 할까. 얼핏 봐서는 아무런 움직임이나 변화가 없는 것 같은 그들의 표정을 확인한 몰타르 옹이 초조함을 느꼈다.

'이런, 왕과 아투 경이 조금 전부터 전혀 말씀이 없으시군. 내 경험상, 이건 그리 좋지 않은 흐름이야. 명백하게 기분이 상하셨어.'

몰타르 옹의 이마를 타고 식은땀이 한 줄기 흘러내렸다.

그에게 마이노그라의 왕 이라 타쿠토는 항상 위대하고 결코 자신 따위가 전모를 헤아릴 수 없는 존재였다.

처음 만났을 때부터 그랬고, 수많은 일을 거치며 그 생각은 더욱 깊어졌다.

그래서 몰타르 옹은 왕이 이 상황을 답답하게 여긴다는 그릇된 판단을 내리고 말았다.

그것은 회담 결렬을 의미한다. 다시 말해 모든 계획이 수포로 돌아간다는 것이다.

그와 동시에 몰타르 옹 자신의 책임이기도 하다.

마이노그라의 명운을 결정할 이 교섭을 제대로 마무리하지 못한 책임은 어느 정도일까.

슬며시 이야기를 피하는 왜소한 드워프들에게 조금 지나친 관용을 베풀었다.

몰타르 옹은 마음을 다잡았다. 상대에게 여유를 주지 않도록 교섭 강도를 한 단계 바꾸자고 결의했다.

"이미 트누카폴리 경을 통해 들으셨을 테지만, 우리에게는 시간이 없습니다. 왕의 자비는 위대하고 끝이 없을지라도 우리 부하들은 그렇지 않습니다. 그중에는 힘으로 밀어붙이자고 생각하는 자도 있을 수 있지요. 특히 회의가 지지부진하다면…… 말이지요?"

몰타르 옹이 브레인 이터에게 시선을 향하더니 무언가 의미심장한 미소를 지었다.

도반은 브레인 이터라고 불린 호위 같은 존재에게 시선을 향했다. 하지만 상대가 어떠한 생각을 품고 있는지, 마스크로 가려진 얼굴에서는 알 수가 없었다.

다만 한 가지. 슬슬 때가 되었다는 것만큼은 알 수 있었다.

"아니아니! 착각하면 곤란하다고! 귀국과 동맹 관계를 맺는 건 문제가 없어. 사실 우리 쪽도 내부적으로는 이미 결정한 일이야. 하지만 아랫사람들을 납득시키려면 어느 정도 합당한 이유가 필요하지. 어쨌든 당신네 마이노그라가 주도할 생각이겠지?"

"물론 앞으로의 전쟁을 고려한다면 그럴 계획입니다만."

"폰카븐은 그럴 생각이네. 이 주정뱅이들을 챙기기는 역부족이니까."

회의에 참가하고 있던 트누카폴리가 처음으로 입을 열었다. 그것 역시도 서덜랜드를 향한 불만이 묻어나는 무미건조한 말이었다.

다만 마이노그라와 폰카븐이 이미 깊숙하게 얽힌 관계라는 것은 잘 알려진 사실이었다. 자신들 역시 그 관계에 얽히더라도 전혀 문제는 없었다.

'그 후로 서둘러서 조사해봤는데, 폰카븐 녀석들도 다들 맛이 간 건 아니야. 뭐, 《이라교》라는 성가신 녀석이 있다 보니 어떤 의

미에서 침략당하기는 했다지만……. 그래도 마이노그라와 손을 잡아서 우리가 살아남을 여지는 충분히 있겠어.'

《이라교》 문제는 서덜랜드에서도 몇 번인가 의제로 올라온 적이 있는 성가신 화제였다.

파멸의 왕 이라 타쿠토를 신으로 숭배하는 신흥 종교. 아직 초기 단계라고는 해도, 폰카븐과 무역을 하는 사이에 서덜랜드에도 들어와 있었다.

이대로 방치한다면 언젠가 큰 문제가 될 것은 틀림없다. 서덜랜드로서도 몇 번인가 규제를 고려하기는 했지만, 전부 논의 단계에서 흐지부지되어 버렸다.

드워프들은 전적으로 자유를 중시하는 기풍이다. 그래서 개인의 신앙에는 그다지 개입하려 하지 않았기 때문이었다.

하지만 《이라교》 문제를 고려하더라도, 폰카븐이라는 전례는 드워프들의 경계심이 풀어지게 만드는 요인 중 하나였다. 적어도 선단장들에겐 그랬다.

하지만 사실은 그렇지 않았다.

《이라교》야말로 마이노그라에게 힘을 실어주는 요소.

그렇게 말할 수 있을 만큼, 《이라교》는 이미 서덜랜드 내부로 침투한 상태였다.

선단장 중에는 아직 신도가 없지만, 현재 서덜랜드에서는 《이라교》 신도들이 마이노그라와 이라 타쿠토가 얼마나 훌륭한지를 밤낮 없이 설파하고 있었다.

그 결과, 서덜랜드 국내에서 "사악한 국가인 것 같긴 해도, 이야기는 통하니까 장사는 할 수 있겠는데"라는 인식이 조금씩 생겨나고 있었다.

이야기가 통한다면 상대가 신이라 해도 장사를 해낸다. 그것이 그들 스스로가 평소 장사에 임하는 태도였다.

이제까지 그런 분위기와 태도가 축적된 결과. 상층부인 선단장들만이 아니라, 서덜랜드라는 국가와 국민들은 마이노그라를 어렴풋이 그렇게 평가하고 있었다.

아래가 그렇다면 자연스레 위도 그렇게 된다.

국가에서 위의 명령을 아래에서 충실하게 실행하는 것은 당연한 일이다. 그렇다면 지도자들이 시민들의 의사를 배려하고 헤아리는 것 또한 당연한 일이니까.

그렇기에 동맹은 이미 정해진 노선.

마이노그라는 그 사실을 모른다. 하지만 이런 경위를 거치며, 서덜랜드 내부에서 그 노선 자체는 거의 합의가 된 상황이었다.

이리하여 마침내 총선단장이 동맹 참가에 대해 언급했다. "아마도 그럴 생각"이라는 조금 애매모호한 말일지라도 지도자가 꺼낸 말의 무게는 차원이 다르다.

둘 사이에── 특히 주변에서 추이를 지켜보던 사람들 사이에서 안도한 분위기가 흘렀다.

나중에 세세한 부분의 절충을 진행하면 이야기는 끝이다. 대략적인 틀이 정해졌으니 남은 건 사무적인 내용뿐.

조금 느슨해진 분위기가 감돌기 시작하던 그때였다.

"하지만 아직 문제가 있네!"

합의 단계에 들어서려던 이야기를 도반이 갑자기 뒤집었다. 다름 아닌 도반이.

그 의도는 과연 무엇인가? 아무리 몰타르 옹이라고 해도 상대의 이런 폭거에는 미간을 찌푸릴 수밖에 없었다.

보통은 있을 수 없는 일이었으니까. 예의에 어긋난다는 의미로.

"음…… 대체 뭐가 문제라는 겁니까?"

조용히 물었다. 상대가 도리도 모르는 불한당이 아니라는 건 잘 안다. 마이노그라의 기분을 거스르면서까지 어설픈 요구를 들이미는 어리석은 자가 아니라는 것도.

여기서 쓸데없이 경고를 꺼냈다가 이야기가 다시 출발점으로 돌아가서도 안 되겠지. 몰타르 옹은 그렇게 판단했다.

일단 이야기를 들어보자. 우선은 그것부터다.

"아직 서열이 정리가 안 됐어!"

몰타르 옹이 흘끗, 트누카폴리에게 시선을 향했다.

처음부터 폰카븐의 대표는 옵저버, 그러니까 참관인 같은 입장이었다. 드워프 수장이 꺼낸 기묘한 주장을, 그들을 통해 확인하려고 한 것이었다.

"드워프니까 말이지. 완고하거든. 머리를 숙이더라도 이유가 필요한 거야."

트누카폴리는 그의 시선만으로 의도를 정확히 파악했다. ……파악했다고 할까, 누구라도 물어볼 건 하나뿐이었을 테지만.

바로 '이 녀석들 진심으로 하는 말인가'였다.

"그들의 기질에 대해서는 어느 정도 들었습니다만, 그렇다고 해도 좀 지나치게 여유로운 게 아닙니까?"

"나한테 그러지 말게나, 몰타르 옹. 이 녀석들은 옛날부터 이랬다고."

"허어……."

여하튼 중요한 것은 드워프들의 귀찮은 성격이 또 하나 명백해졌다는 점이었다.

그다지 달가운 사태가 아니라는 것은 분명하지만…….

몰타르 옹이 한숨만 내쉬는 것도 어쩔 수 없겠지. 마이노그라의 왕 이라 타쿠토가 이 상황에 딱히 스트레스를 느끼지 않는 것 같다는 점은 유일하게 다행이겠지.

물론 타쿠토는 제대로 멀미에 시달리느라 그럴 여유가 없을 뿐이지만.

총선단장 도반이 그런 태도를 어떻게 받아들였는지는 알 수 없다.

하지만 자신이 터무니없는 소리를 했다는 건 알고 있겠지. 동시에 상대에게는 지독히 무례한 짓을 했다는 것도.

그는 기세 좋게 머리를 숙였다. 그대로 테이블에 이마를 댄 채, 시원시원한 목소리로 자신의 사정을 이야기하기 시작했다.

"갑작스러운 무례는 진심으로 사죄하겠네, 용맹하고 과감한 파멸의 왕이여. 귀국에게도 사정이 있다는 건 잘 알아. 그건 우리도 마찬가지거든. 딱히 이야길 다시 물리자는 게 아니야."

타쿠토는 그 말을 듣고 조용히 끄덕였다.

그 정도 반응밖에 할 수 없었다는 표현이 더 옳겠지만, 그래도 도반의 말은 분명히 들었다. 그러고서 그의 주장을 들어보자고 생각했다.

"적어도 마이노그라가 주도하는 것에는 동의해. 하지만 그럴지라도 우리한테도 긍지라는 게 있어. 왕에게는 사소한 일일지도 모르겠지만, 그것마저 포기한다면 우린 끝이야."

그도 『Eternal Nations』 세계 랭킹 1위를 차지했던 남자다. 말이 가진 무게도, 칭호가 가진 무게도 잘 알고 있었다.

때로는 타산이나 이해득실을 도외시하더라도 그것을 지켜야만 할 때가 있다는 것도…….

타쿠토는 조금 그리워졌다.

그가 세계 1위가 되었을 때. 어느 게시판이랑 채팅창에서 "이라 타쿠토는 치트를 썼다" 같은 망언을 퍼붓던 녀석들에게 보복했던 일이 떠올랐으니까.

방향성이나 사례 자체는 무척 다르지만, 반드시 해야만 하는 중요한 일이 세상에는 존재한다.

그것은 물질적인 것도, 금전적인 것도 아니다. 하지만 확실하게 존재한다.

"도반 공, 아무리 그런 말씀을 하셔도── "몰타르 옹.""

"예!"

"상관없어."

"소, 송구하옵니다……."

타쿠토의 한마디에 몰타르 옹은 입을 다물었다.

그의 이마에는 땀이 한 줄기. 조금 전의 말이 왕의 뜻에 어긋

나는 표현임을 깨달았으니까.

왕인 이라 타쿠토는 사려 깊고 항상 부하를 생각한다. 그래서 모든 것을 배려해서 발언한다.

그의 자비는 무한하지만, 때로 부하의 부족함이 왕의 기분을 상하게 만들 때가 있다.

바로 지금이 그랬다…….

몰타르 옹은 자신이 오만해졌다는 사실을 자각하고, 다시금 자신이 왕의 대변자에 불과하다는 사실을 이해하며 스스로를 다스렸다.

모든 것은 왕이 있으시기에. 그것을 잊어서는 안 된다.

몰타르 옹이 입을 다물자 기묘한 긴장감이 감돌기 시작했다.

타쿠토의 시선이 드워프들의 수장, 총선단장 도반을 꿰뚫었다. 도반 역시도 테이블에 양손을 짚은 채로 천천히 고개를 들어, 파멸의 왕에게서 전해지는 공포의 바람에 과감하게 맞섰다.

이윽고 더없이 낮고 힘이 실린 목소리로, 용감한 바다 사나이는 파멸의 왕에게 말했다.

"왜소하고 하찮은 장사치가 용맹하고 과감하신 파멸의 왕 이라 타쿠토 경에게, 수치를 무릅쓰고 말씀드리겠네."

"하시오."

"우리 서덜랜드가 가진 최강의 전력과, 그쪽이 가진 전력으로 대결을 부탁하고 싶군. 그 결과를 바탕으로 우리 드워프는 서덜랜드의 뱃머리를 돌리겠네."

그들에게 배란 목숨 그 자체. 뱃머리란 목숨을 좌우하는 것.

타쿠토는 용기와 의지에 경의를 표했다. 조용히, 그리고 크게 끄덕였다.

도반은 교섭 성립에 씨익 웃더니 의자를 뒤로 날려버리며 벌떡 일어났다. 그리고 오늘 중 가장 큰 목소리로…….

"서열을 정할 시간이다아아아아아아!!"

마치 축제의 시작을 알리듯이 외쳤다.

Eterpedia

드워프

종족

《종족 보정》

해양 보너스 +5%

상업 보너스 +10%

생산 보너스 +15%

연구 보너스 −5%

식량 생산 보너스 −5%

해설

~태고부터 살아온 대지의 종족~

드워프는 대지와 밀접한 관계를 지닌 종족입니다.
호탕하고 쾌활한 기질을 가진 그들은 다른 종족에게 비교적 우호적이고, 이익이 된다면 적극적으로 거래합니다.
생산에 높은 보너스를 받고 상업 보너스도 있습니다. 경제와 공업에서 다른 나라보다 유리해서 그것을 살린 플레이 스타일이 선호됩니다.
이런 성질은 해안 지역과 해양 지역에 적응한 이드라기아 대륙의 드워프들에게도 이어지고 있습니다.

제4화 낙담

“정식으로 체결은 한다! 동맹을 맺는 건 틀림없다! 마이노그라가 수령이다! 하지만 그 전에 서열은 정해야지. 서로 최고의 전력을 내보내어, 자신의 의지를 보여주는 것이다—— 물론 당신들이 터무니없는 힘을 가지고 있다는 건 잘 알아. 하지만 우리도 쓸만하다는 걸 증명하지 않고서야 장사는 끝장이거든!”

각오를 다진 허세인가, 아니면 어지간히도 자신감이 있는 것인가. 여하튼 도반은 호쾌하게 말했다.

타쿠토도 조금은 즐겁다는 듯이 그 모습을 바라봤다. 최근 며칠은 너무나도 서둘러서 일을 진행했다. 이 정도 여흥을 즐길 여유는 누려도 되겠지.

오히려 휴식이라고 해야 할지도 모른다. 무슨 일이든 서두르다가는 일을 그르칠 테고, 쉬지도 않고 무한하게 달릴 수 있는 생물은 존재하지 않으니까.

전투 상태가 아닌 국가와 모의전을 벌이는 형태라면 전투 행동을 취하더라도《대의식》을 속일 수 있을 것 같다.

타쿠토는 멀미에서 간신히 회복되었다. 아투에게 텔레파시를 보내어 몰타르 옹이 조금 전의 말 때문에 살짝 움츠러든 상태라고 전한 뒤, 그를 향해 평소보다 큰 동작으로 고개를 끄덕였다.

“흠. 힘겨루기라고 해야 할까요. 왕께서도…… 왕께서도 별다른 문제는 없다고 말씀하십니다. 그럼, 위대한 바다 사나이들은 대체 어떤 전사를 내보낼 겁니까?"

확실히 이건 흥미로운 일이었다.

적어도 평범한 드워프 전사를 내놓는다면 그들의 수준은 뻔하다. 아마 그들 중에 맹자라 불리는 자가 있을지도 모른다. 하지만 그래봐야 그건 드워프 사이에서…… 그런 전제가 붙어버린다.

그래서는 아무래도 약하다. 임팩트라는 의미에서도, 실력이라는 의미에서도…….

"후후후, 듣고 놀라지 말게나! 보고 놀라지 말게나! 이봐! 차례가 됐다고! 그 녀석을 내보내라!"

하지만 마이노그라의 예상을 뒤집는 존재가 이 자리에 나타났다.

『타쿠토 님. 뭔가 와요. 냄새가 나요.』

『응……. 이 기척. 뭔가 몬스터일까? 물에 사는 생물은 아닌 것 같은데, 뭘까?』

타쿠토와 아투가 텔레파시로 몰래 대화를 나누었다.

아투는 영웅이 가진 초인적인 오감으로, 타쿠토는 어디서 왔는지 알 수 없는 정체 모를 힘으로…….

이윽고 쿵쿵, 모두의 귀에 들릴 정도의 거리까지 그 존재가 다가왔다.

그들은 기척이 느껴지는 곳, 드워프들의 의자 뒤에 있는 기둥 사이로 보이는, 선박 안으로 내려가는 거대한 계단으로 시선을 향했다.

"이것이! 우리의! 최강 전력이다아아아!!"

그야말로 불쑥, 이라는 표현이 걸맞았다. 그것은…… 그 드래곤은 타쿠토 일행의 눈앞에 불쑥 나타났다.

"오오, 드래곤."

"드래곤……인가요."

"이건 놀랍군요……."

타쿠토, 아투, 몰타르 옹. 저마다 놀란 모습이었다. 적어도 마이노그라에게 한 방 먹였다고 해도 되겠지.

그것만으로 도반은 무척 기분이 좋아졌다. 반대로 트누카폴리는 마이노그라가 무엇 때문에 놀라는지 알 것 같아서 살짝 헛웃음 섞인 표정이었지만.

"어떠냐! 이것이 우리의 비밀 병기다!"

타쿠토가 드래곤에게 집중했다.

몸길이는 10미터 정도일까. 적갈색 비늘에 날카로운 발톱. 뱀처럼 번뜩이는 눈동자. 체구와 비교하면 조금 작게 느껴지지만 거대한 날개.

기본적이라고 한다면 조금 진부할지도 모르겠지만, 그곳에는 다양한 전설이나 게임에서 나오던 드래곤이 분명히 존재하고 있었다.

물론 서덜랜드가 만반의 준비 끝에 내보낸 전력이다. 그것만으로 끝이 아니었다.

'드워프가 공들여 만든 갑옷이라고 할까……. 움직임을 방해하지 않고, 동시에 급소를 지키는 좋은 장비야.'

그 드래곤은 드워프들이 만든 갑옷을 걸치고 있었다.

종류를 따지자면 비늘 갑옷일까?

작은 금속판을 비늘 모양으로 꿰매어서 만든 갑옷의 일종으로, 구조상 다양한 움직임에 대응할 수 있는 것이 특징이다.

물론 그냥 비늘 갑옷이 아니었다. 드래곤에게 맞추려니 비늘 한 조각도 상당히 커지고 숫자도 엄청났다.

비용은 얼마나 들었을까.

비늘을 가진 드래곤이 또 비늘 갑옷을 입는다니 조금 이상할지도 모르겠지만 효과 자체는 절대적이겠지.

적어도 평범한 성기사 정도로는 상대도 안 될 것이다.

"그기각."

드래곤이 웃었다. 어딘가 득의양양하게, 놀라는 상대의 모습을 보고 우월감에 빠진 모양이었다.

명백하게 지능이 있다는 증거. 한순간 타쿠토나 아투를 보고 놀란 표정을 드러낸 만큼, 상대가 얼마나 격이 다른지도 잘 알고 있었다.

그러고서도 아직 자신이 정점에 있다는 태도. 오만하고, 긍지 높고, 흉포하고, 그리고 무엇보다도 강하다.

그야말로 타쿠토가 아는 드래곤이란 존재 그 자체가 나타난 것이었다.

조금 전까지 시달리던 멀미는 어디로 갔을까. 타쿠토는 눈을 반짝반짝 빛내며, 처음 보는 판타지 그 자체인 생물에 흥분했다.

여기가 대주계였다면 기뻐서 펄쩍펄쩍 마구 뛰어다녔을 테지. 하지만 여긴 상대 국가, 게다가 교섭 중인 장소였다.

아무리 타쿠토라도 자기 마음을 억누르고 상황을 관찰했다.

자신의 지식과 비교해보며 살며시 마이노그라의 이익이 되도록 이야기를 진행했다.

"몰타르. 이건 어떤 등급일까?"

드래곤에게는 전투 능력에 따른 등급이 존재한다. 이전에 몰타르 옹에게 들은 적 있던 이야기를 타쿠토는 분명히 기억하고 있었다.

하급, 중급, 상급…… 그리고 특급.

물론 등급이 올라갈수록 강해진다. 특급이나 상급 정도면 이미 전설이나 역사에나 나오는 존재이지만, 그보다 낮은 등급이라도 드래곤은 위협적이다.

이 대륙에서는 성스러운 국가가 과거에 전부 사냥해 버렸다고 하지만, 전성기에는 때로 상급 성기사나 성녀에게 이긴 개체도 있었다나.

사실이라면 무척 흥미 깊은 존재였다.

"이건 보기에 중급 드래곤이로군요. 이것 참, 굉장하군……. 저도 직접 본 것은 120년만입니다. 이 대륙에서 어느 정도 숫자가 있었지만 전부 퀄리아가 사냥해 버렸으니."

"그렇구나."

감탄이 담긴 설명을 통해서 다른 대륙에서 들여왔다는 추측을 슬쩍 내비치는 몰타르 옹.

타쿠토도 그 추측을 정확히 받아들이고 머릿속에서 다양한 정보를 고속으로 조합했다.

아직 다른 대륙의 정보는 부족하다. 현재로서는 진지하게 생각할 정도는 아니고 그럴 여유도 없지만, 정보를 좀 찾아봐도 괜찮겠다고 여겨질 만큼은 충격적이었다.

그건 그렇고…….

드래곤이란 무척 강력하다.

『Eternal Nations』에서는 드래곤도 천차만별이었다. 흔한 도마뱀과 다름없는 존재부터 《영웅》조차도 격파할 만큼 강력한 존재까지 있었다.

오히려 드래곤 국가도 있었고 드래곤 영웅도 존재했다. NPC 중에도 드래곤은 있었고, 운이 좋다면 자국의 전력으로 끌어들일 수도 있었다.

이런 측면에서는 타쿠토도 이들의 전력에 조금 흥미가 있었다.

어느 정도의 전력이 될까, 앞으로 어떻게 운용할 수 있을까? 비장의 카드가 있을 거라고는 생각했지만 이렇게나 재미있는 게 나올 줄이야. 예상 밖이면서도 좋은 인상을 받았다.

굳이 그런 말을 꺼내지는 않았지만…….

"중급입니까. 확실히 브레스를 뿜고, 언어도 완벽하게 이해했죠. 전투 능력은 상급 성기사를 훨씬 능가해서 성녀 수준이겠죠. 착용한 장비도 최상급. 의외로 꽤 훌륭하군요."

"흠……."

아투는 감탄하는 말을 꺼내기는 했지만, 실제로 군에 포함시키기에는 조금 미묘한 평가였다.

몰타르 옹의 말이나 그들의 태도를 보면 틀림없이 다른 대륙에서 들여왔을 테지.

그렇다면 숫자가 부족하다. 확실히 드래곤은 단독으로도 성기사를 넘어서는 힘을 가진 존재다.

하지만 이쪽에는《이라의 기사》로 전향한 전직 성기사들이 있고, 마이노그라가 자랑하는 부하도 존재한다.

덧붙여서 전투 능력은 영웅이나 성녀에게는 아무래도 미치지 못하니까 어중간하다.

최전선에 내보내기에는 조금 불안하다. 드워프 부대에 소속시키더라도 숫자가 갖추어지지 않는 이상 전력으로는 큰 효과를 발휘할 수는 없겠지.

번식에 성공했다면 그들의 태도는 또 달랐을 테고, 애초에 이 나라에 온 시점에서 기척이나 냄새가 감돌았을 것이다.

로망도 포함해서 장래성은 백 점 만점이지만, 현재 상황을 평가한다면 20~30점이 고작이다. 그야말로 첩첩산중이라는 것이 솔직한 감상이었다.

하지만 드워프들은 그렇게 생각하지 않나 보다.

"핫핫핫! 마이노그라의 왕도 역시나 우리가 드래곤을 거느리고 있다는 건 몰랐나 보군! 어떤가? 이 녀석이랑 당신네 전사로 싸워보는 건? 여하튼 뭔가 데리고 오긴 했잖아?"

무척 기분이 좋아 보였다. 총선단장 도반도, 다른 선단장들도 풍채 좋은 몸을 크게 흔들며 웃고 있었다.

그만큼 드래곤에게 자신감을 가지고 있겠지.

그들을 보니 이야기가 점점 더 본론에서 벗어나는 것 같이 느껴졌다.

지금은 드워프들의 긍지를 지키기 위한 일이라기보다는, 어떻게든 마이노그라가 놀라기를 바라는 의도가 큰 것처럼 보였다.

애당초 이 회의는 북쪽의 정통 대륙 연맹을 상대하기 위한 동맹을 체결하고자 열린 것이었다.

힘을 겨루려는 것도, 마이노그라가 자신들을 인정하게 하려는 것도 아니었다.

"좀 까불어대는군요. 교육이 필요할까요?"

아투의 기분이 급격히 나빠지기 시작했다. 더더욱 위험한 신호였다.

아투는 누군가가 마이노그라를 얕보는 것을…… 이 경우에는 타쿠토를 얕보는 것을 무엇보다도 참지 못한다. 그녀는 드워프들의 그런 행동을 도저히 용납하지 못하는 것이다.

"아투."

"읏. 죄송합니다, 타쿠토 님."

모든 생명은 이라 타쿠토에게 복종하여 머리를 숙여야 한다. 그것이 당연하다고 생각하는 종자는 무척 충성심이 높고 든든한 존재였다. 하지만 아무래도 자주 폭주한다는 문제가 있었다.

『굳이 네가 나설 필요는 없어. 드래곤 정도한테 아투를 내놓기에는 너무 아까워.』

『타쿠토 님…….』

물론 타쿠토는 예전과 다르게 당황하지 않고 바로 달래어주는 텔레파시.

최근에는 타쿠토도 아투를 점점 잘 다루게 되었다.

타쿠토 자신도 그걸 알고 있었다. 하지만 이런 게 능숙해져도 말이지, 라고 조금은 고민하던 참이었다.

아투는 그에게 소중한 존재다. 고삐를 쥐고서 마음대로 움직이는 것보다도 대등한 관계로 있고 싶었다.

다크 엘프의 주장으로는, 아무래도 쉽게 폭주하는 아투를 타쿠토가 제대로 붙들어주지 않으면 곤란하다지만…….

아무도 이 일에 대해서 이야기를 꺼내지는 않았다. 하지만 저마다의 입장에서 미묘하게 견해나 인식의 차이가 있는 문제였다.

그래도 타쿠토가 제대로 아투를 붙들고 있는 덕분에, 지금 이 자리에서 드워프와 드래곤이 촉수에 꿰뚫리지 않는다는 것 또한 사실이었다.

그런 사실을 아는지 모르는지, 드래곤을 내놓고서 드워프들은 잔뜩 신이 났다. 이것으로 자신들도 체면을 지켰다며 기분 좋게, 대체 어디서 꺼냈는지 술을 들이켜기 시작했다.

패배는 했지만 명예로운 패배. 머리는 숙이지만 상대에게 제대로 한 방 먹여주고서 종속.

그런 위치를 노리는 것이었다.

반대로 마이노그라로서는 압도적인 입장에서 지배한다는 사실을 강조해야만 한다. 처음부터 인연이 있는 폰카븐 앞에서 너무 타협하는 모습을 보여줄 순 없다는 이유도 있고, 무엇보다 이라 타쿠토가 다스리는 나라에 그런 약한 모습은 어울리지 않으니까…….

'하지만 뭐, 기분 좋게 웃고 있군요. 왕께서 무엇을 데려오셨는지도 모르고…….'

여하튼 아무리 그런 사정이 있을지라도 이미 결과는 정해져 있는 것이나 마찬가지였다.

몰타르 옹은 드워프들을 도리어 불쌍하게 쳐다봤다.

그들에게도 종족이나 수장으로서의 지위도 있으니까 물러설 수 없다는 건 안다. 그대로 조금은 더 피아의 전력 차이도, 상대가 얼마나 강한지도 이해할 수 있다면 좋을 텐데.

반대로 자신들이 왕과 처음 알현했을 때, 얼마나 올바른 선택을 했는지 긍지를 가지게 된다.

그때 바로 왕이 가진 무한한 지혜와 마(魔)와 힘을, 일부분이라고는 해도 꿰뚫어 보았기에. 지금은 마이노그라의 국민으로서 영광스러운 미래를 향해 매진할 수 있으니까.

하지만 앞으로는 그들과도 친하게 지내야만 한다.

이번 대결이 어떠한 결말을 맞이할 것인가는 제쳐놓고, 앞으로 해야 할 일을 생각한다면 이 접촉을 기회로 삼아 깊은 교류를 가지고 싶으니까.

왕의 방침은 실제로 본인의 말과는 달리 결코 융화적이지도 평화적이지도 않다. 그렇다고 지금은 파멸적이거나 절망적이지도 않다.

그렇다면 폰카븐과 마찬가지로 적대하지만 않으면 표면상으로는 좋은 관계를 구축한다는 선택지를 취하실 테니까…….

'하지만 저 드래곤은…….'

몰타르 옹은 드래곤의 약점을 한눈에 꿰뚫어 봤다.

확실히 중급 드래곤은 위험하다. 더없이 강력한 부하를 다수 보유한 마이노그라도 가볍게 여겼다가는 반격을 당하는 것이 확정.

하지만 이번에 서덜랜드가 내놓은 드래곤에게는 큰 문제가 있었다.

그들이 그 문제를 과연 깨달았을까. 적어도 몰타르 옹이 충성을 바치는 왕은 상대에게 그다지 흥미가 없어 보였다.

"게게겍!!"

"어쩐지 모자란 것 같지 않나요?"

신이 난 드워프들을 제쳐놓고, 처음으로 위화감을 이야기한 것은 아투였다.

아무래도 마이노그라 사람들이 생각하는 드래곤과는 조금 달라 보였다.

구체적으로 말하기는 그렇지만, 미묘하게 위엄 같은 것이 부족했다.

"아마도 명령에 따르게 하려고 버릇없이 키웠을 테죠. 저 드래곤의 배를 보시길. 긍지 높은 드래곤치고는 너무나도 뚱뚱합니다."

몰타르 옹이 지적하자 아투와 다크 엘프 몇몇이 드래곤의 배를 빤히 바라봤다.

그랬더니 과연? 조금 전까지는 중급 드래곤이라는 임팩트에 가려져 있던, 이렇게 뭔가 느슨하다고 할까 여분이라고 할까, 그런 위화감이 드러나기 시작했다…….

어쩐지 비늘 갑옷도 팽팽하게 보였다.

그러니까 그 드래곤의 복부는 너무나도 군살이 가득했던 것이다.

"그긱! 갸아아아아아스!"

자기 배를 쳐다보는 걸 알아차렸을까. 드래곤은 배를 가리듯이 자세를 휙 바꾸고는 크게 입을 벌려 위협했다.

하지만 그 움직임도 어딘가 느릿느릿. 쿵쾅쿵쾅, 그런 의성어가 어울릴 것만 같은 위화감이 느껴졌다.

선단장들도 위화감을 간신히 알아차렸다.

그들에게도 드래곤은 미지의 존재. 이제까지는 원래 이런 건가 납득했지만, 둔한 움직임을 보고 의문이 생겨났다.

"이봐, 저거 괜찮은 거야? 밥 너무 많이 먹인 거 아냐?"

"아니, 나도 배가 저 정도는 나왔으니까 괜찮다고 생각했는데?"

"아사하면 불쌍하니까 먹일 수 있는 만큼 먹였지."

"술은?"

"물론 잔뜩 먹였어! 재만 따돌릴 수야 없잖아!"

"그럼 괜찮겠네!"

드워프 선단장 사이에서 전혀 괜찮지 않은 말이 흘러나왔다.

애완동물의 건강은 주인의 책임이다. 드래곤이 과연 애완동물의 범주에 들어가는지 의문은 남지만, 적어도 저 배는 드워프들한테 책임이 있겠지.

"뭐, 됐어. 모의전이라면 치를 수 있겠지. 죽이면 곤란하니까 말이야! 이봐, 알고 있겠지만 죽이는 건 안 돼. 상대 체면을 살려주면서, 우리도 할 만큼 하라고."

"그그……."

"제대로만 한다면 밥을 두 배로 주마……!"
"그갸갸갸!"
드래곤에게 귓속말하는 도반. 그 순간, 외모만큼은 사나운 얼굴을 히죽거리며 기쁜 듯 웃는 드래곤. 이미 밥을 두 배로 더 받는다고 확신하는 듯했다.
솔직히 이야기를 적당히 정리하자면 여기서 상대에게 따라주는 것이 상책이겠지만, 타쿠토라는 인간은 그것으로 납득할 수가 없었다.
모의전이라고는 해도 짜고 치기는 싫고, 마이노그라의 힘이라는 것을 제대로 보여주고 싶었다.
밥은 좀 덜 주는 게 드래곤을 위한 일이라는 의도도 있었다.
타쿠토는 몰타르 옹에게 시선을 보낸 뒤, 자신의 등 뒤를 향해 가볍게 손가락을 까딱여서 무언가 불렀다.
조금 전부터 드래곤 식사 사정 이야기로 흥이 오른 드워프들도 저기 뭔가 있었느냐며 주목했다.
"우리 진영에도 마침 적당한 애완견이 있어서 말이죠. 좋은 기회로군요. 짐승끼리 사이좋게 힘겨루기를 해볼까요."
몰타르 옹이 왕의 말을 대변해서 도발적인 말투와 함께 드워프와 드래곤을 흘겨봤다.
"으응? 어디 있는데?"
짐승이란 말에 드래곤이 분노를 드러내고, 도반이 마이노그라의 짐승이 어디에도 보이지 않는다는 사실에 의문을 느낀 그 순간.
몰타르 옹은 자신의 지팡이로 바닥을 딱 두드렸다.

"응애애애애애!!"

그 순간, 그 자리에 나타난 것은 그야말로 짐승이었다.

아니다…… 짐승이라 평하기에는 너무나도 이질적. 개, 고양이, 벌레, 새, 그리고 갓난아기를 전부 뒤섞은 것처럼 꺼림칙한 괴물. 그것이 마치 스며 나오듯이 그 자리에 출현했다.

크기는 3~4미터 정도.

드래곤과 비교하면 살짝 작게 느껴지지만 그 존재가 가진 압력과 공포는 어지간한 생물로서는 견뎌낼 수 없다.

마이노그라가 자랑하는 전력, 그것도 주력으로 운용하는 것을 검토 중인 그 괴물. 《반편이》가 서로의 위신을 건 자리에 나타났다.

"덧없는 목숨이었구나……."

"미안하네. 우린 구해줄 수가 없겠어."

"밥이나 더 먹여줄 걸 그랬어."

"집사람한테 죽을 거야……."

드워프들은 이미 장례식 모드였다.

게다가 드래곤 본인은, 그로서는 기민하게 움직이더니 금세 배를 드러내며 한심한 목소리로 항복 포즈를 취했다.

승부는 이미 결정되었다. 시작하기도 전에 끝났다. 굳이 따지자면 기권에 가까웠지만…….

이미 드워프의 위신이니 긍지니, 그런 걸 따질 때가 아니었다.

"바아……."

《반편이》가 곤혹스럽다는 시선을 보냈다.

뚱뚱하게 살찐 배를 드러내며, 마치 마음 약한 애완견처럼 항복 포즈를 취한 드래곤을 보고 어떻게 반응하면 좋을지 알 수 없는 모양이었다.

모처럼 자기 차례라고 의기양양하게 《의태》까지 풀었는데 이토록 맥 빠지는 결말이라니.

그뿐만 아니라, 이미 차례가 끝났으니까 미안하지만 다시 숨어 줄래? 왕인 타쿠토가 그렇게 말해버리니 할 수 있는 일은 아무것도 없었다.

"꺄아……."

슬픈 목소리를 흘리고 그대로 스윽 사라지는 《반편이》.

본래라면 드워프들이 그 은둔 기술과 저런 거대한 괴물을 완벽하게 사역하는 마이노그라의 역량에 두려워서 전율할 장면이지만…….

아직도 배를 드러내고서 항복 포즈를 취하고 있는 한심한 드래곤. 뇌리에 들러붙어서 사라지지 않는 《반편이》의 서글픈 울음소리. 이 상황에 무거운 분위기는 어디론가 날아가 버렸다.

SYSTEM MESSAGE

아래의 국가와 동맹이 체결되었습니다 .

【해양 국가 서덜랜드】

OK

Eterpedia

갑옷 드래곤

전투 유닛(마수)

전투력: 10 이동력: 1

《포식》

《인육 탐식》

NO IMAGE

해설

**~최고의 드래곤에게 최고의 갑옷을 준비했다.
그러니까 최강의 드래곤이다!~**

드래곤은 강력한 힘을 가진 마수입니다.
날카로운 이빨과 강력한 발톱이 있고, 비행 능력이나 마법 구사 능력을 가진 존재도 있습니다.
개체마다 차이가 크니까 일반적으로 크게 구분해서 초급~상급으로 분류됩니다. 급이 높을수록 인류에게 큰 위협이 됩니다.
갑옷 드래곤은 중급 드래곤에게 드워프가 준비한 전투용 갑옷을 장착시킨 개체입니다. 전투력은 상급 드래곤에 필적합니다.

제5화 전승

타쿠토 일행은 무사히 서덜랜드와 교섭을 마치고 대주계로 돌아왔다.

많은 일이나 문제가 당연하다는 듯이 존재했지만, 그것들을 모두 헤쳐 나온 지금은 좋은 추억이라고도 할 수 있었다.

이것으로 처음에 세운 큰 목표는 클리어. 타쿠토와 아투의 표정도 어쩐지 밝았다. 그들을 따르는 다크 엘프들에게서도 만족스러운 분위기가 흘렀다.

피로는 있지만 기력은 충분.

모두가 달성감 덕분에 찾아온 일종의 고양감에 휩싸여 있었다. 본래라면 휴식도 취하지 않고 다음 작전으로 넘어가고 싶은 참이었지만, 타쿠토는 이번에 교섭을 담당한 이들에게 굳이 반나절의 휴가를 주어 기운을 차릴 시간을 만들었다.

"그러고 보니 타쿠토 님, 다른 도시 국가는 어떻게 할까요? 서덜랜드는 순조롭게 동맹 관계를 구축할 수 있었지만, 다른 두 나라는 아직 아무것도 진행하지 않았다고요?"

타쿠토의 집무실.

타쿠토는 의자에 편안히 앉아서 과자를 입에 넣었다. 그러고는 아투의 말에 고개를 끄덕이며 과자를 씹었다.

아투도 양손으로 컵을 들고서 김이 피어오르는 따듯한 코코아를 마시고 있었다.

질문 내용과 달리 두 사람은 비교적 가벼운 태도였다. 지금은 어디까지나 휴식을 겸하는 시간이니까.

본래라면 휴식 시간이나 사적인 시간에 너무 일 이야기를 꺼내는 것은 좋지 않다. 하지만 타쿠토도 아투도 그런 느긋한 소리를 할 처지가 아니었다. 공통되는 화제가 부족하기도 하니까 필연적으로 앞으로의 국가 운영 이야기가 되어버렸다.

"그건 안심해도 돼. 아무래도 서덜랜드 쪽에서 교섭할 인원을 내어줄 것 같아. 뭐, 우리한테 점수도 벌고 교섭에서 유리한 조건으로 삼기도 할 생각이겠지만, 실제로 그들은 도시 국가와 인연도 있으니까 교섭은 유리하게 흘러갈 거야."

"잘 될까요? 작다고는 해도 상대는 국가. 아무리 서덜랜드가 중립 국가 중에서는 대국이라고 해도, 그렇게 간단히 이야기가 진행될 것 같지는 않은데요……."

아투의 말은 옳았다.

다만 이번 일은 서덜랜드만이 아니라 폰카븐도 움직이고 있다. 원래 암흑 대륙에서는 이들 두 나라가 두각을 드러내고 있었다. 도시 국가와의 관계성이 어떤지는 알 수 없지만 마이노그라가 나서는 것보다는 이야기가 원만하게 풀리겠지.

그와 동시에 마이노그라가 나설 정도의 일은 아니라고도 할 수 있었다. 서덜랜드로 직접 건너간 것은 그만한 국력을 자랑하는 나라였으니까, 그리고 시급하게 끌어들일 필요가 있었으니까.

아투에게 그런 설명을 해주자 그녀는 납득한 듯 표정이 환해졌다.

그녀에게 마이노그라에 해가 되는 일, 나아가서는 타쿠토가 고민하게 만드는 문제는 전부 혐오해야만 하는 일이다.

그중 하나가 큰 문제 없이 진행된다니까 아투의 표정이 환해지는 것도 당연했다.

"그렇다면 도시 국가 두 곳을 끌어들이는 건 이르든 늦든 확정된 일인가요. 지원이나 견제책은 생각하고 계실까요? 전쟁이 벌어졌을 때, 괜히 이상하게 움직일 수도 있을 텐데……."

타쿠토는 아투의 의문을 곱씹어봤다.

그런 생각은 크게 하지 않았다. 솔직히 딱히 방해하지 않고 적당히 배후에서 가능한 보급이나 지원, 그리고 치안 유지만 해준다면 충분하다고 생각했다.

대응은 나중에 생각해도 된다고 판단했다. 그래도 모처럼 이야기가 나왔으니까, 서덜랜드의 그늘에 가려져서 아무래도 인상이 희미한 두 도시 국가에 대해서 생각했다.

'수인이 주인인 도시 국가랑 범죄 국가인가……. 범죄 국가 쪽은 조금 신경 쓰이지만, 《브레인 이터》를 배치하면 성가신 일이 벌어지는 건 막을 수 있으려나?'

암흑 대륙에는 도시 국가가 두 곳 존재한다.

하나가 수인 계열의 기술 국가인 아이언헨지. 이곳은 먼 옛날에 폰카븐과 갈라진 국가로, 마법보다 기술을 신봉한다는 특징이 있다. 하지만 어차피 암흑 대륙, 획기적인 발전도 못 하고 지지부진한 상태.

또 하나는 범죄 국가 그램필. 범죄자의 낙원이라고 부르듯, 각국에서 도망친 수배자들이 붐비는 위험한 장소다. 하지만 상층부는 정치범 따위로 딱 정해져서 국가로서의 체제는 유지되고 있었다.

둘 다 마이노그라에게 병합되기 전의 드래곤탄과 오십보백보인 규모.

국가 두 곳이라기보다도 자주성이 강한 도시 두 곳이라고 생각하는 편이 현실에 가깝겠지.

'여하튼 폰카븐이랑 서덜랜드의 이야기를 듣기로는, 대단한 영향력도 야심도 없다는 건 확실해. 그렇다면 일단 마이노그라는 조용히 관망하는 자세로 다른 작전에 주력하는 편이 낫겠지.'

오히려 폰카븐이든 서덜랜드든, 저쪽에 전부 맡겨버리면 상대도 기뻐하겠지.

성가신 일을 맡아서 유능한 모습을 보여주거나, 호의를 베풀어 두어서 전후의 지위 향상을 노리거나. 어쨌든 의도 자체는 거기서 거기겠지만, 쓸데없는 고생 없이 넘어갈 수 있는 만큼 고마운 일이다.

쿠하라 케이지 일행, 그러니까 테이블 토크 RPG 세력이 범죄국가 그램필로 도망쳤을 가능성은 높다. 하지만 서덜랜드와 교섭의 부담이 커서 지금은 거기까지 손을 댈 수가 없었다.

타쿠토는 가능하다면 만전의 상태로 쿠하라와 상대하고 싶었다.

그렇다면 가능한 일, 해야 할 일은 자연스럽게 한정된다.

작전을 진행하고자, 그리고 아투를 이곳으로 부른 이유를 설명하고자. 타쿠토는 다음 작전으로 넘어갔다.

"자, 오늘 아투랑 상담하고 싶은 게 또 있거든. 서덜랜드 쪽은 일단 정리가 됐으니까, 다른 작전을 진행하고 싶어."

"다른 작전……인가요? 그건 어떤 작전이죠?"

서덜랜드를 순조롭게 끌어들였다. 덕분에 현재 마이노그라의 지도층은 비교적 한가한 상태였다.

물론 몰타르 옹이나 에므루처럼 실무 담당자와 책임자는 그럴 정신이 없겠지만, 일부 부하는 서브 플랜을 실행할 수 있을 만큼의 여유가 있었다.

그렇다면 다가올 대전쟁에 대비해서 해야 할 일은 하나다.

"아투를 강화할 거야. 진심으로 진행해 볼 생각이니까 협력해줘."

"절 강화하는 건가요. 물론 기꺼이……. 하지만 현재로서는 드래곤탄의【용맥혈】도 대지의 마나도 고정해 버렸으니까, 남은 건 적을 쓰러뜨리는 방법밖에 없잖아요?"

아투는 당혹스러운 기색을 숨기지도 않고 대답했다.

《영웅》인《오니의 아투》를 강화하는 방법은 사실 다양하다. 하지만 실제로 이용할 수 있는 것은 한정적이다.

첫 번째는 시간 경과. 영웅은 시간이 경과하면 전투력이 올라가는 성질이 있다. 이것은 영웅을 영웅답게 만들어주는 가장 강력한 능력이자, 다른 일반적인 유닛과 달리 수중에 두는 것만으로 경험이 쌓인다는 간단한 강화 방법이다.

하지만 시간은 어느 누구도 손을 댈 수 없는 영역. 적어도 타쿠토에게 시간을 움직이는 능력은 없으니까 이 수단은 사용할 수 없다.

이어서 그녀의 능력인 마나와의 친화성.

국가가 특정 마나를 보유하면 보유할수록 강화되는 그녀의 성질. 전혀 제한이 없으니까 이론상으로는 무한하게 강해질 수 있다.

하지만 그러려면 용맥혈이라는 희소한 자원 지역이 필요하고, 현재 드래곤탄의 용맥혈은 토지 비옥화에 이용하는 대지의 마나 산출만으로 꽉 차버렸다.

산출 마나 변경은 불가능하지 않다. 하지만 그렇게 하면 폰카븐을 포함한 암흑 대륙 전체의 식량 생산에 막대한 영향을 줄 테니까 현재로서는 불가능하겠지.

물론 광대한 암흑 대륙을 뒤진다면 혹시 다른 용맥혈을 찾을 수 있을지도 모른다. 그러나 거기에 걸기에는 승산이 없다.

——그렇다면.

"외람되지만 말씀드리자면, 암흑 대륙에 사는 야만족은 약하고 종족은 많지 않아요. 능력 탈취도 아마 RPG 세력인 브레이브 퀘스트스 마왕군과 격돌할 당시에 전부 손에 넣지 않았을까요……."

적을 격파해서 강화할 수밖에 없다.

아투는 오직 그녀만이 가진, 적의 능력을 탈취하는 강력한 능력이 있다. 그렇지만 암흑 대륙에서 그 능력은 이미 역할을 마쳤을 테지.

남은 건 꾸준히 적을 사냥해서 레벨 상승……이겠지만, 현재 아투에게 야만족들은 너무나도 약해서 거의 무의미한 수준의 효과밖에 없었다.

물론 그런 걸 주인인 이라 타쿠투가 모를 리 없었다.

그렇다면 어떻게 자신을 단련시키려는 것일까? 기대도 담긴 의문을 타쿠토에게 던졌다.

"그게 말이지. 조금 재미있는 이야길 들었거든!"

타쿠토는 마치 장난이 성공한 어린아이처럼 천진난만하게 웃으며 흥분한 기색으로 말했다. 어딘가 기대하는 듯한, 미지를 즐기는 미소였다.

아투는 그 태도에 그만 놀랐다. 대체 어떤 이야기가 나오는 걸까? 그리고 그의 기대에 담긴 의도는? 현재의 마이노그라, 그리고 암흑 대륙이 처한 상황은 절박했다.

상대인 정통 대륙 연맹의 전력을 정확하게 파악할 수 없는 이상, 이쪽도 최대한 전력을 갖추어야만 한다.

그런 상황을 뒤집기 위한 무언가가 그곳에 있는 것일까? 타쿠토의 기대와 흥분이 전염되었는지 아투가 저도 모르게 집무실 책상에서 몸을 불쑥 내밀며 작전을 기대했다.

"그건 뭘까요?"

"──전승에 남아 있는 존재."

아투가 눈을 크게 떴다.

그것은 일찍이 어디선가 들은 적이 있는 이야기였다.

격동의 나날을 보내는 사이, 어느샌가 기억 깊숙이 던져버린 것. 그런데 그 이야기를 대체 누가 했더라? 아투는 자신의 기억을 더듬었다.

그리고 다다른 기억. 타쿠토와 아투가 마이노그라를 건국하고 다크 엘프들과 함께 국가 운영을 시작했을 무렵까지 거슬러 올라갔다.

『오랜 전승에 남아 있는《파멸의 왕》. 위대한 존재 아래에서 살아가는 것이 허락된 영광. 저희 다크 엘프 일동은 진심으로 감사를 드리며 충성을 바치겠습니다.』

몰타르 옹이었던가. 그런 호들갑스러운 말을 늘어놓은 것은…….

아투는 그 기억이 되살아났다. 그 후에는 에므루를 몰래 불러서 오랜 전승에 대해 물어본 기억도 선명해졌다.

그녀가 말하기를── 세계에는 전승에 남아 있는 오래된 것들이 다수 존재한다고.

《여행하는 거상(巨像)》. 《살아있는 바다》. 《차원에서 온 사자》. 《자동 고문 기계》…… 등등.

그것들은 언제 쓰였는지 알 수 없는 서적에 실려 있을 뿐. 실제로는 어떠한지 거의 알 수가 없다. 하지만 공포가 느껴지는 문장에서는, 확실히 이 세계에 그것들이 존재했다는 생생한 인상을 받았다.

타쿠토가 평소에 이용하고 있는 파멸의 왕이란 명칭도 그런 문헌 중 하나에 적혀 있었다나.

잘 생각해보면 미리 검증부터 해두었어야 할 필요가 있었을지도 모른다.

그렇지만 그것은 굳이 따지자면 고고학에 해당되는 분야다. 격동의 시기에는 아무래도 우선도가 가장 낮았을 테지만…….

아투 안에서 정보가 모이며 점점 정리되었다.

전승에 남아 있는 존재란 녀석이 기억 속에서 완전히 떠올랐을 즈음, 타쿠토가 말을 이었다.

"서덜랜드가 휘하로 들어왔으니까 그들이 가진 금서 관람도 허가를 얻었어. 대부분은 진위가 의심스럽거나 창작이라는 게 몰타르 옹 휘하에 있는 연구자들의 견해였지만, 그중에는 도저히 거짓이라 단정할 수 없는 게 몇 가지 있었어."

아투의 표정이 바뀌었다. 어딘가 가학적인 분위기를 머금은 표정. 사랑스러운 이 소녀가 확실하게 어둠의 존재임을 나타내는 것만 같았다.

아투는 질문 따위는 던지지 않고 굳이 기다렸다. 왕의 말을.

"아투. 대어 사냥은 좋아해?"

또렷하게, 하지만 기대에 가득 찬 목소리로. 아투는 왕의 물음에 예, 라고 대답했다.

몇몇 전승이 봉인된 지점이 사전 조사로 판명되었다.

타쿠토 일행은 암흑 대륙에 존재하는 그 지점 중 하나로 찾아왔다.

주변은 독 늪, 그리고 늪이 기화된 짙은 안개가 감돌고 있었다.

이런 가혹한 환경에서는 생명 따윈 존재할 수가 없다. 하지만 이 극한의 지역에서도 슬라임 모양의 덩어리들이 우글거리는 것을 보니 생명의 신비와 강인함이 느껴졌다.

이런 장소에서도 비교적 쾌적하게 지낼 수 있다니, 역시 마이노그라는 사악한 국가구나. 타쿠토는 팔짱을 끼고서 감격에 빠져 있었다.

그런 그의 미묘한 감정 따윈 아는지 모르는지, 조금 전부터 대어 사냥에 참가자 겸 견학자로 참여한 비토리오가 마구 떠들어대고 있었다.

"굳이 이런 잔챙이 영웅 따위를 위해 암흑 대륙의 남쪽 끝까지 찾아오다니, 난 믿을 수가 없어!"

이것저것 편리하니까 억지로 데려왔는데, 그것이 무척 불만인 듯했다. 하지만 도망치거나 출발하는 날에 숨지는 않았으니까 본인도 어느 정도 흥미는 있어 보였다.

"타쿠토 님? 모처럼 죽여도 안 죽는 편리한 말이 있으니까, 이 녀석을 정찰로 쓰면 어떨까요? 아무리 전투 능력이 없다고는 해도 분석 정도는 할 수 있겠죠."

그런 비토리오를 편리한 도구 정도로 취급하며, 타쿠토만 바라보고 말을 건네는 것은 이번 강화 작전의 주역. 오니의 아투였다.

이제까지 그녀는 전투에서 여러 실수를 저질렀기에, 지금이 바로 분수령이라는 듯 잔뜩 기합이 들어갔다. 더 이상 주인에게 과거와 같이 무참한 모습을 보여줄 수는 없다. 그녀는 가슴속에 굳은 결의를 품었다.

잔뜩 기합이 들어간 그녀에게 지금의 비토리오는 그저 시끄러운 동료에 불과했다.

"너. 나를 목숨이 무한한 지원 캐릭터 같이 생각하는 거 아냐?"

"치워버릴 수 없는 방해꾼이라고는 생각하는데요."

그러니까 비토리오의 가벼운 농담에도 적당히 대답하고 넘어갔다.

평소라면 조금 더 격노해서 서로 끊임없이 티격태격했을 테지만, 오늘만큼은 그럴 가능성이 한없이 낮았다.

"뭐, 사실 비토리오를 써서 정찰하는 작전도 생각하긴 했어. 하지만 이번 토벌 대상을 비토리오가 세뇌해서 대주계에 밀고 들어올 가능성을 버릴 수가 없었어. 진짜로 할 것 같잖아. 그러니까 기각했어."

"아아아, 틀림없이 그러겠죠."

"정말이지! 절 어떻게 보는 건가요! 저도 마이노그라가 자랑하는, 직무에 가장 충실한 영웅이라고요! 그리고 조금 전의 화제는 또 다른 이야기니까 답변은 삼가도록 하겠습니다."

"라스트 어택은 아투한테 맡기도록."

"예—!"

"알겠다는 거예요."

엘프루 자매가 기운차게 대답했다.

셀드치에서 집무에 시달리는 그녀들에게 억지를 써서 데려온 것은 실전 경험을 주기 위해서, 그리고 만에 하나의 사태가 벌어진다면 전력으로 삼고자.

타쿠토로서는 도시 운영으로 바쁜 와중에 미안하다는 심정이었다. 하지만 본인들은 마침 잘 됐다며 기분 전환을 할 생각으로 따라왔다.

물론 영웅 말고도 부하는 데려왔다. 전투력을 생각하다 보니 《반편이》 몇 마리뿐이었지만.

어설프게 군대를 우르르 거느리는 것보다 그들 몇 마리가 더 강하다. 아까 이야기는 그들도 포함해서 모두에게 한 말이었다.

"흐음? 그럼 전 응원밖에 못 하는데요? 이럴 줄 알았으면 응원용 복장이라도 가져올 걸 그랬네요."

"비토리오는 혹시 모를 상황에 쓸 도마뱀 꼬리 역할이야."

어째서 이 나라에서 나만 인권이 없는 거야? 더없이 진지한 표정으로 비토리오가 중얼거렸다. 물론 자신이 이제까지 저지른 수많은 짓은 그의 머릿속에는 이미 존재하지 않았다.

반성이라는 말도, 연관된 표현도 마찬가지로 머릿속에 없었다.

"거기, 방해되는 거예요."

"의욕이 없다면 돌아가—."

"이 빌어먹을 꼬맹이들……."

비토리오가 계속 투덜거리지만 엘프루 자매는 신경 쓰지 않았다.

다시금 돌아보니 이곳에는 모든 영웅, 그리고 영웅에 필적하는 부하. 그러니까 마이노그라의 최고 전력이 집결하는 결과가 되었다.

아마 오버킬이 되어버리겠다는 느낌은 있었지만, 《대의식》의 효과가 발휘되는 와중에는 기본적으로 적대 조직과 전투를 벌일 일은 전혀 없다. 그러니까 이 기회를 놓치고 싶지 않았다.

게다가 《대의식》의 효과는 야만족—— 소위 국가나 조직으로 인정되지 않는 중립 NPC에게는 적용되지 않는다.

그들은 근처를 돌아다니는 몬스터 취급, 이라는 것이다. 이런 편법은 이미 『Eternal Nations』 시절부터 알려진 사실이었다.

그것들을 활용한 비기 같은 작전도 물론 있지만, 상황이 맞지 않으니까 이 세계에서는 사용할 수 없다.

여하튼 귀중한 1년 사이에 아투를 강화할 수 있는 상황. 타쿠토에게는 그저 고마울 뿐이었다.

쓸데없이 방심하다가 불필요한 손해를 당하지만 않으면 문제 없겠지만…….

물론 지금의 타쿠토에게 그런 빈틈은 없다.

"자, 슬슬 늪지 중앙이야. 다들 경계를 게을리하지 마."

타쿠토가 모두에게 말했다.

그와 동시에, 시야에 커다란 석조 토템 폴 같은 건축물이 보였다.

모두가 마음을 다잡고 전투에 맞추어 사고를 전환했다.

전승의 존재라는 녀석이 영원한 잠에서 깨어나서 당하는 폭력에 어떤 생각을 할까? 적어도 마이노그라는 적당한 경험치 이상의 감정은 품지 않았다.

결론부터 말하면, 토벌 자체는 지극히 간단히 끝났다.

대상의 명칭은 《자동 고문 기계》.

정식 명칭인지는 알 수 없다. 그래도 그 이름에 걸맞게 수많은 아이를 구현화한 것 같은 흉기로 구성된, 동력원도 알 수 없는 거대한 자립형 병기였다.

전승을 바탕으로 분석한 바로는, 마이노그라가 굳이 전투를 피해야만 할 정도의 존재가 아니라는 것은 명백했다.

오히려 고전하기가 어렵다는 것도 확고한 사실이었다. 게다가 전혀 방심하지도 않았다.

당연한 결과라고 할 수 있겠지.

"잔챙이였던 거예요. 기껏 임금님이 데리고 와주셨는데, 이래서는 훈련도 안 되는 거예요."

"우리 둘만 싸워도 쓰러뜨릴 수 있었어―."

전투 능력으로는 중기 영웅 레벨. 플레이어의 부하로서는 아마도 평균치 정도일까.

브레이브 퀘스투스에서는 마왕. 서큐버스에서는 호위인 노블 서큐버스.

타쿠토 일행이 이 세계로 처음 왔을 무렵에 맞닥뜨렸다면 틀림없이 전멸했을, 무척 강력한 존재였다.

하지만 이 세계에서 수많은 경험을 쌓고 전투를 거친 그들에게 이 정도 존재는 이미 식은 죽 먹기였다.

물론 전혀 방심하지 않고 다 함께 두들겨 팼지만…….

놀고 있던 것은 전투력이 없는 비토리오 정도겠지. 다만 그도 만약의 경우에는 세뇌 능력 따위를 사용해서 상대의 발을 묶는다는 계산이었지만…….

여하튼 현재 타쿠토 일행의 눈앞에 있는 것은 일찍이 전승의 존재라고 불리며 공포의 대상이었던 《자동 고문 기계》――의 고철이었다.

그들은 이 세계에 어울리지 않는, 아무래도 다른 세계의 개념이 담겨 있을 고철이 부활하지 않는지 확인하고서야 간신히 경계를 조금 풀었다.

"흐음. 빌어먹을 꼬맹이들의 말대로, 어쩐지 맥이 빠지는군요. 전승에 남아 있는 존재라니, 멋있는 말을 앞세운 것치고는 완전 잔챙이!"

비토리오의 말은 사실이었다. 다만 그것은 마이노그라의 시점일 뿐, 이 세계의 일반적인 상식과는 달랐다.

게임 시스템과 함께 찾아온 플레이어라면 몰라도, 원래 이 세계에 살던 사람들에게는 이 정도 존재라도 충분히 위협적이었다.

자신들에게 위협이 되지 않으니까 가치가 없다고 단정할 수는 없었다.

"레어 보스라는 건 확실하니까…… 기대되네. 아투. 어땠어?"

"타쿠토 님, 기뻐해주세요. 《무기물》, 《출혈 공격》, 《정신 무효》를 입수했어요. 그리고 겸사겸사 슬라임한테서 《맹독》, 《독 무효》도요."

타쿠토는 오오, 감탄을 흘렸다.

생각하던 것보다 강력한 능력을 입수했기 때문이다. 특히 《무기물》과 《정신 무효》가 강력한 능력이었다. 이것들은 적의 특수한 공격을 방어하는 효과가 있으니까 예외적인 사태도 피할 수 있다.

과거에 테이블 토크 RPG 진영에게 습격당했을 때, 《정신 무효》가 있었다면 아투는 결코 빼앗기지 않았을 테지. 그만큼 강력한 능력이었다.

'게다가 돌아다니는 슬라임한테서도 능력을 입수할 수 있을 줄이야……. 전투에 말려들게 만들어서 조금 신경이 쓰이긴 했는데, 그게 오히려 운이 좋았구나. 그보다도 《맹독》까지 가지게 됐나…….'

아투는 자매에게 능력을 자세히 설명했다. 타쿠토는 그 모습을 바라보며, 예상도 하지 않았던 이 선물에 대해 생각했다.

'뭔지 모를 슬라임들은 잔챙이라고 생각해서 내버려 뒀는데, 나름대로 흉악한 몬스터였나 보네.'

《맹독》은 단순하게 공격력이 올라가는 것은 물론, 상대에게 디버프를 걸 수도 있으니까 무척 유용한 스킬이다. 게다가 《독 무효》까지 얻었다니 너무나도 운이 좋았다.

아투가 말하기로는, 암흑 대륙에는 더 이상 유용한 야만족은 없다고 했다. 하지만 역시 실제로 확인하지 않고서는 알 수 없는 일도 잔뜩 있다.

맹독 역시 존재 자체는 알고 있었지만 독 슬라임의 존재까지 파악하진 못했다.

타쿠토 안에서 무어라 표현할 수 없는 흥분이 솟구쳤다.

자신의 복심이자 가장 좋아하는 아투가 점점 더 강화되고 있다는 기쁨, 아직 세계는 미지로 넘쳐나고 자신도 모르는 일이 잔뜩 있다는 감동.

다만…… 그 기쁨 뒤로 걱정거리도 있었다.

조금 전에 쓰러뜨린《자동 고문 기계》가 문제였다.

'전승에 남아 있는 존재……인가. 이 세계의 일반적인 상식으로 생각한다면 너무나도 과도한 전력이야. 이런 게 대체 어떤 경위로 봉인된 거지?'

고개를 갸웃거렸다.

플레이어는 제외하더라도, 이 세계에는 알 수 없는 일들이 여럿 있었다.

그중에서도 가장 이상한 게 바로 전승과 관련된 것들이었다. 타쿠토가 처음 이곳에 왔을 때 본 석조 대좌도 그렇고, 이번에 있던 이상한 돌기둥도 그렇고, 고서적에 남아 있는 다양한 위협도 그렇고…….

과거 이 세계에는 무언가 강력한 존재가 활개를 쳤다는 이야기였다.

하지만 현재는 그런 흔적이 거의 존재하지 않는다. 의도적으로 찾아봐야 간신히 발견할 수 있을 정도였다.

대체 어떠한 비밀이 숨겨져 있는 것일까? 게임으로 비유하자면 세계의 진상이라고 할까. 흥미는 끝이 없었다. 하지만 혹시 성가신 일이 벌어지기라도 한다면 곤란하니까 솔직히 굳이 알고 싶지는 않다고, 타쿠토는 이율배반적인 생각을 품었다.

"아투 양은 무척 행복한 모양이라 저 부럽습니다! 그런데 레벨업은 어떻게 됐나요?"

"일단은 그럭저럭, 이겠네요. 한층 더 강해졌어요. 당신과는 다르게, 저는! 항상! 타쿠토 님께 도움을 드리고자 노력하고 진화하니까요!"

"호—옹……."

비토리오 역시도 아투의 도발에 딱히 넘어가지도 않고 생각에 빠져 있었다.

아마도 그 역시도 무언가 추측하고 있겠지.

타쿠토와 마찬가지, 이 존재는 대체 어디서 왔느냐? 그런 의문이었다.

"비토리오는 어떻게 생각해?"

타쿠토가 의견을 청했다.

그 말에 비토리오는 타쿠토가 자신을 이곳으로 데려온 진의를 이해했다. 아무래도 전력으로 취급한 게 아니라 두뇌를 빌리고 싶었나 보다.

그도 온종일 타쿠토를 놀리거나 도전만 하는 것은 아니었다. 본인도 신경 쓰이는 점이 많았으니까 현재 상황에 대해서 논의하고 의견을 맞추어보기로 했다.

"으—음, 미묘하군요. 단순하게 생각하면 과거에 무언가 큰 사건이라도 있었다고 판단하는 게 당연하겠지만…… 신께선 어떻게 생각하십니까?"

"나도 단언하기는 힘들겠네. 어쩌면…… 그런 수준의 의견이라면 있지만, 죄다 너무 성가시니까 외면하고 있어."

"어어어……. 신께서 그렇게 판단하시다니 엄청 위험한 문제 아닌가요? 왜 절 소환하셨을까요? 돌아가고 싶은데, 혹시 소환 가능하실까요? 돌아가는 쪽으로."

"그야 당연히 안 되지."

비토리오는 엄청 싫다는 표정이었다. 그가 이런 표정을 짓는 일은 드물었다. 타쿠토가 그렇게 판단했다니, 틀림없이 무언가 숨겨진 진상이 있다고 생각했을 테지.

파괴된《자동 고문 인형》의 사체── 고철을 다시 바라봤다…….

하지만 딱히 무언가 번뜩이는 생각이 떠오르지는 않았다. 예상이라면 얼마든지 할 수 있겠지만, 정보가 너무나도 적어도 단정하는 건 위험했다.

"으으음!"

그런 두 사람의 반응에 아투가 더는 못 참겠다는 듯 터졌다.

그녀는 자신이 어쩔 수 없이 부족한 부분에서 타쿠토와 비토리오가 사이좋게 의견을 나누는 모습이 마음에 들지 않았을 테지.

솔직히 말하자면 토라졌다. 자기를 더 봐달라는 질투심의 발로였다.

물론 모두가 그것을 이해하고 있었다. 다만 지적하면 귀찮은 일이 벌어질 테니까 말하지 않았을 뿐.

그럼에도 입을 놀리는 어리석은 자는, 귀찮은 일을 환영하는 자뿐……. 그러니까 바로 비토리오.

"이야길 못 따라가겠다고 화내지 마! 이것 참, 배움이 부족하다니 가엽구나! 오니의 아투 양은 최종 학력이라는 게 없으니까! 유치원만 나온 어린아이한테도 못 이긴다니, 그러고도 무슨 낯짝으로 영웅이라 자칭하는 걸까? 낯짝이 너무 두꺼워서 무서울 정도야."

"너도 마찬가지잖아!!"

이대로 내버려 둔다면 또 싸움이 벌어진다…….

본래라면 따로 행동하도록 만드는 게 최선의 방법이겠지만 지금은 그럴 수도 없었다.

시간은 유한하다. 그리고 지금 이 순간에도 계속 소비되고 있다. 그것도 낭비에 가깝게.

어느샌가 엘프루 자매가 모습을 감추었다. 근처에 있던 《반편이》한테 물어봤더니 질려서는 먼저 돌아갔다고 손짓발짓으로 이야기했다.

이대로 독 늪에서 빈둥거려봐야 별수 없다.

타쿠토는 주변을 다시 한번 둘러보고 자료와 연구 목적으로 《자동 고문 기계》의 고철 회수를 《반편이》에게 명령했다. 그리고 혼잣말을 흘렸다.

"일단 이런 식으로 히든 보스들을 쓰러뜨릴까……."

손뼉을 짝짝. 점점 격렬해지는 두 사람의 말다툼을 말렸다.

두 사람의 말다툼은 그 정도 중재로 멈출 수는 없었다. 결국 타쿠토와 《반편이》들이 강제로 끼어들어서 두 사람을 구속하고, 한쪽은 눈물을 글썽, 한쪽은 희열에 찬 표정을 짓고서 대주계로 귀환했다.

SYSTEM MESSAGE

오니의 아투가 유닛 격파를 통해 다음의 능력을 획득했습니다.

《무기물》

《출혈 공격》

《정신 무효》

OK

Eterpedia

무기물

스킬

각종 약화 스킬에 대한 내성이 올라갑니다.

Eterpedia

출혈 공격

스킬

전투력 +10%

공격이 성공했을 경우, 일정 확률로 상대에게 《출혈》이 발생합니다.

※《출혈》 상태의 유닛은 행동이 종료될 때 대미지를 입습니다.

제6화 기책

암흑 대륙 어느 곳.

범죄 국가 그램필과 기술 국가 아이언헨지 사이를 잇는, 길이라 부를 수도 없는 길.

변변히 정비하는 사람도 없을 테지. 여기저기 방향을 가리키는, 글자가 닳아버린 너저분한 팻말. 일찍이 존재한 마을의 폐허로 보이는 돌과 목재 무더기.

이곳에는 조금 어울리지 않는 남자가 잔뜩 지친 표정으로 그런 광경 사이를 걷고 있었다.

아니, 남자라고 부르기에는 조금 어린 느낌이 남아 있었다. 하지만 소년이라고 부르기에는 조금 나이를 먹었다.

타쿠토가 봤다면 중학생 정도로 판단했을 외모. 그는 마치 병자처럼 휘청휘청 느릿하게 움직여서, 어디로 가는지도 알 수 없는 걸음을 옮기고 있었다.

"허억, 허억…… 피곤해. 더는 못 가, 죽겠다고……."

남자의 이름은 쿠하라 케이지.

과거에는 게임 마스터라 불렸고, 이라 타쿠토와 싸우고 패배하여 《주사위의 신》에게 당한 페널티로 이런 모습이 되어버린 플레이어다.

쿠하라는 어떤 목적을 이루기 위해 아이언헨지로 향하고 있었다. 익숙하지 않은 여정을, 자신의 다리로 필사적으로…….

하지만 그런 그의 노력도 허무하게—— 아니, 그로서는 무척 열심히 했다고 말해야 할까? 어쨌든 이미 한계에 다다랐을까. 쿠하라는 그 자리에 쓰러지듯이 주저앉더니 더는 움직이지 못하겠다는 듯 어느 방향으로 시선을 향했다.

그곳에 있는 것은 잔해라고 불리는 소녀. 쿠하라가 만난, 유래를 알 수 없는 존재. 잃어버린 에라키노의 뒤를 잇듯이 그와 함께 행동하고 있는, 의문투성이 인물이었다.

하지만 그런 그녀일지라도 알 수 있는 것이 적어도 하나는 있었다.

눈앞에서 불평을 흘리는 남자의 몇 배, 몇십 배, 또는 그 이상. 그녀의 기력과 체력은 바닥을 드러내지 않는다는 슬픈 사실이었다.

"뭘 풀 죽어 있는 거야? 그 정도로 플레이어가 죽을 리 없잖아. 평범한 인간이랑은 다르다고? 이것 봐, 팔팔하잖아!"

지친다는 것을 모르는 잔해는 뭐가 그렇게 즐거운지 깔깔 웃으며 독려했다. 하지만 쿠하라는 이미 만신창이였다.

온몸에서 땀이 줄줄 흐르고, 몸 여기저기서 아픔을 호소한다. 피로가 극에 다다랐는지 근육은 노동을 거부하고, 목은 칼칼하게 말라서 수분 보급을 호소한다.

그도 그럴 터. 먹지도 마시지도 않고 계속 걸었으니까.

이라 타쿠토에게 복수. 그를 위해서 두 성녀와 합류.

앞으로의 목표를 우렁차게 외치고 지금에 이르기까지, 쿠하라는 계속 걷고만 있었다.

며칠 전의 기세는 어디로 갔을까. 이미 그의 마음은 꺾이기 직전이었다.

유일하게 변하지 않은 것은 여전히 바쁘게 움직이는 그의 입뿐이겠지. 하지만 그것조차…….

"으으, 그런 소리를 해도 말이지, 에라키── 그엑!"

잔해가 막아버렸다. 머리가 너무나도 아프다. 아마 꿀밤이라도 날렸을 테지.

유래를 알 수 없는 소녀는 너무나도 기분 나쁘다는 표정이었다. 조금 전까지 깔깔 웃던, 에라키노와 닮은 이 소녀는 뭐가 그렇게 마음에 들지 않는 걸까.

쿠하라는 잔해의 중요한 주의 사항을 의식의 바닥에서 끄집어 올렸다.

"{이것}은 이제 에라키노라 부르지 말라고 했잖아. 말귀를 못 알아먹는 마스터네."

그렇다, 그런 것이다.

잔해는 에라키노와 자신을 동일시하는 것을 너무나도 싫어한다. 확실히 타인이 본인에게서 본인이 아닌 누군가를 찾아내려고 하는 행위는 더없이 불쾌하겠지.

쿠하라도 자신이 같은 상황에 처했다면 불평하고 싶을 것이다. 오히려 이 정도 불평으로 그쳤다는 사실에 고마워해야겠지.

하지만 쿠하라만 전적으로 잘못한 것은 아니었다.

그가 원망스러운 눈빛으로 잔해를 바라봤다. 그 시선에는 넌지시 그런 의도가 담겨 있었다.

"하지만 외모가 완전히 똑같은데? 착각하는 것도 어쩔 수 없잖아?"

잔해라는 이름에서도 알 수 있듯이 그녀는 에라키노의 잔해다. 본인은 내용물이 다르다면서 부정하지만, 사람은 대부분의 정보를 시각에 의존하는 생물이다.

쿠하라가 그녀를 볼 때마다 과거에 사랑하던 소녀를 떠올리고 한탄하는 것도 어쩔 수 없는 일이었다.

잔해 본인도 그 사실은 알고 있을 것이다. 그녀는 턱을 만지며 흠, 엉뚱한 방향을 보고 고개를 끄덕였다.

"그렇구나. 듣고 보니 확실히 그런가! 그럼 이건 어떨까! 《미용》."

잔해의 《미용》 판정

판정: 확정 성공

쿠하라가 눈을 크게 떴다. 변화는 극적이었다.

그녀가 테이블 토크 RPG의 스킬을 사용한 순간, 마치 마법에 걸린 것처럼 잔해가 입은 옷과 머리카락의 색깔이 바뀌었다.

에라키노를 상징하는 색깔이 피를 연상시키는 진홍색이라면 잔해는 심해가 떠오르는 진청색이었다.

"오, 오오?!"

환상적인 광경과 빛. 일종의 기적과도 같은 광경을 바라보며 쿠하라는 그저 "게임 2P 캐릭터 같네"라는, 너무나도 지능이 부족한 감상을 품었다.

"어째서 색깔이 바뀐 거야? 헤어스타일도……."

"뭐, 사실은 복장도 바꾸고 싶었지만 {이것}은 그쪽으로 센스가 없어서. 그보다도 그것부터 묻냐고……."

기분 좋게 빙글빙글 돌며 자신의 새로운 색채를 확인하던 잔해. 쿠하라는 그녀의 설명을 듣고 간신히 의도를 이해했다. 확실히 이러면 알기 쉽겠다고 납득했다.

거듭 에라키노로 오인해서 주의와 벌을 받았는데, 그것도 다소 나아지겠지.

양팔을 벌리고서 어때? 라고 그러듯이 자신을 과시하는 잔해. 센스 있는 남자라면 여기서 괜찮은 말 한마디라도 던졌을 터.

하지만 그는 쿠하라 케이지. 도박을 좋아하고 여자가 없으면 아무것도 못 하는…… 여자가 있어도 아무것도 못 하는 한심한 패배자다.

그는 잔해가 기대하는 말과는 전혀 다른 생각을 하고 있었다.

"으—응? 잔해. 그러고 보니 넌 대체 뭐야?"

"말하지 않았던가? 에라키노의 **잔해**라고. 그 이상도 그 이하도 아니야."

잔해가 살짝 얼굴을 찌푸린 것은 과연 어떤 의도일까? 물론 쿠라타는 그것을 전혀 이해하지 못하고 그녀의 말만 되새김질했다.

"으으음?"

애당초…….

스스로를 잔해라고 부르는 눈앞의 소녀는 처음부터 의문이 너무나도 많았다

근본적으로 지금 그의 처지 자체가 의문점투성이였다.

이 세계로 오게 된 시스템도 의문, 자신과 접촉한 신이라는 존재가 자신을 고른 이유도 의문.

하지만 의도 자체는 이 세계로 올 당시에 만난 《주사위의 신》과 대화를 나누어 알고는 있었다.

……이제는 기억도 어렴풋했다. 쿠하라는 필사적으로 기억의 바다에서 그것을 끄집어냈다.

──자신은 어느 장대한 게임에 말려들어서, 그 게임의 말로서 존재하고 있다.

테이블 토크 RPG의 존재도, 일찍이 동료로서 함께 이상을 추구하던 에라키노와 두 성녀도. 그의 낙관적인 이상과 꿈과 전략을 생각지도 못한 수단으로 박살 낸 이라 타쿠토조차도…….

이 세계를 무대로 신들이 벌이는 반상 유희. 모든 것은 그 시스템 안에 존재한다고 간단히 설명할 수 있었다.

하지만 잔해는 아니었다. 그녀는 그 시스템과는 다른 이론에 따라 움직이는 것처럼 보였다.

쿠하라는 스스로를, 간단히 분위기를 타고 쉽게 넘어가는 인간이라고 생각했다.

그 결과가 지금의 상황이고, 지금의 고난이고, 눈앞의 잔해이지만…….

그는 무어라 말할 수 없는, 스스로도 어떻게 표현하면 좋을지 알 수 없는 기묘한 감각에 사로잡혀 있었다.

"허? 기분 나쁜 낯짝으로 뭘 고민하는 거야. 그럴 짬이 있다면 얼른 움직여!"

"너, 너! 나도 말이지, 이것저것 생각할 게 있어!"

다만 쿠하라의 그런 고민도 잔해에게는 알 바 아닐 테지.

그녀는 기분 좋게 쿠하라를 매도하더니 일단 한 걸음 내디디라고 말했다.

중요한 것은 일단 걸음을 내딛는 것, 결단하는 것, 현실에서 의지를 보여주는 것.

쿠하라는 또다시 누군가의 의지에 따라 넘어가 버렸다.

잔해는 무지한 쿠하라에게 내디뎌야만 하는 한 걸음을 제시하는 것만큼은 게을리하지 않는 듯했다.

"자! 그런 골치 아픈 이야기는 아무래도 상관없잖아? 지금은 두 성녀를 다시 동료로 맞이하는 게 먼저잖아? 자자, 얼른 조사하라고!"

"조사하라니, 어떻게? 이미 GM의 능력은 봉인되었잖아? 신한테."

"바보구나. 시나리오 참가자의 능력이 남아 있잖아. 주사위라면 얼마든지 던질 수 있겠지? 시험해 봐, 이 경우에는《조사》야. 《아이디어》도 나쁘진 않겠지만."

확실히……. 쿠하라는 자신의 착각을 겨우 깨달았다.

이라 타쿠토와 잊고 싶어도 잊을 수 없는 결전을 벌인 그때. 쿠하라는 만능인 GM의 권능을 박탈당했다.

중오스러운 이라 타쿠토는 이런저런 말을 늘어놓았지만, 간단히 설명한다면 그것은 다름 아닌『쿠하라가 GM으로 부적격』하다는 지적이었다.

테이블 토크 RPG의 시스템은 그 의견을 채택했다. 그 결과, 무적이었을 GM 권한은 처음 자신에게 주어졌을 때처럼 간단히 사라져버렸다.

하지만 그것은 어디까지나 GM의 권능――《심판자》의 능력에 불과했다. 그는 테이블 토크 RPG의 플레이어이자 GM이었다. 《심판자》의 권능을 박탈당했다고 해도 플레이어로서의 능력은 남아 있었다.

그러니까 주사위를 던져서 맞는 숫자가 나오면 그 현상이 벌어진다는 힘이었다.

설령 GM의 권한을 박탈당했을지라도 주사위만 던질 수 있다면 가능한 일은 있었다.

'그보다도 이 녀석은 어떻게 그런 걸 잘 알지?'

하지만 쿠하라는 의아했다.

왜 잔해가 자신의 능력에 대해 이렇게나 잘 아는 걸까? 에라키노의 잔해라면 당연하다고 할 수 있겠지. 하지만 기묘하게 느껴지기도 했다.

사실 고민해봐야 해답이 나오지 않는 문제로 기나길게 고민할 필요는 없었다. 그 전에 해야 할 일이 있었으니까.

주사위를 던지는 것이었다.

"응―? 좋아! 《조사》! 소아리나가 어디에 있는지 조사해!"

쿠하라 케이지의 《조사》 판정 1d100=【54】

판정: 실패 성녀 소아리나의 위치는 불명입니다.

"아—, 실패했네. 미안해……."

낙담의 한숨은 생각하던 것보다도 컸다.

명백하게 잔해가 유도한 행동이기는 했지만, 그도 의외로 기대했나 보다.

쿠하라는 미안하다는 듯 잔해를 바라봤다. 누군가, 혹은 무언가의 탓으로 돌리지 않고 퉁명스럽지만 사죄를 할 수 있었다. 그가 성장하고 있다는 증거였다.

다음은《아이디어》라도 던질까? 쿠하라는 어떻게든 전향적으로 생각하고자 부족한 지혜를 짜냈다.

하지만 돌아온 것은 어이없다는 표정. 그리고 무엇보다도 의외로 여겨지는 말이었다.

"뭘 침울해하는 거야. 성공할 때까지 던지라고."

"……허? 성공?"

쿠하라는 스스로도 바보 같은 말투라고 생각했다. 말도 바보 같고, 얼굴도 더더욱 바보 같고 멋없는 표정이었을 테지.

"하아…… 역시 그것부터 이야기해야 하나……. 제대로 교육이 필요하겠네."

상황을 따라오지 못하는 쿠하라를 계속해서 몰아붙이듯 건넨 말. 그곳에 실린 감정은 낙담보다도 결의가 더 강했다.

어째서일까. 초등학생 시절, 아무리 해도 구구단을 외우지 못하던 자신을 끈기 있게 가르쳐주던 교사가 떠올랐다.

“알겠어? 넌 갑자기 GM 능력 같은 치트 능력을 받았으니까 착각하고 있을지도 모르겠는데, 본래 그 능력을 사용하는 방법은 이런 표면적인 게 아니야.”

“………….”

맞장구를 치지도 않고, 의문을 던지지도 않고, 불만을 늘어놓지도 않고.

쿠하라는 그저 그 말을 진지하게 듣고 있었다.

틀림없이 승리로 이어지는 길은 이곳에 있다. 아니, 이곳에만 있다.

“던져, 몇 번이든. 그걸 비난할 녀석도 부정할 녀석도 여기에는 없어. 네가 던지고 싶은 만큼 주사위를 던질 수 있어. 물론 원하는 대답이 나올 때까지 어떤 주사위 판정이라도 허용되지.”

조용히 끄덕였다. 그리고 있는 힘껏, 폐가 아플 정도로 공기를 들이마시고.

“《조사》! 《조사》! 《조사》!”

쿠하라 케이지의 《조사》 판정 1d100=【68】
판정: 실패

쿠하라 케이지의 《조사》 판정 1d100=【17】
판정: 실패

쿠하라 케이지의 《조사》 판정 1d100=【74】

판정: 실패

딱히 그럴 필요도 없는데── 아니, 지금 자신에게는 그럴 필요가 있다는 것처럼 힘껏 외쳤다.

몇 번이나, 몇 번이든, 이길 때까지…….

"《조사》! 《조사》! 《조사》!!"

쿠하라 케이지의 《조사》 판정 1d100=【43】
판정: 실패

쿠하라 케이지의 《조사》 판정 1d100=【87】
판정: 실패

쿠하라 케이지의 《조사》 판정 1d100=【50】
판정: 실패

"《조사》!!!! ──앗!"

그리고 승리로 이어지는 길은 눈부시게 빛났다.

쿠하라 케이지의 《조사》 판정 1d100=【100】
판정: 크리티컬!
성녀 소아리나의 위치가 판명되었습니다.

"진짜냐……."

한순간 치트가 아닐까 생각했다.

원하는 숫자가 나올 때까지 주사위를 던지다니 더없는 무법이다. 맞을 때까지 슬롯을 당기면 맞는다. 그런 당연한 소리를 무슨 필승의 방법처럼 이야기하는데 문제는 없는가?

하지만 동시에 쿠하라는 깨달았다.

이곳에 불평을 할 존재는 아무도 없다는 사실을.

쿠하라는 잔해를 봤다.

뒤얽힌 시선은 마치 영혼까지 들여다보듯, 쿠하라 케이지를 빤히 바라보고 있었다.

"알겠어? 중요한 건 어떻게 합법적으로 사기를 치느냐, 그거야. 규칙의 구멍을 찾아, 규범을 무시해, 상식을 뒤집어, 약속을 어겨. 상대가 싫어할 선택지를 계속 찍어."

잔해는 즐겁게 웃었다. 그저 웃었다.

그것은 마치 자신이야말로 진정으로 이 게임을 즐기는 자이며, 자신이야말로 진정으로 이 게임의 GM이라고 말하는 것처럼 오만했다.

"그것이 이 반상 유희를 더없이 즐기는 방법이야. 그렇지, 마스터?"

한 줄기 뜨거운 바람이 쿠하라의 영혼을 뒤흔들었다.

이제까지의 쿠하라라면 그 열기에 들떠서 자신의 마음이 명령하는 그대로 기뻐하며 외쳤을 테지.

대사도 간단하다. 필승의 책략을 발견했도다!

하지만 눈앞에서 그에게 열광을 속삭이는 존재의 겉모습은, 그 날 자신의 어리석음 탓에 잃어버린 소녀와 너무나도 똑같았기에…….

그래서 쿠하라 케이지라는 남자는 두 번째 과오를 저지르지는 않았다.

"…………왜 그래? 기쁘지 않아?"

고개를 갸웃거렸다. 그것은 잔해다.

그녀는 의외의 태도에 무척 의아하다는 듯, 어딘가 곤란하다는 표정조차 드러내고 있었다.

틀림없이 그녀가 바라던 것과는 다른 반응이었을 테지.

쿠하라는 마치 공수를 교대하듯 잔해를 바라봤다.

이번에는 그가 상대의 영혼을 들여다보듯, 진지한 눈빛으로 잔해에게 따졌다.

"있잖아, 넌 누구야? 무슨 목적으로 내 옆에 있지? 잔해라고 그러는데, 나로서는 도저히 그렇게 여겨지지 않아. 너는……."

그 말이 미처 끝나기도 전에, 잔해는 크게 웃었다. 웃었다는 표현은 적잖이 어폐가 있을지도 모르겠다.

그것은 웃음보다도 모멸이라는 말이 더 걸맞았다.

쿠하라 케이지는 동요하지 않고 잔해를 계속 쳐다봤다.

"하하하하! 그거 뭐야?! 아아, 재미있네! 풉! 뭔데?! 진지한 표정으로, 혹시 {이것}한테 반했어? 뭐, 에라키노의 잔해니까! 확실히 반할 요소는――."

"《조사》―― 잔해의 정체를 조사해라."

쿠하라 케이지의《조사》판ㅈ

1d100=【10■ ■ ■ ■

잔해의 정ㅊ■ ■ ■ ■ ■

"크힛!"

그것은 웃었다. 지독히 일그러진, 그리고 꺼림칙한, 하지만 진심으로 즐거운, 사람이 이해할 수 있는 영역 밖의 감정으로. 웃었다.

"좋네! 지금 그거 최고야! 굉장히 {이것} 취향이 됐잖아!"

달그락달그락, 주사위 소리가 들렸다.

달그락달그락, 달그락달그락. 끝없이. 무언가를 기다리듯.

"하지만…….”

SYSTEM MESSAGE

쿠하라 케이지의《조사》판정을 강제로 중단합니다.

"{이것}의 호감도가 부족합니다아아아아!"

에라키노조차 드러낸 적 없었던 일그러진 표정으로, 잔해는 웃었다.

그녀는 천천히 걸음을 옮겼다. 물론 쿠하라 케이지를 향해서.

한 걸음, 쿠하라가 뒷걸음질 쳤다.

이제 와서 의지보다 공포가 앞섰다. 겁쟁이 근성이 드러났다고도 할 수 있었다.

걸음걸이가 점점 더 빨라지는 잔해. 반면에 쿠하라는 한심하게 엉덩방아를 찧는 상황.

잔해의 얼굴이 쿠하라의 눈앞까지 다가왔다.

잔학한 미소가 시야 가득 펼쳐지고――.

"자, 잠깐만! 나한테 여기서 손을 댄다면…… 으읍!"

쿠하라의 입안에 펄펄 끓는 것만 같은 열기가 퍼졌다.

잔해가 자신의 머리를 양손으로 움켜쥐고서 억지로 입맞춤했다. 그것을 이해한 것은, 그가 호흡 곤란에 빠져서 무심코 잔해의 어깨를 찰싹찰싹 때린 뒤였다.

"후훗, 지금은 이걸로 참아줘."

츄릅, 침을 닦으며 만족스럽게 말하는 잔해.

너무나도 방약무인하고 소녀답지 않은 행위였다. 하지만 쿠하라 역시도 갑작스러운 일에 머리가 따라가지 못했다.

딱히 여성 경험이 없지는 않았지만 적어도 이렇게까지 억지스럽게 입술을 빼앗긴 적은 없었다.

"그래도 알고 싶다면. 이벤트를 더 진행해서 호감도를 벌어~♪ 마이 마스터―♪"

그저 멍하니 있는 쿠하라에게 잔해는 뭐가 그렇게 기쁜지 미소지었다. 그녀의 가슴에 와 닿은 것이 대체 무엇인지는 모르겠지만, 무척 기분이 좋다는 것만큼은 알 수 있었다.

"자, {이것}들의 모험은 이제 막 시작되었어. 생각해. 그게 중요해. 없는 지혜를 한계까지 짜내. 활로는 바로 거기에 있어."

"어, 응……."

"그러니까 우선은 무슨 수를 써서라도 성녀들을 찾아. 《파멸의 왕》을 죽여버리려고 해도 일단 동료가 필요해."

쿠하라에게 조금 전의 일에 대해 언급할 배짱은 없었다. 여하튼 호감도가 부족하다니까 자신이 만족할 대답은 돌아오지 않으리라 생각했지만…….

쿠하라는 일단 이야기를 진행하기로 했다. 즉흥적인 발상과 무모한 생각으로 벌인 행동의 결과, 어떠한 변화가 일어났는지 생각하고 싶지도 않았다. 적어도 지금의 쿠하라에게는 조금 전의 일에서 눈을 돌릴 만큼의 목적이 존재했으니까.

꿈이 좌절되어 흩어져버린 옛 동료과 합류하는 것이었다.

틀림없이 전도다난하겠지만…….

"하지만 동료라고는 해도 과연 어떨까?"

쿠하라치고는 정곡을 찌른 반론이었다.

아무리 테이블 토크 RPG의 능력이나 강점을 이해하고 있더라도 상대는 인간이다. 의지도 감정도 있고, 게다가 그것들을 능력으로 조작하고 싶지는 않았다. 애당초 GM의 능력을 잃었으니까 못 한다는 게 옳겠지만…….

어쨌든 《화장의 성녀 소아리나》와 《고개 숙인 성녀 펜네》가 또다시 쿠하라와 함께 행동하는 건 무척 어려울 테지.

"여하튼 실망했을 거야. 다시 한번 함께하자고 할 수는 없겠지?

게다가 능력으로 세뇌하는 건 싫다고. 한번 실패하기도 했고.”

그렇게 물었다. 자신치고는 올바른 질문을 했고, 다른 누가 생각하더라도 그 의문에 다다랐을 것이다.

중요한 문제를, 중요한 동료에게, 진지하게 질문했을 터.

적어도 쿠하라는 유희나 농담처럼 이런 질문을 하지는 않았다.

“무슨 소리야. 동서고금, 남자가 여자를 데리고 올 방법은 하나밖에 없잖아.”

하지만 상대의 대답은…… 너무나도 농담 같았다.

“구애해서 함락시키는 거야.”

기분 좋게 생글생글, 잔해는 너무나도 즐겁게 웃었다.

이 녀석은 뇌가 연애로 꽉 차 있나? 경험한 바에 따르면, 그런 말을 했다가는 틀림없이 벌을 받는다. 쿠하라 케이지는 그저 머릿속으로 생각할 뿐이었다.

그는 잔해의 진의를 깨닫지는 못하겠지. 지금도, 그리고 틀림없이 앞으로도…….

Eterpedia

정신 무효

스킬

정신 계열의 약화 스킬을 무효화합니다.

Eterpedia

출혈 공격

스킬

전투력 +10%

공격이 성공했을 경우, 일정 확률로 상대에게 《맹독》을 부여합니다.

※《맹독》 상태의 유닛은 행동이 종료될 때 대미지를 입습니다.

제7화 펜네 카므에르

끼익, 나무와 나무가 마찰하는 기분 나쁜 소리를 내며 목제로 된 문이 열렸다.

판잣집이라고 표현하는 건 조금 실례일까. 하지만 평범한 주택이라고 부른다면 지나친 고평가였다.

기술 국가 아이언헨지에서는 그렇게 드물지 않은 집. 두 여자가 그곳에 살고 있었다.

과거에는 성녀라고 불리며 사람들의 신앙과 숭배를 받던, 신에게 사랑받는 기적의 처녀들이었다. 하지만 지금은 그 영광이 마치 거짓말이었던 것처럼 초라한 모습으로 겸허한 나날을 보내고 있었다.

문에서 나타난 것은 성녀 소아리나.

원래는 마을 처녀였기 때문일까. 조잡한 옷을 입은 그녀의 모습은 흔해 빠진 평범한 사람들과 전혀 다르지 않았다. 하지만 풍기는 신성함과 아름다운 얼굴이 그것을 부정하며 그녀의 존재를 과시했다.

손에 들린 바구니에는 빵과 몇몇 식재료. 또한 약초로 여겨지는 식물이나 약 같은 것도 보였다.

"몸은 좀 어떠신가요, 펜네 님."

말을 건넨 곳에는 한 여자가 침대에 누워 있었다.

성녀에게 주어진 법의는 아니지만 자신의 몸을 부끄러워하듯

온몸을 천으로 가린 여자.

듣는 이 모두를 녹여버릴 목소리로 대답하는 그녀 역시도 성녀. 도망쳐버린 또 하나의 성녀 펜네 카므에르였다.

"하아, 소아리나. 이제 님은 안 붙여도 된다고 했잖아. 난 이제 성녀도 뭣도 아니니까……."

"하지만 제게는 틀림없이 존경스러운 분이에요."

"안 그래도 인간은 드문 이 마을에선 눈에 띈다니까. 참 곤란한 아이네……."

"죄, 죄송해요……."

몇 번을 말해도 들어주질 않았다. 소아리나의 완고한 성격 탓이겠지. 뜻을 굽히지 않는 것은 사람으로서 무언가를 이룰 때에 중요한 요소다. 하지만 과하다면 문제가 된다.

소아리나의 완고함은 때로 그녀들에게 성가신 문제를 가져오기도 한다. 그래도 펜네는 그녀를 진심으로 질책할 생각은 없었다.

미소를…… 신에게 기적을 받은 그날 이후 누구도 본 적 없는 미소를, 베일 대신에 감은 천 아래로 머금으며. 펜네는 다소 밝은 분위기로 화제를 전환했다.

"후우, 몸은 괜찮아. 신기하지, 이만큼 늙은 얼굴과 몸인데도 별다른 치료도 없이 자연스럽게 나아버려."

파멸의 왕 이라 타쿠토와 결전을 벌였을 때. 펜네는 죽음을 각오할 만큼 상처를 입었다.

배에 깊이 새겨진 그 상처는 분명히 그녀의 장기를 다수 파괴했다. 무언가 고도의 의료 처치가 없었다면 회복은 불가능했을 터.

그럼에도 그녀의 부상은 점점 회복되었다. 물론 대미지가 완전히 사라진 것은 아니었다.

아직 옛날처럼 움직일 수는 없어서 하루의 대부분을 침대 위에서 휴식하며 보낼 필요가 있었다.

하지만 이미 사신은 그녀 곁에서 떠났다. 기척조차 느껴지지 않았다.

본래는 소아리나가 이렇게까지 걱정할 필요는 없었다.

그러니까 혹시 지금의 펜네에게 해를 가하는 존재가 있다면…….

그것은 틀림없이 그녀 자신의 마음이겠지.

"최근에는 이대로 계속 사는 것도 나쁘지 않겠다는 생각이 들기 시작했어."

소아리나가 조용히 고개를 끄덕이며 다음 말을 기다렸다.

무언가 토로하고 싶은 고민이나 마음이 있겠지. 성녀의 일은 사악과 적대하는 것만이 아니다.

평화로운 시절에는 오히려 사람들에게 다가가서 마음속의 어둠을 물리치는 것이야말로 그녀들의 역할이었다.

소아리나도 마녀가 출현할 때까지는 그런 일로 하루의 대부분을 보냈다. 그래서 이 행위는 어떤 의미로 익숙했다. 펜네는 계속 이야기했다.

"모든 걸 잊고, 파멸의 왕도 내 목적도 전부 잊고, 이대로 세상의 끝이 올 때까지 조용히 하루하루를 보낸다. 그러면 충분하지 않을까."

육체는 몰라도 두 사람의 마음은 그날의 싸움 이후로 여전히 치유되지 않았다.

평화로운 세계를 믿고, 그것이 신의 마음이라 믿고, 이제까지 계속 전진했다. 하지만 이것이 결과다.

바람을 이루기 위해 많은 것을 희생하고 말았다. 그럼에도 살아남으려 발버둥 친다고 무엇이 이루어질까.

그런 자학적인 생각이 가슴속을 가득 채웠다. 하지만 문득 소아리나는 여전히 전혀 알 수가 없는, 어떤 근본적인 문제를 깨달았다.

그러고 보니 대체 펜네는 어떠한 이유로 자신들에게 협력해 주었을까.

당시에는 같은 이상을 공유한다고 믿었다. 하지만 이제 와서 생각하면 그것은 조금 이상하게 느껴지기도 했다.

"펜네 님의 목적은 무엇이었나요?"

소아리나는 각오를 다지고 그 질문을 건넸다. 조금 용기가 필요한 행동이었지만 펜네는 그 물음에 다정한 미소로 대답했다.

"너와 같아, 소아리나. 그저 행복해지고 싶었을 뿐이야. 성녀의 바람 따윈 죄다 자그마한 것이야."

소아리나는 그 말이 무슨 의미인지 잘 이해할 수가 없었다. 펜네는 창문 쪽으로 시선을 향하며 이야기했다.

한낮이라 밖에서는 밝은 햇빛이 비쳐 들었다. 창문 너머로는 가난하지만 억세게 살아가는 사람들의 모습이 보였다.

햇빛이 비쳐 든다고는 해도 불빛이 없는 실내는 조금 어두웠다.

그 빛과 어둠이 무언가를 암시하는 것만 같았다.

"옛날에는 있지. 내가 말하는 것도 그렇지만, 난 이른바 절세의 미녀였거든── 후훗, 표정이 재미있네. 네가 그런 표정을 짓는 거 오랜만에 봤어."

펜네가 드물게도 소리 내어 웃었다.

소아리나는 자신이 그렇게나 이상한 표정이었나 싶어서 무심코 입가에 손을 댔다. 하지만 아쉽게도 손끝의 감촉만으로 자신의 표정을 살필 수는 없었다.

그런 소아리나의 모습이 우스웠는지 펜네는 깔깔 웃더니, 갑자기 돌변해서 진지한 말투로 이야기했다.

"뭐, 들어줘. 긴 이야기야. 딱히 재미있지도 않겠지만, 네가 듣고 싶어 했으니까 책임감을 가지고 끝까지 들어야 해."

소아리나를 의자에 앉도록 재촉하고는 무언가 떠올리듯 숨을 후우, 내쉬었다.

그리고 펜네 카므에르라는 여성이 성녀로 인정될 때까지의, 기나긴 여정의 이야기가 시작되었다.

성왕국 퀠리아의 어느 거리…… 동방 주의 항구 마을에 절세의 미녀라고 칭송을 받는 무희가 있었다.

퀠리아는 종교 국가니까 전국 어디든 교리가 널리 퍼져 있다. 사람들은 그 가르침에 따른 도덕관을 바탕으로 살아간다.

하지만 지역 차이라는 것은 분명히 존재했다. 중앙이나 북방 주와는 달리 동방 주는 바다와 닿아 있어서 해상 무역이 활발했다.

겉으로는 금지하고 있지만 이미 주에서 공인한 것이나 마찬가지인 서덜랜드와의 밀무역은 좋든 나쁘든 마을에 많은 것을 가져다주었다.

가장 큰 것이 바로 오락 산업. 결과적으로 동방 주에는 퀼리아라는 국가의 일반적인 이미지와는 달리 무척 느슨한 기풍이 존재했다.

본래 퀼리아에서 오락이란 적당히 즐겨야 하는 것이라고 여겨진다. 욕심은 집착으로 이어지고, 집착은 소중한 것을 잃는 결과를 초래한다는 가르침이 있으니까.

하지만 동방 주에서는 역사적인 배경과 경전 해석 차이 탓에 그런 제한이 비교적 느슨했다. 다른 주의 사람이 본다면 눈이 뒤집어져서 기절해버릴 정도로 휘황찬란한 직업이, 동방 주를 관할하는 교회의 이름 아래 허가되어 있었다.

펜네는 그런 마을에서 태어났다.

"절세의 미녀 펜네 카므에르!"

주점――이라고 부르기에는 너무나도 호화로운 그 장소의 중앙. 한 남자가 참지 못하고 외쳤다.

펜네는 얇은 옷을 입고 무대 위에서 하늘하늘 춤을 추며, 요염하다고도 할 수 있는 동작으로 사람들을 향해 인사했다.

그 순간, 조용하던 주점에 터질 것 같은 박수와 갈채가 울려 퍼졌다.

"널 내 아내로 삼겠어!"
"아니, 그녀는 내 거야!"
"아름다운 펜네! 아아! 당신의 사랑을 얻을 수만 있다면 난 아무것도 필요 없어!"

칭송하는 말이 끊이지 않고, 무대 아래의 종업원 같은 사람들에게 던지듯이 건네는 선물의 숫자는 이미 산더미였다.

흔한 미인을 향한 말과 선물이 아니었다. 찬사의 말을 들으면 교양과 높은 지위를 알 수 있고, 건네는 물품을 보면 높은 재력을 알 수 있었다.

고위 성직자, 성기사, 대규모 상회의 회장. 그런 사람들이 어린아이처럼 동경을 머금은 눈빛을 보냈다.

그 자리에 있는 모든 존재가 그녀를, 오직 그녀만을 주목하고 있었다.

사람들을 끝없이 매료하는 절세의 미녀 펜네 카므에르. 그녀는 어릴 적부터 자신의 힘을 잘 이해하고 있었다.

——나는 틀림없이 신께
사랑받고 있어!

그녀가 어릴 적부터 품고 있던 그 생각. 오만하기는 했지만 당연한 귀결이라고도 할 수 있고, 또한 순수한 사실이라고도 할 수 있었다.

그렇기에 그녀는 자신의 생각에 중대한 잘못이 존재한다는 사실을 깨닫지 못했다.

펜네의 인생은 마치 운명이 미리 정해진 것처럼, 항상 격류와 같은 속도로 지나갔다.

평범한 가정에서 태어난 그녀는 아직 이른 시기부터 미모 탓에, 광란에 말려들기 시작했다.

어느 집에 펜네라는 이름의 놀랄 만큼 사랑스러운 소녀가 있다.

시작은 마을 한구석에서 주부들이 퍼뜨린 소문이었다.

소문은 소문을 부르고, 사람이 사람을 부른다.

마을 한구석의 소문은 어느샌가 동방 주 전역으로 퍼졌다.

정신이 들자 모두가 펜네의 아름다움을 칭송하게 되었다.

——모두가 날 칭찬해.

모두가 내게 미소를 보내!

하지만 악의는 선의를 간단히 이긴다.

미모가 가져다주는 돈과 욕망이 펜네의 인생을 파괴한 것은 그렇게 이상한 일이 아닐지도 모른다.

어머니는 그녀를 통해 받은 돈에 정신이 팔렸고, 아버지는 그녀를 원해서 찾아오는 사람들이 가진 권력에 매료되어 버렸다.

어느새 펜네는 가족을 잃고 외톨이가 되었다. 무희라는 직업을 시작한 것은 그런 이유도 있었다.

다만 그녀는 자신의 출신이나 환경을 불행하다고 생각한 적은 없었다.

정확하게 말하면 분명 불행하다고는 느끼지만, 이 불행은 행복에 다다르기 위한 과정이라고 생각했다.

——나의 기사님은 어디에 있을까?

펜네에게는 어릴 적부터 꿈이 있었다. 그것은 행복한 가정을 꾸리는 것.

아무 특이할 것 없는 가정이다. 사랑하는 남편과 사랑하는 아이, 계속 이어지는 행복. 최소한 가족이 먹고 살 수 있을 정도의 벌이가 있다면 더더욱 불만은 없다.

조금 더 꿈을 더한다면, 남편과는 극적으로 만나기를 바랐다.

——나의 기사님은,

언제 올까?

펜네가 어릴 적에 좋아했던 그림책 중에 『기사님과 나쁜 드래곤』이라는 책이 있었다.

그것은 퀼리아에서 팔리는 전형적인 이야기로, 젊은 성기사가 드래곤에게 사로잡힌 마을 처녀를 구출하러 가는 내용이었다.

마지막에는 서로에게 반한 남녀가 성신 아로스의 축복을 받으며 행복한 가정을 꾸리고 계속 행복하게 살았습니다, 로 마무리되는 아동용 그림책이었다.

펜네는 이 이야기를 정말 좋아했다.

자신도 이 그림책에 나오는 마을 처녀처럼, 언젠가 자신만의 기사가 나타날 것이라 믿어 의심치 않았다.

그래서 부모님이 그녀 덕분에 얻은 재산에 홀려 파멸했을 때도, 친하던 이웃들이 겁을 먹고 거리를 벌리기 시작했을 때도, 믿었던 사람들에게 배신당하고 상처를 받았을 때도…….

아무리 운명에 희롱당할지라도 견딜 수 있었다.

——신이시여, 저의 기사님은
무엇을 하고 있을까요?

이윽고 소녀는 어른이 되었다. 남자라는 존재가 얼마나 어리석은지도 알고, 동시에 자신의 미모를 어떻게 사용하는지도 깨달았다.

결국 무희라는 자리에 정착했다.

물론 속기도 하고, 수치를 당하고도 이를 악물며 버텨야만 할 때도 있었다.

하지만 미모와 어리석음 탓에 저도 모르게 사람들을 파멸로 이끌던 그 무렵과 비교한다면 훨씬 나았다.

“위대한 성신 아로스. 오늘도 평온한 하루를 보낼 수 있었음에 감사드립니다. 부디 내일도 제게 은총을 내려주시길. 기도드립니다.”

놀랍게도 이런 처지가 되고서도 펜네는 자기 전에 항상 신에게 기도를 올렸다.

그것은 과연 어떤 의도일까?

다정하던 시절의 어머니가 미소와 함께, 강하게 바란다면 신께서는 이루어주신다고 이야기하던 기억 때문일까. 아니면 아버지가 집에 마련된 호화로운 제단에 매일 밤 진지하게 기도하던 모습의 기억 때문일까.

펜네는 하루하루의 기도를 결코 빼먹지 않았다.

"위대한 성신 아로스여. 오늘은 조금 귀찮은 손님이 왔지만, 이 정도 문제로 수습해주셔서 진심으로 감사드립니다."

아무 특이할 것 없는 어느 날.

무희의 일을 마치고, 작은 트러블 탓에 시간을 빼앗기기도 했지만 어떻게든 하루를 무사히 보낸 그날 밤.

그녀의 기도는, 갑자기 신에게 닿았다.

SYSTEM MESSAGE

펜네 카므에르.

소원을 제시해 주십시오.

그것은 극적인 변화였다.

마치 시간이 멈춘 것처럼 주변에서 들리는 소리가 모두 정지하고, 대낮에도 이런 빛은 존재하지 않을 광채가 그녀를 뒤덮었다.

신성함마저 느껴지는 적막 가운데, 자신이 있는 방만이 잘라낸 것처럼 격리되었다.

뇌와 귓가를 다정하게 흔드는 목소리.

자신의 목소리가 듣는 사람 모두를 매료시키는 마성의 목소리라면. 그것은 듣는 모든 존재를 축복하는, 그야말로 신의 목소리였다.

성신 아로스가. 현현했다.

눈물이 넘쳤다. 신이 존재한다는 건 알고 있었다. 많은 사람들이 그렇게 말했고, 온갖 서적과 전승, 이야기에도 실존한다고 나와 있었다.

하지만 자기 곁으로 와 줄 거라고 생각하진 않았다. 아무리 펜네가 신에게 사랑받는다고 해도, 그저 마을 처녀일 뿐인 자신에게 그런 기적이 일어난다고는 생각해본 적도 없었다.

하지만 신은 실존한다. 그녀의 눈앞에.

헌신적인 기도는 닿았다. 축복의 목소리와 함께 그 존재가 찾아왔다.

"아아, 위대한 신이시여, 성신 아로스여! 어찌나, 어찌나 기쁜 날인가요! 이 만남에 감사드립니다!"

눈물이 넘쳐 나왔다. 오열이 새어 나오고, 떨리는 목소리로 감격의 말을 외쳤다.

SYSTEM MESSAGE
당신의 소원을 제시해 주십시오.

펜네는 넘치는 눈물을 소맷자락으로 훔쳤다. 신을 향한 감사를 잊지 않도록 기도하는 자세 그대로, 조용히, 그리고 확실하게 이야기했다.

“저는 진정한 사랑을 원합니다. 많은 남자들이 아무리 사랑의 말을 건네어도, 그것은 진정한 사랑이 아니었습니다. 제 흐린 눈으로는 사람의 진실을 꿰뚫어 볼 수가 없습니다.”

신의 대답이나 맞장구는 없었다. 하지만 제대로 이야기를 들어준다는 확신은 있었다.

펜네의 입에서 계속 말이 나왔다. 마치 이제까지 억압되어 있던 소원이 마침내 폭발한 것처럼 말은 멈추지 않았다.

“절 배신하지 않는 반려를 원합니다. 절 진심으로 사랑하고, 어떠한 고난에도 맞서고, 제 모든 것을, 제 영혼을 사랑해주는 기사님을! 이야기에 나오는 기사님을!”

자신만의 기사님.

미모로 많은 남자를 미치게 만들고 자신과 함께 파멸시켰던 마성의 여자. 그녀는 이때까지도 그런 소녀 같은 감상을 품고 있었다.

어리석을 만큼 순수한 소원을 신은 분명히 듣고 있었다.

SYSTEM MESSAGE

요구를 수리. 축복을 부여합니다.

“아아, 아아……!!”

그녀의 인생에 절정이라는 것이 있었다면, 아마도 바로 이 순간이었을 테지.

지금이, 이 한순간이 최고였다.

자신의 고통이 모두 보답을 받고, 바람이 이루어지고, 진실한 사랑을 손에 넣는다.

행복과 절정. 그녀의 마음속 깊은 곳에 있던, 그림책을 좋아하는 어린 여자아이가 환희를 터뜨렸다.

——행복이 찾아온다!
마침내 행복이 찾아와!

——내 곁에도 이야기에 나오는 기사님이
찾아오는 거야!

——성스러운 검을 들고, 누구보다도 강하고,
누구보다도 다정하고,
나를 행복하게 만들어줘.

——역시 난 사랑받고 있었어!
신께 사랑받고 있었던 거야!

——신이시여, 감사합니다!
진심으로 감사드립니다!

이것이 펜네에게 인생의 절정이었다.
확실하게 인생의 절정이었다.

그러니까…….

그 후로는, 떨어지는 것뿐이었다.

"이 무슨 일이냐. 그 얼굴은 대체 어떻게 된 것이냐, 펜네!"

"그야말로 노파가 아닌가! 정말로 신께서 축복을 주신 것인가?"

"펜네……? 그러고 보니 그런 여자도 있었지."

사람들은 펜네 카므에르라는 여성에게서 급속히 멀어졌다.

신은 펜네에게 《사람의 마음을 읽는 힘》을 주었다. 그것은 확실하게, 완전하게, 완벽할 만큼 사람의 마음속 깊은 곳까지 꿰뚫어 보는 신의 눈이었다.

동시에 신은 대가로 그녀에게서 미모를 가져갔다.

사람들이 사랑한, 사람들이 미친 듯이 원했던. 그녀의 미모를…….

그래서 비극이 일어났다.

그들이 사랑한 것은 그녀의 미모였다. 늙어빠진 추녀가 아니었다.

유일하게 남은 그녀의 아름다운 목소리는 아직도 매력적이었지만, 그 사실이 도리어 남자들의 신경을 거슬리게 했다.

'신이시여! 이것이 사람입니까? 이런 끔찍한 것이, 정말로 사람의 본심이란 겁니까?!'

신의 눈으로 본 사람들은 그야말로 추악했다.

마음속에 품은 악의는 구역질이 나올 정도. 애써 꾸민 미소 안에서는 비열한 욕망이 끓어올랐다.

펜네 주변에는 어느샌가 그런 자들만이 남아 있었다.

현실은 항상 그녀에게 고통을 준다.

다만……. 그럼에도 펜네는 사람을 증오하지 않았다.

여기서 증오심 그대로 복수할 수 있었다면 얼마나 좋았을까.

하지만 그녀의 선천적으로 선한 마음이 그것을 허락하지 않았다…….

중앙의 성도에서 그녀를 홀로 불러들였다.

사람들은 새로운 성녀의 탄생에 기뻐하고, 입을 모아 신의 기적을 축복했다.

위대한 신을 칭송하라!

성스러운 신 아로스를 칭송하라!

이곳에 새로운 성녀 펜네가 탄생했다!

축복 있으라!

새로운 성녀에게 영원한 축복 있으라!

열광과 혼란과 흥분. 환희와 숭배와 선망.

사람들의 온갖 감정이 소용돌이치는 중심에 한 여자가 조용히 앉아 있었다.

이리하여 《고개 숙인 성녀 펜네 카므에르》는 탄생했다.

그녀가 《고개 숙인》이라고 불리는 것은, 딱히 늙은 얼굴을 사람들이 볼 수 없도록 베일을 써서 그런 것이 아니었다.

과거에는 화사한 빛과 함께 앞만 보던 얼굴을 이제는 계속 숙이고 있기 때문이었다.

자신의 인생이 그저 고통만을 위해 존재했다는 사실을 알고, 앞을 보는 것을 포기했기에…….

더는 아무도 보고 싶지 않으니까. 더는 아무것도 듣고 싶지 않으니까. 그러니까…….

지금은 그저 신에게 사랑받는다며 황홀경에 빠져 있던 여자의 말로가 누워 있을 뿐이었다.

그것이 성녀라 불릴지라도, 이제는 관계없다.

어린 여자아이는 그저 계속 울고만 있었다.

이야기를 마치고 펜네는 후우, 작게 숨을 내쉬었다.

긴 시간이 지났다. 소아리나도 진지하게 그 이야기에 집중했기에, 한숨 돌리려고 자세를 바꾸었을 때 엉덩이가 아프다고 깨달았을 정도였다.

아무래도 그녀가 생각하던 것 이상으로 긴 이야기였나 보다.

어느샌가 바깥은 붉게 물들고, 하루를 마무리하기 위해 가게들이 문을 닫을 시간이었다.

"그런, 시시한 이야기야."

그렇게 매듭짓는 말에 소아리나는 무어라 대답하면 좋을지 알 수 없었다.

성녀가 된 뒤로는 그렇게 드문 이야기가 아니었다. 소아리나 역시도 마찬가지. 기본적으로 신학을 익히고, 사람들을 위로하고, 능력을 갈고닦아 적과 싸우는 것에 매진했다.

소아리나도 경험한 일이었기에 펜네 역시 설명을 생략하기도 했다.

다만 이야기를 듣던 소아리나와 마찬가지, 펜네의 인생 역시도 고난과 비극으로 가득했다.

"잔뜩 우쭐하던 여자가, 하늘에 손이 닿았다고 착각해서 모든 걸 잃었어. 아니, 처음부터 손 안에는 아무것도 없었을지도. 어차피 보여주기 위해서 만들어진 허구였다는 거야."

——그렇지 않아요.

그렇게 말할 수 있다면 얼마나 좋았을까. 그녀의 고통은 안다. 소아리나도 일찍이 사랑하는 사람들을 자신의 손으로 보낸 과거가 있다.

형태는 다를지라도 그저 행복해지고 싶었을 뿐인 자신들이, 그런 작은 바람조차 이루지 못한다는 것을 깨달았다. 그때의 깊은 절망은 잘 안다.

"그러니까 잃어버린 걸 되찾기 위해 에라키노와 거래했어. 정확하게는 에라키노의 주인인 GM과 거래한 거지만……."

그 이야기는 조금이나마 들은 적이 있었다.

GM의 목적은 이 세계에서 개최되는 게임에서 승리하는 것.

소아리나의 목적은 새로운 나라를 일으켜서 새로운 신의 나라를 만드는 것.

펜네의 목적은 잃어버린 것을 되찾는 것.

본인의 입으로 직접 들은 것은 아니었다. 하지만 에리키노가 그런 식의 이야기를 해준 적이 있었다. 젊음을 되찾고 싶은 것이라고.

"딱히 모든 게 돌아올 필요는 없었어. 조금이라도 나아질 수 있다면. 그리고 그에게는 그런 힘이 있었어. 모든 게 끝나면 내게 평범한 인생을 주겠다고 약속해줬어. 그렇게 해줬을 텐데……."

확실히 GM의 능력이라면 그것이 가능했을 테지. 당시에는 그녀의 처지도 모르고 무척 이기적인 바람이라 생각했다. 하지만 지금 돌이켜보면 그것도 얕은 생각이었다.

그 무렵의 자신은 모든 게 버거워서 타인의 고통을 살필 여유 따윈 없었다.

그것은 아마도 계속 괴로워했던 펜네도 마찬가지일 테지.

신에게 배신당한 그녀는, 신을 계속 믿는 자신을 어떻게 보았을까.

여하튼 결과는 이미 아는 그대로.

자신의 이상을 위해, 자신들은 너무나도 많은 것을 희생하고 말았다.

소아리나는 자신의 부족함이 부끄러워 입술 끝을 꽉 악물었다. 자신은, 자신들은 너무나도 낙관적이었다.

그만한 힘을 가지고서 더는 맞설 상대 따윈 존재하지 않는다고 생각했던 GM조차도 간단히 패배하고 말았다.

그날 이후로 그와 만나지는 않았다. 모두가 뿔뿔이 흩어지고 말았으니까.

모든 것을 버리고 필사적으로 도망쳐서 이곳까지 왔으니까.

문득 그가 갑자기 그리워졌다. 그의 이름은 무엇이었나……. GM이라고 부르는 것에 익숙해져서 완전히 잊고 있었지만, 그저 냉담하고 신중한 성격처럼 보이면서도 어딘가 정이 두터운 부분이 있었다는 것만큼은 기억하고 있었다.

하지만…… 그것도, 더는.

"결국 남자는 항상 그래. 내 곁에서 사라지지. 무언가 장대한 이유를 붙여서 이러쿵저러쿵 변명해도 결국 늙고 성가신 여자가 싫어졌을 뿐이야."

GM에 대한 이야기다. 소아리나는 그렇게 이해했다.

그녀에게 GM은 마지막이었을 테지.

어쩌면 자신을 구해줄지도 모른다고 기대한 마지막 남자였던 것이다.

그가 자신을 구해준다고, 이 고통에서 해방시켜준다고 믿었다.

하지만 결과는 지금 자신들의 처지가 증명하고 있다. 이제 이곳에는 끝만이 존재한다.

"당신에게 불평해봐야 어쩔 수 없는 일이지……. 잊어줘. 계속 배신만 당했던 비참한 여자의 푸념이야."

"저기……. 원망하나요? 그 사람을."

무심코 그런 말을 꺼내고, 소아리나가 실수했다며 입을 막았다.

"글쎄. 하지만 나도 그 사람도…… 조금 더 다른 길이 있지는 않았을까 싶어."

하지만 그녀는 딱히 신경 쓰는 기색도 없이 그 물음에 대답했다.

"당신도 그렇잖아?"

"그럴지도 모르겠네요……."

어딘가 동의를 원하는 것 같은 펜네의 물음. 소아리나는 그렇게만 대답하고 입을 다물었다. 그저 그렇게 대답할 수밖에 없었다…….

"하지만 있지, 안타깝게도 이젠 끝나버렸어. 내 이야기도, 당신의 이야기도. ――다행히도 성녀의 힘은 아직 남아 있어. 눈에 띄는 일만 하지 않는다면 여자 둘이 몰래 살아가기는 어렵지 않아."

"그렇네요. 틀림없이 그렇겠죠……."

소아리나도 펜네의 말에 동의했다.

이제 와서 무엇을 하겠는가. 펜네의 말대로 전부 포기하고 도망쳐버리는 것이 가장 편했다.

자신의 죄와 잃어버린 친구. 꿈과 소원.

그것들을 모두 포기하고. 그저 고요한 시간을 받아들인다.

모든 것이 끝나버렸다. 자신들의 이야기는 이미 결말을 맞이하고 말았다.

햇빛이 비쳐 드는 이 어스름한 집이 최종장.

이곳이 이야기의 마지막 페이지다.

――성녀 소아리나와 성녀 펜네는 꿈을 이루지 못하고, 그대로 누구에게도 들키지 않고 어딘가로 사라져 버렸습니다.

이것으로 끝. 이후로는 체념의 말이 적혀 있을 뿐.

세계가 멸망하든 존속하든, 무대에서 퇴장한 그녀들은 이제 관계없다.

그것도 괜찮겠지.

아아, 지쳤다. 정말로 지쳤다.

소아리나는 진심으로 그렇게 생각했다. 포기해버리자 피로가 확 밀려들었다.

그것은 틀림없이 펜네도 마찬가지겠지.

"자, 이야기에 빠져 있었더니 벌써 이런 시간이네. 저녁 준비를 하자. 최근에는 상태가 괜찮으니까 나도 도울게. 후훗, 신께 기도를 안 해도 되니까 편하게 할 수 있겠네."

자신들의 슬픔을 억지로 어디론가 밀어내듯이 펜네는 웃었다. 아름다운 그녀의 웃음소리에 소아리나 역시도 억지로 만들어낸 미소와 함께 대답했다.

자신은 제대로 웃고 있을까? 자신들은 제대로 웃고 있을까? 하지만 이제 그런 걸 신경 쓸 필요는 없을지도 모른다.

왜냐하면 그녀들의 이야기는 이미 끝을 맞이했다. 이제부터는 그저 고요하고 단조로운 나날이 이어질 테니까.

색채를 더하는 것은 창문으로 비쳐 드는 빛, 그 너머로 보이는 사람들의 강인한 생활.

그리고 이따금 떠오르는 과거의 잔향이었다.

그렇다. 더는 아무것도 생각할 필요는 없다…….

하지만.

"부탁이야―――!!"

갑자기 현관에서 절규가 울렸다.

소아리나와 펜네는 무심코 어깨를 들썩이며 놀랐지만 누가 책망할 수 있을까.

그만큼 그 목소리는 갑작스럽고, 거침없고, 또한 억지스러웠다.

"소아리나! 펜네! 열어줘어어어어어어!!!!"

자신들의 이름을 불렀다. 상대의 목적은 명백하게 자신들이다.

성녀인 두 사람을 해할 의도가 있는 존재 따윈 거의 없다. 오히려 이곳 아이언헨지에서는 그런 존재와 만나는 것 자체가 기적이겠지. 그러니까 두려워할 필요는 없지만…….

두 사람은 일단 겁먹었다. 당연한 감정이었다. 성녀라고는 해도 인간, 성녀라고는 해도 여성.

지금 두 사람이 품은 감정은 굳이 따지자면 변태와 맞닥뜨린 여성의 감정이나 마찬가지였다.

"나야아아아아아아아아아!!!!!!"

누, 누군데? 서로에게 물어보려고 시선을 마주쳤다. 하지만 함께 곤혹스럽다는 표정을 지을 수밖에 없었다.

그동안에도 경쾌한 리듬으로 문을 쿵쿵 두드리면서, 밖에 있을 방문자는 남들의 시선도 개의치 않고 자신들의 이름을 불렀다.

무슨 목적으로? 그보다 정말로 누구야?!

대답할 사람은 없었다.

——그저 어디선가 이야기의 페이지가 넘어가는 소리가 울렸다…….

한담 항상 당신을 생각한다

타쿠토가 이런저런 교섭이나 전투에 쫓기느라, 소통 장애 환자답지 않은 행동력을 요구받으며 마음속으로 울음을 터뜨리던 그때.

서덜랜드와 동맹이 성립되었을 무렵이었다.

마이노그라가 처한 상황, 그리고 앞으로의 상황을 생각한다면 놀랄 정도로 평온한 장소가 딱 한 곳 존재했다.

마이노그라 제3도시 셀드치.

마이노그라가 레네아 신광국과 전쟁을 벌여서 획득한 정통 대륙의 도시. 다가올 대전쟁에서 최전선에 위치할 장소였다.

집무실 중 하나. 타쿠토가 본다면 진심으로 부러워할, 몇 안 되는 서류 다발을 제쳐놓고. 전직 퀼리아 이단심문관 크레에 이믈레이스는 보고서 하나를 집중해서 읽고 있었다.

"그렇군, 역시 왕이야. 설마 이 정도일 줄이야……."

"어떤 이야기였어?"

목소리가 들렸다. 옆에는 새로운 서류 다발을 품어든 메어리어 엘프루.

이곳 셀드치의 실질적인 책임자인 쌍둥이 중 한쪽이었다.

현재 이 도시의 집무는 3인 체제로 이루어지고 있었다. 크레에가 전체적인 집무를 감독, 보조. 쌍둥이 소녀가 그녀의 지도를 바탕으로 저마다 도시를 운영하는 체제였다.

교육도 포함되었다고 해도 3인 체제. 게다가 문관으로 업무를 맡는 이라교도도 어느 정도 있었다.

이전의 레네아 신광국 통치 아래의 시스템에서 원만하게 넘어오기도 해서, 수도인 대주계와 비교하면 비교적 가벼운 분위기였다.

반면에 암흑 대륙과는 거리감 같은 것이 있지만…….

실제로 나름대로 운영이 되다 보니 타쿠토 쪽에서는 살짝 방치하는 느낌인 것은 분명했다.

물론 정기적으로 정세 보고가 오니까 잊힌 것은 아니었다.

크레에는 서류를 정중하게 접어서 서랍 안에 넣고, 메어리어에게서 추가로 서류를 받으며 앞의 질문에 대답했다.

"서덜랜드와 교섭한 이야기에요. 제대로 동맹 관계를 맺은 모양이라, 일단 암흑 대륙의 국가들과는 문제없이 동맹을 진행하고 있는 것 같아요."

"오—! 그건 잘됐네!"

천진난만한 미소로 기뻐하는 메어리어의 모습에 크레에의 무뚝뚝한 표정도 풀어졌다.

이 소녀들과 함께 지낸 시간은 그렇게까지 길지 않다. 하지만 서로가 소중한 사람을 잃은 처지란 사실이, 그들이 거리감을 좁히는 데 도움이 되었다.

게다가 역할 때문에 대화의 기회도 많으니까 그녀들은 일반적인 경우보다도 급속하게 가까워지고 있었다.

서로에게 기탄없는 의견을 던지고, 속마음을 터놓은 사이이기에 협력할 수 있다. 그것은 셀드치의 정무에서 좋은 형태로 발휘되었다. 도시 운영으로 이야기하면 합격을 넘어서 우수하다고 평가할 정도의 결과를 내고 있었다.

하지만 그것은 어디까지나 도시 운영 얘기.

그녀들에게는 목적이 있다. 도시 운영은 그 과정에서 왕이 명령한 일을 하는 것뿐이었다. 지금은 더더욱 중요한 일이 존재한다.

그 사실은 모두가 이해하고 있었기에, 그들은 좀처럼 진행되지 않는 상황에 초조함을 느끼는 중이었다.

"임금님 쪽은 순조로운가요. 우리는 성과가 안 나오니까 보고하기 좀 힘드네요……."

어느샌가 캐리어가 집무실로 들어오고 있었다.

손에 든 쟁반 위에는 컵과 과자 같은 것이 보였다. 간식으로 뭔가 가져온 거겠지.

크레에는 자신도 마찬가지로 초조하고 답답한 심정이리라 이해하며 캐리어를 위로했다.

"기초를 다지는 건 중요해요. 두 사람의 실력은 확실하게 좋아지고 있습니다. 또한 《이라의 기사》들도 재조련을 진행 중이니 기간에는 충분히 맞출 수 있겠죠."

세 사람이 도시 운영 이외에도 왕에게 명령받은 일. 바로 자신들을 포함한 군비 강화였다.

조련 내용과 방향성을 포함해서 자세한 내용은 그녀들에게 맡겨졌다. 하지만 큰 재량이 주어지는 바람에 도리어 그녀들에게는 부담이었다.

특히 크레에에게는《일기의 성녀 리트레인》탈환이라는 목적이 있다. 이대로 간다면 대전쟁이 시작되었을 때, 반드시 서로 맞붙게 될 테니까 마음이 편치 않았다.

리트레인의 능력을 생각한다면 빨리 대처할 필요가 있다.

왕이 탈환에 책임을 지겠다고 선언해주기는 했다. 하지만 아무것도 하지 않고 전부 맡긴다니, 크레에에게 그런 선택지는 없었다.

"그 성녀에 대해서 뭔가 알아냈어―?"

메어리이의 물음에 크레에는 고개를 가로저었다.

가장 성과를 올리고 싶었던 문제에 해결의 징조가 보이지 않는 것은 그녀로서도 답답할 따름이었다.

"아뇨……. 그 아이를 그렇게 생각하면서도, 소관은 아무것도 몰랐습니다. 그걸 깨달았을 뿐이죠."

셀드치는 원래 레네아 신광국, 나아가서는 성왕국 퀼리아의 영지였던 장소다. 과거의 건축물이 아직 파괴되지 않고 남아 있다면 귀중한 자료도 어딘가에 묻혀 있을지도 모른다.

어쩌면 기록이 엄중하게 관리되고 있는 일기의 성녀에 대한 정보도…….

그렇게 작은 희망을 품고, 시간이 허락하는 한 거리를 뒤졌다. 그야말로 각 마을의 교회 자료 창고부터 거리의 유력자 서재까지…… 말이다.

하지만 마이노그라나 셀드치에게 유리한 다른 정보는 나왔지만, 그녀가 찾는 자료는 결국 하나도 나오지 않았다.

처음부터 큰 기대를 품고 있던 것은 아니었다. 그래도 당연히 낙담할 수밖에 없겠지.

크레에는 자기 안에 자리 잡은 불안을 토로했다.

"기적을 연속으로 사용해서 계속 기억을 지우는 건 그녀에게 반드시 좋지 않은 결과를 초래할 겁니다. 소관은 그것이 두렵습니다. 빨리 대처해야만 하는데, 어떻게 해야 좋을지도 알 수가 없으니."

"기회는 찾아올 거야—."

"그래요, 언젠가 그 기회는 와요. 그때까지 참는 거예요."

지금은 인내의 시간. 자매는 잘 알고 있었다.

크레에 역시도 조금씩 그 사실을 이해하고 있었다.

중요한 타이밍은 반드시 찾아온다. 그 기회를 절대로 놓치지 않도록, 지금은 그저 인내하며 준비할 수밖에 없다는 것을…….

"네림. 당신은 어디에 있나요……."

그 혼잣말은, 그저 허공으로 사라질 뿐이었다.

성왕국 퀼리아. 성도 제4구역 교회 지하감옥.

본래라면 중범죄자나 정치적으로 위험한 인물이 영구적으로 수감되는 비밀 시설.

어둡고 축축한, 돌로 만들어진 방 안. 횃불만이 일렁거리며 주변을 비추었다.

사람을 대상으로 만들어지지는 않았을 두터운 철창 너머에 그 소녀가 있었다.

《일기의 성녀 리트레인 네림 쿠오츠》.

안대를 차고서 중앙의 의자에 오도카니 앉아 있는 소녀. 누가 보더라도 위화감이 느껴지는 모습이었다.

수감자라면 당연히 지저분해야 하지만 소녀는 전혀 그렇지 않았다. 게다가 상처도 없고 피로도 느껴지지 않았다.

마치 지금 막 들어온 것처럼, 그녀의 공간만이 청결을 유지하고 있었다.

자신의 부하―― 약점을 쥐고 있어서 절대로 배신하지 않는 사제를 거느린 추기경은 불쾌하게, 하지만 어딘가 겁먹은 눈빛으로 감옥 밖에서 그녀를 바라봤다.

"이것이 과거 성녀였던 존재의 최후라니……."

무심코 입에 담은 말에 사제가 얼굴을 찌푸렸다. 내용도 문제였지만 애당초 목소리를 내는 것도 위험했다.

하지만 상대의 지위 탓에 직접 따지지는 않았다.

사제가 허용할 수 있을 정도로 작은 목소리였으니까.

"《신위의 성녀》 님께서는 대체 뭘 하고 계신 거지?"

하지만 다음 말은 그냥 넘어갈 수 없었다. 무엇보다도 목소리가 컸다.

당황한 사제는 윗사람인 추기경의 소맷자락을 잡아당기고, 필사적으로 입가에 손가락을 대서 조용히 하라는 제스처를 취했다.

하지만 그보다도 먼저 일이 벌어졌다.

"히이!"

그것은 누구의 비명이었을까.

빙글. 기억을 전부 잃고 모든 인지를 상실했을 성녀가 이쪽으로 고개를 돌렸다.

일기의 성녀 리트레인 네림 쿠오츠는 신에게 기억을 바치고 막대한 힘을 얻었다. 대가로 그녀는 계속 기억을 잃고, 추억이 적힌 일기가 없으면 자신이 누구인지도 판별할 수 없는 상태였다.

그 일기가 엄중하게 격리된 지금, 본래라면 완전히 넋이 나간 상태로 어떠한 자극에도 반응하지 않을 터.

하지만 그녀는 사랑스러운 목소리로 물었다.

"거기 있지? 목소리가 들려. 대답을 해줘, 나 외로워."

그저 눈앞의 허공에게. 상대를 인식하는지도 알 수 없는 소녀가.

"왜 난 여기 있을까? 여긴 어두워. 정말정말. 아무도 안 가르쳐줘……."

그 모습은 오히려 불쌍하게 보였다. 추기경도 자기 안에 있는 자그마한 양심 탓에 그만 말을 건넬 뻔했다.

"조용히…… 대답해선 안 됩니다. 저것에게 들킵니다."

사제의 충고 덕분에 아슬아슬하게 멈췄다.

소녀의 목소리에 속아서는 안 된다. 항상 기억의 상실과 각성을 되풀이하는 저 소녀를 붙잡기 위해서 얼마나 많은 희생을 치렀는가. 추기경을 떠올렸다.

"어라? 누가 있어? 저기…… 가르쳐줘."

또 기억을 잃고 처음으로 돌아갔다.

"책 몰라? 내 소중한 책. 그게 있으면 틀림없이 모든 게 떠오를 텐데.”

그저 조용히, 그것을 지켜볼 수밖에 없었다.

지켜본다는 말도 어폐가 있었다. 그들은 관찰하고 있었다. 성녀 리트레인은, 지금의 퀼리아에게 그만큼 위험하게 여겨지는 존재니까.

보는 사람의 마음을 잠식하는 변화가 또 하나, 찾아왔다.

“아아아아아아아!! 책! 책이 없어! 그게 없으면 나는! 내가!”

리트레인이 갑자기 소리 질렀다. 미친 것처럼…… 책을 찾았다.

“사라져버려! 사라져 버린다고! 내가 사라져버려! 빨리 책을! 어디 있어?! 빨리! 빨리 줘! 아아아아아아!!”

목이 터질 것 같은 절규. 감시자이자 방관자, 그리고 겁먹은 자. 두 사람은 그저 놀라서 목소리를 내지 않으려 필사적으로 귀를 막고, 그녀의 발광이 끝나기를 기다릴 수밖에 없었다.

“어라? 난 왜 여기 있지?”

뚝. 다시 처음으로 돌아왔다.

추기경은 이미 한시라도 이곳에 더 머무르고 싶지 않다는 표정이었다.

식사도, 배설도, 수면도……. 사람으로서 필수적인 행위도 필요로 하지 않고, 성녀 리트레인은 계속 생존하고 있었다. 아무것도 하지 않고 그저 발광과 망각, 그리고 허공을 향한 혼잣말만이 계속되었다.

그녀에게는 신의 기적이 있기에.

신에게 사랑받고 있기에…….

'이것이 신께서 내린 기적이란 말이냐? 이것이 정말로 신께 축복받은 성녀란 말이냐?'

사제의 마음속 갈등에 대답해줄 사람은 어디에도 없었다.

"……가죠. 오래 머무르다간 어떻게 되어버릴지 모르니까."

사제가 말을 건넸지만 추기경은 입을 다물고만 있었다. 대신에 그는 대답 대신 감옥에서 등을 돌렸다.

지상으로 이어지는 문으로 향했다. 그들의 등 뒤에서는 계속 목소리가 들렸다.

있는지 없는지도 모를 허공을 향해, 성녀 리트레인은 말을 걸었다.

그것이 무엇보다도 무서웠다. 아마도 하루 종일── 아니, 계속 저럴 것이다.

추기경과 사제는 마치 맹수를 풀어놓은 미궁에서 도망치듯이, 그저 조용히 기척을 죽이고 물러났다.

하루에 한 번 이루어지는 성녀 리트레인의 생존 확인.

눈여겨보던 사제가 그 역할을 맡았다고 해서 추기경은 억지로 그와 동행했다. 그러나 그는 자신의 행동을 깊이 후회하고 있었다.

이제껏 그는 수많은 어둠을 들여다봤다. 그런 그조차도 지금 본 광경은 너무나도 무서웠다.

"여기까지 왔으면 괜찮습니다. 이제 저쪽에 들리진 않겠죠……. 아마도."

사제의 말에 추기경은 간신히 큰 한숨을 내쉬었다.

불평이라도 한마디, 아니…… 질문이라도 하나 던지려고 했지만, 그것을 주저할 만큼 사제의 얼굴은 새파랬다.

자신도 마찬가지겠지. 둘 다 만신창이였다. 단숨에 몇 년은 더 늙어버린 기분이었다.

"저런 걸 대체 어떻게 취급해야 하는 것이냐……."

추기경이 중얼거리고, 사제는 그저 침통한 표정으로 고개를 내저었다.

퀼리아는 현재 긴박한 상황에 처해 있었다. 엘 나는 서큐버스의 수중에 떨어지고, 세 법왕과 신위의 성녀는 사악한 마녀 바기아와 손을 잡기로 결단했다.

앞으로 그들은 다가올 날에 대비해서…… 전력으로 운용하기 위해 일기의 성녀를 계속 확보하고 있었다.

지금의 퀼리아에 과거와 같은 영광은 존재하지 않았다. 모두가 겁을 먹고 서로를 의심했다.

파멸의 발소리가 천천히 다가오는 것만 같았다.

"신이시여, 저희는 대체 어떻게 해야……."

꺼림칙한 일에 손을 댔을지라도, 겉으로 드러낼 수 없는 비밀이 있을지라도. 그 추기경은 성직자였다.

경건한 신의 사도였다.

기도는 반드시 하늘에 닿는다. 성전에서는 그렇게 가르친다. 하지만 성신 아로스가 그 기도를 어떻게 다루는지는 어디에도 적혀 있지 않았다.

발소리는 바로 앞까지 다가온 것만 같았다…….

Eterpedia

일기의 성녀 리트레인

전투 유닛

전투력: 불명

이동력: 불명

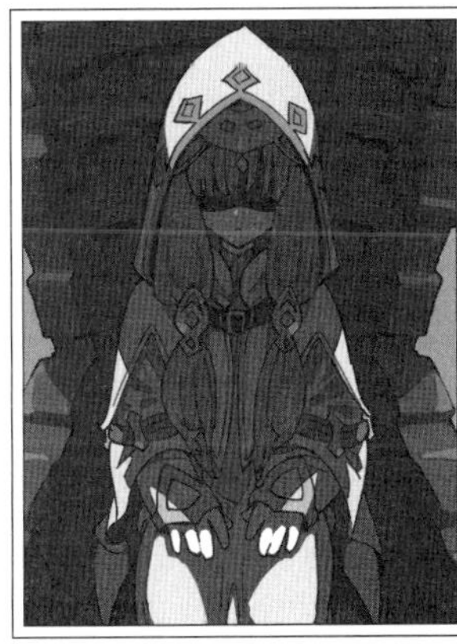

해설

**~이제 그녀에게는 아무것도 없다.
추억을 적은 일기조차도~**

리트레인 네림 쿠오츠는 성녀 중 하나입니다. 그녀는 항상 거대한 일기를 지니고 있습니다. 다른 성녀와 비교하더라도 막대한 신의 기적을 받는 대가로, 항상 기억을 잃고 있습니다.
그녀가 가진 일기는 그렇게 잃어버린 기억을 보관하기 위한 외부 기억 장치로 이용됩니다. 대신에 그 일기를 잃어버리면 활동이 불가능해지는 리스크가 존재합니다.

제8화 분기

용기를 가진다는 것은 쉽지 않다.

그러니까, 갑작스러운 방문자를 맞이할 용기 말이다.

물론 소아리나도 펜네도 그냥 이대로 내버려 두고 싶다는 강한 욕구를 느꼈다. 하지만 그랬다가는 그 인물이 계속 집 밖에서 떠들어댈 것이라는, 확신에 가까운 예감 탓에 그럴 수는 없었다.

그렇다면 누군가 문을 열고 나가봐야만 하는데…….

소아리나와 펜네가 말없이 서로를 바라봤다. 결코 말로 표현할 수는 없었지만, 서로가 무슨 말을 하고 싶은지는 충분히 전해졌다.

잠시 후, 소아리나가 눈을 꽉 감고는 결심한 듯 의자에서 일어났다.

성녀로서 후배에 해당된다는 이유도 있고, 좋아지기는 했지만 아직 아픈 펜네가 걱정되기도 했으니까…….

"저기, 누구신가요……."

쭈뼛쭈뼛 문을 열고 조심스럽게 방문자를 확인하는 소아리나.

문 앞에 있는 것은 예상과 달리 어린 느낌의 소년이었다.

물론 소아리나도 펜네도 그 소년은 전혀 알지 못했다.

잊어버렸을 가능성도 물론 있다. 하지만 문 너머로도 알 수 있을 만큼 인상적인 인물이다. 그럴 가능성은 낮겠지.

의아해하는 두 사람의 표정을 본 걸까. 그 소년은 의지가 담긴 강한 눈빛과 명백하게 과한 성량으로 자신의 이름을 댔다.

"나야! 쿠하라야! 쿠하라 케이지!"
양손을 허리에 대고서 척하니 선언하는 소년.
그저 기묘하다고 할 수밖에 없는 모습이었다.
이유는 간단. 쿠하라는 바로 GM의 이름이다. 소아리나도 펜네도 그 사실을 잊은 적은 없었다.
이 소년이 그 이름을 댔다는 사실이 이상했다. 그가 본인이라도 해도, 대체 어떤 이유로 이렇게까지 어려져 버렸을까.
적어도 원래 소년이었다는 이야기는 들은 적이 없었다. 레네아 신광국에서 그와 직접 만난 적은 없었으니까 처음부터 소년이었을 가능성도 있지만, 그렇다고 하더라도 위화감이 남았다.
가슴을 펴는 쿠하라를 의아하다는 듯 바라보는 펜네.
소아리나도 곤혹스럽다는 감정이 여실하게 전해지는 표정으로, 자신을 쿠하라라고 한 소년을 지켜볼 뿐이었다.
그런 상황을 바꾼 것은 소년이 아니었다. 소년을 따라 멋대로 성큼성큼 집 안으로 들어온 여자였다.
"에라키노……."
펜네가 약간의 놀라움, 그리고 상당한 회의감을 머금은 목소리를 작게 흘렸다.
하지만 다른 한 사람의 변화는 극적이었다.
"살아있었나요, 에라키노!"
"끄엑!"
그녀의 모습을 확인하자마자 소아리나는 튀어 나갔다. 도중에 그녀와 부딪혀서 튕겨 날아간 쿠하라가 짓밟힌 개구리 같은 소리를 흘리며 넘어졌지만 전혀 신경 쓰지 않는 모양.

그녀는 잔뜩 흥분해서는 에라키노에게 말을 건네려고 했다.

소아리나와 에라키노의 관계성은 한마디로 표현하긴 어렵다. 다만 서로가 서로를 생각해주는 친구 사이였던 것은 틀림없다.

색깔과 헤어스타일이 조금 다른 부분이 신경 쓰였지만, 소아리나에게 그런 건 아무래도 상관없었다.

무슨 일이 벌어진 것인지는 불명이었다. 하지만 우선은 친구와의 재회를 기뻐하자.

그런 생각으로 말을 고르던 그때.

"안 됐네. 이건 에라키노가 아니랍니다~!"

"어, 하, 하지만 모습은……. 저, 저기, 혹시 화난 거야? 내가 빨리 만나러 가지 않아서 그렇다든지……."

비극 후의 이별. 죽었을 터인 에라키노가 부활한 이유. 그리고 그녀가 자신을 거절하는 이유. 어느 것도 알 수 없었다.

성녀라고는 해도 소아리나는 아직 인생 경험이 많지 않은 소녀일 뿐이었다.

이런 상황에서 제대로 된 판단을 할 수 있을 것 같지는 않았다. 사실 그녀는 눈물을 글썽이기 시작하고, 무슨 말을 하면 좋을지 알 수가 없어서 입술만 꽉 깨물고 있을 뿐이었다.

그 모습을 보고 잔해는 성대하게 한숨을 내쉬었다. 이런 일이나 하려고 여기까지 온 게 아니었으니까.

참고로 이 상황을 설명해야 할 쿠하라는 방 한구석에서 뻗어 있었다.

"귀찮은 여자네. {이것}은 얼른 이야길 진행하고 싶거든. 《이해》—— 이러면 어때? 알겠어? 확실하게 주입시켜줄게."

SYSTEM MESSAGE
성녀 소아리나와 성녀 펜네는 잔해의 차이를 《이해》했다.

그 순간, 이 상황에 대한 정보가 소아리나와 펜네의 뇌리에 새겨졌다.

《이해》했다기보다도 처음부터 알고 있었다는 착각을 할 정도였다.

눈앞의 존재는 에라키노가 아니라 잔해라는, 빈 껍데기라는 사실.

그러니까 에라키노와는 다른 사람이라는 단 하나의 한정된 정보뿐이었다. 하지만 그것은 두 성녀의 뇌리에 의심할 여지 없는 사실로 새겨졌다.

이 정보로 소아리나는 간신히 어느 정도 마음의 정리가 되었다. 하지만 반대로 그것 때문에 또 다른 의문과 혼란이 점점 생겨났다.

그렇다면 대체 어떠한 사정이 있어서 쿠하라와 잔해는 이곳으로 찾아왔는가?

"그, 그래……. 그런가요. 정말로 에라키노가 아니군요. 그저 닮은 것뿐인 빈 껍데기. ……실례했어요."

낙담하기는 했다. 하지만 지나치게 희망을 품으면 배신당한다는 것을 알았기에일까. 소아리나는 자신의 슬픔이 생각보다는 크지 않았다는 사실에 놀랐다.

어쩌면 이미 에라키노도 과거의 일이 되었을지도 모른다. 그것은 슬퍼해야 할 일이지만, 그보다도 지금은 눈앞의 상황을 정리하는 것이 중요했다.

소아리나는 잔해에게 사죄하고 그녀를 빤히 바라보며 이어질 말을 기다렸다.

잔해도 소아리나가 차분해져서 만족한 걸까. 바로 본론을 꺼내기 시작했다.

"그래그래. {이것}은 어디까지나 덤. 어디까지나 마스터한테 들러붙은 잔해. 본론은 이쪽이야! 아까 너한테 튕겨 나가서 굴러다니는 한심한 남자…… 아니, 괜찮아? 살아있어?"

쿠하라가 방구석에서 꿈쩍도 하지 않고 뻗어 있는 것을 잔해와 소아리나가 간신히 알아차렸다. 자신의 행동을 떠올린 소아리나가 허둥지둥 그를 돌보고, 그녀의 어깨 너머로 잔해가 식은땀을 흘리며 상태를 살폈다.

소아리나가 가볍게 흔들어봤지만 전혀 반응이 없었다. 좋지 않은 예감이 두 사람의 뇌리를 스쳤다…….

상황을 타파한 것은 이곳에 있는 또 하나의 성녀. 펜네 카므에르였다.

"일단 살아있어. 그리고…… 그가 GM이라는 것도 지금 알았어."

소아리나와 달리 상황을 제대로 지켜보던 그녀는 조용히 말했다.

펜네의 능력은《독심》. 사람의 마음은 너무나도 복잡하고 추악하다며 그녀는 이 능력을 그다지 쓰고 싶어 하지 않는다. 하지만 이 상황에서 사용하지 않는다는 선택지는 없었다.

자신들의 안전을 위해서라도 빨리 상황을 이해하고 주도권을 잡아야 했다.

그런 판단으로 대화 중에 몰래 독심을 사용했다. 확실히 눈앞의 소년이 GM인 쿠하라 케이지 본인이라는 사실은 알 수 있었다.

본인이 자신을 쿠하라, 예전의 GM이라고 믿는 미치광이가 아니라면…… 말이지만.

펜네의 말에 미간을 찌푸린 것은 잔해였다.

신음을 흘리며 부활하고자 분투하는 쿠하라를 살피던 그녀가 천천히 펜네 쪽을 돌아보더니 너무나도 귀찮은 듯 내뱉었다.

"어—, 마음을 들여다보는 능력인가. 귀찮으니까 {이것} 쪽은 막아둘까. 마스터는 아무래도 상관없어."

SYSTEM MESSAGE
잔해를 상대로 한《독심》판정을
영원히 기각합니다.

이번에는 천 아래에서 펜네가 미간을 찌푸릴 차례였다.

무언가 능력이 발동되는 것을 감지했으니까.

그렇다. 그것은 GM이 사용하던 것 같은, 말도 안 되는 기적 발동과도 유사했다.

하지만 어째서? 자신의 추측이 옳다면 이라 타쿠토의 책략으로 그 힘은 잃어버렸을 텐데.

아군 진영이 패배한 것은 틀림없다. 그렇다면 쓸 수 있는 수단은 그다지 많진 않았다.

하지만 펜네의 생각과는 달리, 잔해의 마음은 마치 강력한 힘에 막혀 있는 것처럼 어둠에 가려서 꿰뚫어 볼 수가 없었다.

살짝 기분 나쁘다는 듯이 펜네를 보는 잔해. 최대한 그녀를 경계하며 언제든지 튀어 나갈 수 있도록 침대 위에서 준비하는 펜네.

긴장의 실을 뚝 끊어낸 것은, 간신히 부활한 쿠하라였다.

"덕분에 살았어, 잔해! 이러면 이야기가 빠르지! ——그때는 미안했어!"

집 안에 울려 퍼지는 외침. 그리고 갑자기 넙죽 엎드리는 쿠하라.

딱, 바닥에 머리가 부딪히는 소리가 경쾌하게 울렸다. 쿠하라는 소아리나와 펜네를 향해, 그가 할 수 있는 최대한의 성의를 담아서 사죄했다.

물론 그는 완벽하게 남자답고 원칙이 확고한 행동이라 생각하겠지만, 사죄의 대상인 두 사람은 그저 곤혹스러울 뿐이었다.

갑자기 예전의 지인을 자칭하는 소년이 찾아와서는 성대하게 엎드려 사죄하고 있었다.

백 보 양보해서 그가 쿠하라 케이지 본인이란 사실을 인정하더라도, 갑자기 사죄할 이유는 어디에도 없는 것 같았다.

펜네가 저도 모르게 독심의 능력으로 그의 진의를 파악하려고 해도, 너무나도 번잡해서 도무지 파악할 수가 없다는 기묘한 이유가 있었다.

"머릿속이 엉망진창이야. 조금 더 정리하도록 해."

펜네가 어이없다는 듯 지적했다. 하지만 쿠하라는 여전히 엎드린 자세 그대로.

고개를 들지도 않고, 오히려 뺨을 바닥에 비비려는 의도라도 있는 것처럼 밀착시켰다.

"그럴 여유는 없어. 어떻게 하면 좋을지, 무슨 말을 해야 할지 계속 고민했어. 하지만, 전부 내 잘못이야. 전부 내 책임이야. 미안해. 그런 말밖에 못 하겠어."

이제 와서야 간신히, 그리고 어찌어찌……. 두 성녀는 그가 무슨 말을 하려는지 파악하기 시작했다.

그는 이렇게 말하는 것이다. 이라 타쿠토에게 패배한 것은 자기 책임이라고. 자신이 약했던 탓에 이런 상황이 되었다고.

그것은 그녀들에게서 꿈을 빼앗은 것 역시도 포함되는 이야기겠지. 하지만 그날 함께 꿈을 이야기하던 세 사람의 가슴속에는, 이곳에는 이미 없는 한 소녀의 미소가 자리 잡고 있었다.

시끄러우면서도 호감이 가던 그 소녀의 미소가…….

"에라키노는 돌아오지 않는군요. 이제는 잊으려고 했는데, 왜 이제 와서 찾아왔나요."

마치 낙담처럼도 느껴지는 감정으로 소아리나가 물었다. 이제는 잊자고, 모두 잊고서 살아가자고 결심한 직후였다. 평소라면 이렇게 비난하는 말투로 말할 사람이 아니었다.

지금만 아니었다면 조금 더 겉치레가 담긴 대응도 가능했을 테지.

하지만 모든 것을 포기한 이날, 이 순간에 찾아오다니. 아무래도 납득할 수가 없었다.

"같이 이라 타쿠토를 죽여버리자고 생각했거든♪"

그래서 잔해의 말을 듣고 소아리나는 오랜만에 격노할 뻔했다.

갑자기 무슨 소리냐고. 아직도 그런 소리를 하느냐고. 쿠하라가 꺼내더라도 용서하기 힘들었을 말인데, 잔해라고 불리는 이 소녀가 그런 말을 꺼냈다는 사실을 용서할 수가 없었다.

아무것도 모르는, 모두가 어떤 관계였는지도 모르는. 나중에 참가한 가짜가 무슨 소리를 하는 것인가.

소아리나가 이를 으득 악물었다. 그리고 그녀에게는 도저히 어울리지 않는 노성으로 이 자리에서 물러나라고 명령하려던 그때였다.

"닥쳐, 잔해. 내가 이야기하잖아."

"크핫!"

쿠하라가 조용히…… 하지만 명확하게 분노가 담긴 목소리로 잔해의 도발을 끊었다.

그 말에 실린 의지에 소아리나는 저도 모르게 침을 삼켰다. 그것은 방 안쪽에서 상황을 지켜보는 펜네도 마찬가지였다.

이 남자는 이렇게까지 두려움이 느껴지는 남자였을까? 게임 마스터로서 텔레파시로 대화에 참가했을 때도 이렇게까지 두려움을 품을 법한 인물이 아니었을 터.

아마도 그 무렵보다도 그는 약해졌다.

《심판자》의 권능을 빼앗긴 것도, 소년의 모습으로 실체를 얻고 이 자리에서 한심하게 엎드려 사죄하는 것도.

모든 것이 그가 약해졌다는 사실을 암시하고, 실제로 그 인식은 틀림없을 것이다.

하지만 어째서일까? 그가 던진 말. 그곳에 담긴 의지.

그 무게를 느끼고 말았다…….

이 순간만큼은 그가 모든 것을 지배하는 GM이란 사실을 실감하게 만드는, 무언가 굉장한 것이 있었다.

"그런 건 아무래도 상관없어. 이라 타쿠토는 확실히 나의 적이야. 되갚아주고 싶어. 그 전에 너희한테 사죄하고 싶어. 지금은 그것뿐이야."

쿠하라의 각오는 진지한 사죄란 형태로 드러나고 있었다.

"만나면 무슨 말을 할지 계속 망설였어. 하지만 나는 바보니까 제대로 말로 표현하지도 못하고, 사실은 뭐가 잘못이었는지도 아직 잘 모르겠어. 그러니까, 미안해!"

그때 그 장소. 모인 사람들은 저마다 야심이 있었다. 어디까지나 목적 안에서 서로의 의도가 일치한 관계일 뿐이었다.

그럴지라도 쿠하라는 자신에게 책임이 있다고 생각했다. 왜냐하면 그만이 그 상황을 어떻게든 해결할 방법을 가지고 있었으니까.

그만이 어떻게든 해결할 수 있을 만큼의 힘을 가지고 있었으니까.

이라 타쿠토는 너무나도 엉뚱한 방법으로 GM 권한을 박탈했다. 그 순간 쿠하라는 머리가 새하얘져서 그저 멍하니 있었다.

본래라면 바로 다음 수를 둬야만 하는, 1초라는 시간의 가치가 평소의 몇 배는 더 커지는 전투 중에 그저 멍하니, 당황해서 움직임이 멈춰버렸다.

쿠하라는 자신의 한심함을 저주했다.

잔해의 조력으로 테이블 토크 RPG의 능력이 가진 무한한 가능성을 알게 된 이제는, 그 정도 고난은 어떻게든 헤쳐 나올 수 있었다는 것을 이해했다.

적어도 테이블 토크 RPG의 능력에는 그만한 잠재력이 있었다.

어리석었던 것은 사용자. 아무리 명마라도 기수가 어설프다면 아무 소용이 없다.

그 어설픈 기수가 바로 쿠하라 케이지라는 남자였다.

아니, 어설프다는 평가조차도 어울리지 않겠지. 그저 어설픈 정도라면 불안하더라도 말을 필사적으로 움직이려고는 하니까.

그러니까 쿠하라는 이곳에 왔다.

모든 일을 사죄하고자. 자신의 무른 각오와, 그 때문에 벌어진 고통과 슬픔에서 눈을 돌리지 않고자.

"이제 됐어. 전부 끝난 일이야. 사죄는 받아들일게, GM. 그러니까 이만 돌아가. 몇 번이나 말했지만 우리한테는 끝난 일이야."

"아니, 안 끝났어!!"

펜네의 거절은 더욱 강한 거부에 밀려났다.

이렇게까지 억지스러운 모습은 본 적이 없었다. 옛날의 GM은 어딘가 불안했고 스스로를 애써 꾸미려는 구석이 있었다. 그것은 그가 가진 허영심의 발로였다. 그 탓에 진심을 담아서 이야기를 나눌 수는 없었다.

하지만 지금 그는 그렇지 않았다. 그저 노골적으로 드러낸 감정을 바탕으로, 체면 따윈 신경 쓰지 않고 속마음을 드러냈다.

"아직, 아직 내가 여기에 있어! 펜네의 약속도 잊지 않았어! 소아리나의 꿈도 잊지 않았어! 물론 에라키노도! 그리고 다 같이 약속한 것도!"

쿠하라는 외쳤다. 간신히 고개를 들고, 소아리나와 펜네를 차례차례 똑바로 응시하며 자신의 각오를 이야기했다.

조금 전부터 그의 목소리는 몹시 시끄럽고 거슬렸다. 하지만 이 외침에서는 어째선지 그런 불쾌함이 느껴지지 않았다.

반론할 틈도 주지 않고 쿠하라는 그저 진지하게 자신의 각오를 밝혔다.

할 수 있는 일은 그것뿐이다. 그것이 최선이다. 마치 그러는 것만 같았다.

"뻔뻔한 이야기라는 건 알아. 하지만 한 번만 더 기회를 줘! 에라키노를 되찾겠어! 그리고 너희의── 우리의 꿈을 전부 이루겠어!"

허세도 이렇게까지 도를 넘어서니 웃음이 나올 지경이었다.

소아리나는 몰라도 펜네는 어이없다는 듯 작고 어리석은 그 상대를 바라봤다.

이미 이야기는 끝을 맞이했다. 이 이상 발버둥 친다고 뭐가 어떻게 된다는 것인가?

"그건 무리야. 그때와 지금, 대체 뭐가 다르단 거야? 강력한 상대를 물리칠 수 있을 만큼의 무언가가, 지금의 당신에게는 있다는 걸까?"

"너희가 있어!"

아니, 저번에도 있었잖아. 펜네는 생각했다. 생각했지만 그저 기세만으로 발언하는 상대에게 말해봐야 별다른 효과는 없겠다는 생각도 했다.

솔직히 펜네의 진심은 냉큼 돌아가 달라는 것이었다. 진심을 이야기하는 지금의 그에게는 어느 정도 호감을 느꼈지만, 그런다고 어떻게든 해결할 수 있을 만큼 이 세계는── 이라 타쿠토는 만만하지 않다.

자칫 그의 말에 넘어갔다가 상황만 더더욱 악화된다면 그때야말로 정말 끝장이다.

하지만 쿠하라는 그런 펜네의 속마음 따윈 모르고서 필사적으로 계속 권유했다.

"난 바보야. 바보에다 멍청하고 우쭐대기만 해. 그래서 다 망쳤어. 이건 내가 부족한 탓이야. 그저 나 혼자서── 그 힘이 있다면 뭐든 할 수 있다고 생각했던 멍청한 자식이 이 상황을 초래했어……."

쿠하라는 이곳까지 오는 동안, 왜 이런 상황이 되어버렸는지 필사적으로 생각했다.

지금의 처지에 불만을 토로하자는 것이 아니었다.

왜 자신은 패배했고, 자신을 따르던 사람들은 죄다 불행해져버렸는가? 그것을 생각했다.

밤늦게까지 복잡한 표정으로 계속 끙끙대는 쿠하라를 잔해는 더없이 바보 취급했다. 하지만 쿠하라는 비교적 간단히 해답을 이끌어냈다.

그것은 그가 너무나도 부족했던 것이 원인이었으니까.

"이제까지도 그랬어. 도박에서 돈을 따면 바로 우쭐대지. 끝까지 마음을 놓아서는 안 되는데, 도중에 풀어져버려. 남들한테 멋있게 보이고 싶어서, 이길 수도 없는 대결도 태연하게 저질러. 그런 인생을 이제는 뒤집겠다고 생각했지만, 결국 나는 여전히 나일 뿐이었나 봐."

사람은 그렇게 간단히 변할 수는 없다.

변했다고 생각해도 그것은 한때. 본질적으로는 변하지 못하는 경우가 대부분이다.

그는── 쿠하라는 자신이 약하다는 걸 인정했다. 인정하고서, 이제부터 역전할 방법을 모색했다.

우선은 확실하게 매듭을 짓는 것. 앞선 싸움에서 자신의 실수를 사죄하고 진정으로 용서를 청하는 것이었다.

"그러니까 내게는 날 말려줄 동료가 필요했어. 내가 폭주했을 때에는 두들겨 패줄 동료가. 나 혼자서는 무리야. 최강이라고 착각해서는 뭐든 할 수 있다며 오만하게 굴고, 나 혼자서 제멋대로 움직인 결과가 이래. 중요한 순간에는 쫄아서 아무것도 못 했어.

너희와 에라키노의 이야기를 들어야 했어. 그렇게나 가까이 있었으면서…….”

확실히 그때 쿠하라는 한 걸음 거리를 두고 있었다.

대부분을 소아리나와 펜네, 그리고 에라키노가 결정했다. 쿠하라는 제대로 이야기를 듣고 있는지도 알 수 없었다. 그── GM과 대화하고 조정하는 것은 에라키노가 맡았으니까, 두 성녀도 딱히 그를 신경 쓸 필요는 없었다. 그 상황을 바꾸고 싶다. 쿠하라는 그렇게 호소하는 것이었다. 그 상황을 바꾸어야지만 승산이 있다며, 필사적으로.

“이번에는 실패하지 않겠어. 너희의 힘을 모두 빌려서, 잊어버린 걸 되찾고 싶어. 그를 위해서는 이야기도 엄청 들을게. 모르는 건 모르겠다고, 위험한 건 위험하다고 할게. 이제 멋있게 보이려고 폼만 잡는 건 끝이야! 이 안에서 나는 가장 약하고 가장 멍청해!”

무척 한심한 말이 나왔다.

하지만 소아리나도 펜네도, 그리고 잔해도 그를 비웃거나 놀리지는 않았다. 그저 진지하게, 한 남자의 사죄와 결의를 받아들였다.

“그러니까 그런 날 도와줘!! 평생의 부탁이야!!”

퍽. 쿠하라는 또다시 바닥에 이마를 찧었다.

“소아리나, 펜네. 모든 걸 되찾기 위해, 나한테는 너희가 필요해!!!!”

큰소리로, 이 이상 할 말은 아무것도 없다는 듯 마무리 지었다.

……아주 잠깐 시간이 흐르고, 먼저 입을 연 것은 어째선지 걱정스럽게 쿠하라를 지켜보던 소아리나였다.

"정말로, 에라키노를 구해주겠다고 약속하는 건가요? 전부 되돌리겠다고, 맹세하는 건가요?"

"응. 네게 맹세하고, 나 자신에게도 맹세할게. 그리고 에라키노한테도 맹세할게. 더 이상 도망치지 않아. 모든 힘을 다해서 생각하고, 모든 힘을 다해서 맹세할게. 무지막지하게 노력할 생각이야. 너희만 도와준다면 나는 어떠한 적과 싸우더라도 반드시 승리하겠어!"

무언가 좋지 않은 예감이 들었다.

펜네는 경솔한 판단으로 흘러가려 하는 두 사람의 모습에 위기감을 품고, 황급히 쿠하라의 마음을 읽었다. 그가 마음속에 품은 사악한 생각을 드러낸다면 소아리나도 다시 생각하겠지.

하지만 쿠하라를 독심하고는 경악했다.

"놀랐어. 이 사람, 진심이야. 정말 진심으로 지금 그 말을 했어."

그것은 쿠하라 케이지의 거짓 없는 진심이었다.

그는 정말로 사죄했고, 정말로 자신이 어리석다고 인정했다.

하지만 무엇보다도 펜네가 놀란 것이 있었다. 소아리나와 펜네가 합류한다면 그것만으로도 승리로 이어지는 길이 열린다고, 그가 정말로 믿고 있다는 사실이었다.

"펜네 님. 저, 다시 한번 그 사람을 믿어보려고 하는데요……."

"놀랐어. 당신도 진심이야? 아까 했던 말 벌써 잊어버렸어? 이건 나쁜 남자의 전형적인 표본이야. 넘어갔다가는 지독한 꼴을

당할 거야."

머뭇머뭇, 하지만 살짝 기대를 담아서 눈이 반짝거리는 소아리나를 보고 펜네는 머리를 짚었다. 왜 이렇게 되었을까.

자신이 막아야 하겠지만, 이제 와서는 이미 늦었다. 소아리나는 진심으로 그럴 생각이 되어버렸다.

"그, 그는 그런 사람이 아니라고 생각하니까요. 에라키노의 마스터니까 저희가 협력한다면……."

"어이없네……."

정말로 어쩔 수 없는 녀석들이구나, 펜네는 그저 어이가 없었다. 이미 될 대로 되라며 숟가락을 던진 셈이었다. 무언가 여실하게 좋지 않은 예감이 들지만, 그건 굳이 따지자면 평온한 생활이 멀어지고 귀찮은 일이 다가온다는 예감이었다.

"펜네……. 어, 어떨까? 협력해주겠어? 너만 받아들인다면 원만하게 마무리된다고 할까, 분위기가 좋다고 할까……."

"싫어……."

"펜네~……."

쿠하라가 한심한 목소리로 매달렸다.

기세와 말로는 설득이 안 된다는 걸 알자마자 울며 매달린다. 아마도 절대로 움직이지 않을 생각이겠지.

이때 소아리나도 그를 거들었다.

사실 그녀는 조마조마, 쿠하라와 펜네를 교대로 보며 대화에 끼어들 틈을 찾고 있었다.

펜네는 크나큰 한숨을 내쉬었다.

"싫지만, 그대로 내버려 뒀다가 죽기라도 한다면 찜찜해. 어쩔 수 없으니까 돌봐줄게. 귀여운 외모와 달리 실제로는 다 큰 어른 남자를 돌본다니, 정말로 꽝만 잔뜩 있네. 내 인생."

체념으로도, 한탄으로도 느껴지는 생각이었다. 하지만 신기하게도 싫다고 느껴지지는 않았다.

그저 어이없기는 했지만. 될 대로 되라……. 펜네는 사태 수습을 완전히 포기했다.

"고마워, 펜네! 너도 행복하게 만들어줄 테니까! 내가 두 사람을 행복하게 해줄게! 약속할게!"

"아, 예……. 잘 부탁해요."

"놀랐어, 둘 다 진심으로 하는 말이구나."

"나는 케이지라고 부르면 돼. 이제는 GM이 아니야. 그저 멍청한, 하지만 각오를 다진 인간. 쿠하라 케이지야!"

"예, 케이지 씨!"

우쭐대는 게 얼마나 어리석은지 알았다고, 조금 전에 이야기한 것은 쿠하라 케이지였다.

전혀 성장하지 않았나 보다.

펜네는 다시 한숨을 내쉬었다. 아무래도 그의 성격을 교정하는 건 자신의 역할인 듯했다.

소아리나는 아무래도 나쁜 남자한테 제대로 넘어가는 중이고, 잔해라는 이상한 소녀는 사태가 생각대로 진행되었는지 생글생글 즐겁게 이 광경을 바라보고 있었다.

쿠하라가 벌떡 일어섰다. 자신만만한 목소리로 소아리나와 펜네가 그야말로 둘도 없는 동료라고, 가능성으로 넘치는 훌륭한 존재라고, 자신에게 소중한 존재라고 이야기를 시작했다.

그의 칭찬에 어렴풋이 뺨이 붉어지는 소아리나. 그녀를 보며 펜네는 일부러 기분 나쁜 말을 던졌다.

"케이지, 당신은 GM보다 기둥서방 쪽이 더 맞는 거 아냐?"

"고마워, 소아리나. 고마워, 펜네. 그리고, 보고 있지? 천국의 에라키노. 난 이미 승리한 거나 마찬가지야. 두고 봐라, 이라 타쿠토. 우리가 힘을 합치면 무서울 것 따윈 없어. 마침내 승리로 이어지는 길이 보였다고……."

"하아……."

쿠하라는 듣고 있지 않았다. 케이지라고 불린 것── 조금은 인정해준 것도 전혀 알아차리지 못했을 테지. 펜네는 또 한숨을 내쉬었다.

다만, 어째서일까. 나쁜 기분은 아니었다.

"우선은 금세 우쭐대는 성가신 성격부터 교정할까……."

"우오오오오오오오!! 해낼게, 에라키노오오오오오오! 기다려라아아아아!"

쿠하라가 열정을 불태우고, 소아리나가 홍조를 띈 얼굴로 쿠하라를 응원했다.

잔해는 자기 자식이 빛나는 순간에 감동한 부모처럼 팔짱을 끼고서 고개를 끄덕였다. 펜네는 시끄럽다는 듯 창밖을 바라봤다.

이리하여 일찍이 테이블 토크 RPG 세력이라고 불린 이들은 재집결했다. 새로운 결의와 각오를 가슴속에 품고서.

그저 시끄러운, 우쭐대는 멍청하고 바보 같은 남자를 머릿속에 새기고서——.

SYSTEM MESSAGE

이하의 유닛이 플레이어 쿠하라 케이지와 합류했습니다.

《화장의 성녀 소아리나》
《고개 숙인 성녀 펜네 카므에르》

OK

그 뒤 너무나도 시끄러워서 항의하러 온 빵집 주인한테 잔뜩 혼이 나서 바로 의기소침해진 쿠하라 케이지.

그 후로도 이것저것 능력 사용법이나 이라 타쿠토를 쓰러뜨릴 방법에 대해서 퇴짜를 맞았지만…….

그의, 그들의 이야기는 이곳에서 또다시 시작되었다.

GM 부재 시의 처리

GM 은 시나리오 진행에 필수입니다 . 하지만 어쩔 수 없는 사정으로 GM 을 담당하던 사람이 자리를 비우는 상황도 때로 발생합니다 .
그때는 참가자 전원의 동의로 새로운 GM 을 즉각 선출해야만 합니다 .

시나리오를 컨트롤하는 GM 의 부재는 게임을 근본부터 무너뜨립니다 .
모두가 제멋대로 행동하는 것은 게임 체험을 현저하게 손상시켜 재미없게 만들어 버리겠죠 .
참가자가 자기 뜻대로 움직이고 , 판정 결과를 유리하게만 해석하는 상황을 방지하는 것이 GM 의 역할입니다 . 그런 GM 이 없다면 건전하고 공정한 게임을 진행할 수 없습니다 .

모든 참가자는 이 사실을 반드시 명심하고 게임을 즐겨주십시오 .

한담 숭배받는 자

타쿠토는 홀로 생각에 빠져 있었다.

생각하는 것은 현재 마이노그라의 상황. 그리고 지금부터 진행할 전략의 취사선택.

타쿠토의 머릿속에는 수많은 작전이 존재했다. 물론 좋은 것도, 나쁜 것도. 그래도 현재 취해야 하는 수단, 취할 수 있는 수단은 그렇게 많진 않았다.

그것은 폰카븐이나 서덜랜드 같은 동맹국의 인상, 다크 엘프나 영웅들의 희망 같은 몇몇 외적 요인 등등. 게임상에서는 존재하지 않았던, 굴레라고도 할 수 있을 것들이었다.

그것들을 확실하게 파악하고서도 타쿠토의 사고는 멈추지 않았다.

'우선은 서덜랜드를 통제한 걸 기뻐하자. 여기서 문제가 생긴다면 돌이키기 힘드니까 무사히 끝나서 솔직히 안도했어…….'

암흑 대륙 통일── 대부분이 동맹 관계라서 그런 감각은 거의 없지만, 이 지역을 제압하는 것은 가장 먼저 마쳐야 할 필수 사항이었다.

서덜랜드를 맞이하고 타쿠토를 맹주로 암흑 대륙이 뭉칠 준비가 된 이상, 이어질 수단을 명확히 인식하고 움직여야만 한다.

바로 정통 대륙 연맹에게 대항할 수 있을 만큼의 군비 강화였다.

'각국의 국고나 자산을 모조리 점검하고 전력을 증강할 필요가 있어. 다행히도 마이노그라의【시장】과 긴급 생산을 조합해서 쓸 수 있으니까 제조 시간을 생각할 필요가 없다는 건 고맙지만…….'

하지만 증강할 군비 선정, 관리 체제 구축, 구체적인 군사 행동에 맞춘 훈련과 각국이 보조를 맞추기 위한 구체적인 개혁이 필요하다.

상대의 전력은 강력하다. 서큐버스 군대나 성기사 같이 강한 병종을 보유한 상대와 달리, 아군 동맹국은 일반적인 병사뿐이다.

아무리 총기라는 치트 수준의 전력을 준비할 수 있더라도 아직은 불리하다.

1년이라는 기간에 그들에게 대항할 수 있을 만큼의 전력을 준비하기는 무척 어려울 것이다.

'건축이나 기술 연구도 일단 보류해야겠네. 자원은 전부 군비 증강으로 돌리고 싶어. 다행히도 마이노그라의 부하들은 우수해.《목 따는 벌레》나《파멸의 정령》,《반편이》를 중심으로 최대한 늘린다는 방침이면 문제없어…….'

마이노그라의 부하들은 현재로서도 상대에게 위협적이다.

《목 따는 벌레》는 기동력인 살린 후방 교란이 가능하고,《파멸의 정령》은 군사 마법을 사용하여 양쪽 군대에 큰 영향을 줄 수 있다.

《반편이》는 굳이 말할 필요도 없다……만.

하지만 타쿠토는 그럼에도 부족하다는 사실을 통감하고 있었다.

양쪽의 부하나 일반 병사의 충돌은 어차피 전초전에 지나지 않는다. 통상적으로 생각할 수 있는 전쟁의 상식이 통하지 않는 것이 이 세계의 전쟁── 그러니까 플레이어 사이의 싸움이다.

『Eternal Nations』에서도 그런 경향은 있었다. 개별 유닛의 전투 능력에는 큰 폭의 차이가 있기에 최종적으로는 양쪽의 최고 전력이 맞붙는 것이었다.

그러니까 얼마나 강력한 최종 병기를 준비할 수 있느냐.

성녀, 마녀, 플레이어, 영웅.

흔한 잡졸과는 차원이 다른 강력한 전력으로 전장의 승패는 결정되겠지.

일반적인 병사── 그야말로 각국의 병력은 후방 지원 정도의 역할로밖에 못 쓴다.

타쿠토가 쿠하라 케이지를 고집하는 이유도 그것이었다. 그만한 힘을 가진 존재를 내버려두기 아깝다. 서로의 관계는 최악이나 마찬가지이지만, 아직 적대가 확정되지 않은 만큼 희망은 있을 것이다.

다만 항상 두세 수 앞을 예상해서 전략을 짜는 타쿠토가, 성립될 확률이 낮은 쿠하라와의 공동 전선에만 판돈을 모두 걸 리가 없었다.

당연히 그를 위한 수단도 준비했고, 당연히 작업도 비밀리에 진행하고 있었다.

……바로 이라 타쿠토 강화였다.

타쿠토의 발밑에서 무언가가 꿈틀거렸다.

너덜너덜한 걸레를 말아서 던져놓은 것 같은 덩어리. 꾸물꾸물

기묘하게 움직이기 시작하더니 조용히 울기 시작했다.

아는 사람이 본다면 놀라고, 아는 사람이 본다면 또 이러냐고 어이없어할 존재.

마이노그라가 자랑하는 영웅 중 하나, 《행복해지는 설화 비토리오》였다.

"히잉, 히잉……. 나, 남들 앞에서도 막 울어버려. 여자애인걸."

너덜너덜한 쓰레기가 되어 땅바닥에서 몸부림치는 비토리오.

타쿠토는 영웅 중 하나인 그를 흘끗 쳐다보고, 자신의 양손을 쫙 펴며 무언가를 확인하듯 중얼거렸다.

"아투를 여기로 데려오지 않길 잘 했네. 이 사실을 들켰다가는 무슨 소리를 들을지 알 수 없잖아……."

"어? 자기 여자한테 비밀을 만들겠다는 겁니까? 나의 신께서도 마침내 기둥서방의 길을 걷기 시작하셨군요. 역시 가슴은 커야 하는 겁니다!!"

"…………."

타쿠토는 『Eternal Nations』의 플레이어로서 《이름도 없는 사신》의 힘을 가지고 있다.

하지만 동시에 그것은 지독히 불안정한 양날의 칼이기도 했다.

누구도 아니기에 누구라도 될 수 있는 능력. 모방 능력은 자신의 정의를 금세 애매하게 만든다.

타쿠토의 기지와 용의주도한 사전 준비 덕분에, 비토리오와 벌인 지혜 대결에서는 승리를 거두었다. 하지만 본질이 바뀐 것은 아니었다.

《이름도 없는 사신》이라는 설정에 이라 타쿠토라는 인격을 뒤집어씌워서 일시적으로 안정적인 상태로 만들기는 했지만, 그 상황을 내버려 둘 만큼 타쿠토는 무지하지도 몽매하지도 않았다.

오히려 그는 사람들의 신앙으로 자아를 구축한다는, 《이라교》를 활용한 의도적인 사신 제조 시스템을 이용하려고 계획했다.

지금은 최종 완성 단계.

타쿠토는 소통 장애임에도 불구하고 이라교도들에게 설법을 진행했다. 그것을 그가 생각하던 그대로 역할을 다하고 있었다. 타쿠토가 전부 내다보고서 짜낸 책략은 그가 바라는 형태로 올바르게 결과를 냈다.

타쿠토의 지혜는 비토리오보다 위에 있다. 그 사실이 다시금 증명된 것처럼 여겨졌지만…….

"비토리오."

"예♪"

"여성의 가슴을 이러쿵저러쿵 평가하는 건 내 취향이 아냐."

"어, 그래서 죽이는 건가요?"

그 순간, 비토리오의 몸에 무수한 칼날이 박혔다. 그는 무어라 표현할 수 없는 가벼운 단말마와 함께 희미해지더니 사라졌다.

비토리오는 불사의 영웅이다. 정확하게는 무한하게 부활이 가능한 영웅이지만…….

얼마 뒤에는 당연히 다시 돌아온다.

타쿠토라는 인간은 부하에게 함부로 폭력을 휘두르는 인물이 아니었다.

그럼에도 이런 벌을 내렸다는 사실이, 비토리오가 얼마나 중대한 짓을 벌였는지 보여주었다.

………

……

…

대주계 끝자락. 대륙 서쪽의 깎아지른 절벽에서 보이는 넓은 바다를 바라보며 타쿠토는 생각에 잠겼다.

그러자 본거지──【궁전】에서 부활한 비토리오가 어디서 훔쳤는지 누군가의 과자를 들고서 경쾌한 발걸음으로 돌아왔다.

"나의 신이시여! 엄청 아픈데요!"

"바로 되살아났잖아? 게다가 왕의 기분을 거스른 부하는 뭐라더라……."

"그 전에 잔뜩 죽였잖아요? 나, 설마 샌드백 취급을 받을 줄은 몰랐다고요?"

"능력이 어떻게 동작하는지 확인하는 건 필요해. 다행히 부담도 예상한 범위 안이고……. 예외라면 네가 준비한 시한장치 트랩뿐이야."

"트랩이라니 남들 듣기 안 좋게. 해피엔딩으로 향하는 카운트다운이라 불러주세요오오오!"

"《이라교》 사람들이 믿는 이라 타쿠토인가."

이라 타쿠토와 《이라교》가 믿는 《이라 타쿠토》. 둘은 동일 인물이지만 실세로는 큰 차이가 있었다.

비토리오가 준비한 경전에는 그가 이상적으로 생각하는 이라 타쿠토가 적혀 있고, 신자는 그것을 더없이 신봉한다.

그러니까《이라 타쿠토》의 힘이란 바로《이라교》의 힘이다.

타쿠토는 손바닥을 비토리오에게 향하고, 조금 생각하더니 그의 등 뒤에 있는 나무로 표적을 바꾸었다.

아무런 전조도 없이 나무 몸통이 터지고 거목이 그 자리에 쓰러졌다. 흠…… 타쿠토는 곱씹었다.

무척 강력한 능력이었다.《이름도 없는 사신》은 이름이 없기에 온갖 존재의 능력을 모방한다.《이라 타쿠토》라는 신의 이름이 주어진다면 신자가 바라는 그대로의 힘을 발휘할 수 있다는 것이다.

하지만 동시에 잠재의식 아래로 영향을 받는 단점도 존재한다…….

이전에 능력을 사용했을 때, 타쿠토는 과도한 사용으로 의식이 애매해졌다. 끝내는 의식을 상실하는 모양새로 대가를 치렀다.

신자와 경전의 열망으로 오염된《이라 타쿠토》의 힘을 지나치게 사용한다면, 정도의 차이는 있더라도 비슷한 상황이 되어버리겠지.

물론 같은 실수를 반복할 생각은 없으니까 일단은 대책도 마련해뒀다.

소통 장애가 있는 그로서는 무척 지치는, 지배 지역이나 우호 지역으로 위문을 겸한 순행을 도는 것도 이 때문이었다.

사람들에게《이라 타쿠토》라는 존재를 정당한 형태로, 괜찮은 부분만 남기고 재인식시키려는 것이었다.

'이쪽에서 완전히 조율한 《이라 타쿠토》의 힘은 더없이 강력해. 이전처럼 인격 오염으로 의식을 잃을 일도 없어——.'

그렇게 《이라 타쿠토》를 완성하자, 그것은 그야말로 완벽한 능력으로 이어졌다.

신으로서 온갖 권능을 가지고, 더없이 강력한 힘도 구사할 수 있다.

인격 역시도 사람들이 타쿠토에 대해 과도하게 오해를 품지 않게 된 덕분에 거의 오염되지 않았다.

유일무이하며 절대불변인, 최악의 단점을 제외한다면.

'……지나치게 사용하면 덜렁이 토끼 귀 미소녀가 된 비토리오랑 결혼하는 꼴이 돼. 정말로 지옥 같은 능력이야. 너무 싫어.'

타쿠토가 필사적으로 경전—— 이라의 사서(邪書)를 수정하고, 요나요나와 허심탄회하게 대화를 나누고, 신도들과 친교를 깊이 다져 원하는 형태로 교화를 했음에도 불구하고. 이 조건만큼은 경전에서 전혀 지워버릴 수가 없었다.

『이라 타쿠토 신께서 가장 신뢰하는 유일무이한 부하는 비토리오 하나뿐이다.』

이유는 알고 하수인도 안다. 다만 막을 수단이 보이지 않아서 곤란했다.

게다가 확대 해석까지. 타쿠토와 비토리오가 장래에는 결혼한다고 되어 있었다.

신도들은 언젠가 비토리오도 귀엽고 하늘하늘한 드레스가 어울리는 덜렁이 토끼 귀 미소녀가 되니까 문제없다고 하지만, 사실 그들은 이미 미쳐버린 상태. 실제로는 거대한 산처럼 눈앞에 떡하니 자리 잡은 수준의 문제라는 사실을 이해하지 못하는 듯했다.

타쿠토는 미간을 누르며 머리를 가볍게 내저었다.

지금도 미묘하게 "다루기는 힘들지만 비토리오는 든든한 부하야" 같은 의식이 점점 피어오른다. 너무나도 위험하다.

이 감각이 제대로 된 자기 판단인가, 아니면 《이라 타쿠토》로서 오염이 진행된 결과인가. 미묘하게 판단할 수 없다는 사실이 무서웠다.

이렇게 점점 침식을 당하다가, 이윽고 어느샌가 결혼식을 올리게 되겠지.

게다가 가장 좋은 대책인, 자신의 존재 방식을 인간 이라 타쿠토로 계속 고정하는 것도 어려웠다. 그 방법을 사용한다면 오염의 영향을 받지 않을지도 모르지만, 동시에 《이라 타쿠토》의 은혜도 사라지니까.

큰 전쟁을 맞이하려는 지금, 그 방향을 선택할 수는 없었다.

역시 『Eternal Nations』 사상 최악의 영웅. 하는 짓이 야비했다.

이 녀석한테 쓸데없는 설정을 한 『Eternal Nations』 개발자는 대체 누구냐…….

타쿠토는 이곳에 없는 누군가에게 그만 욕설을 퍼부을 뻔했다. 하지만 그래봤자 변할 건 아무것도 없다는 사실을 알기에 마음속으로 눈물을 흘렸다.

다만 비토리오에게도 이것만큼은 물러설 수 없는 부분이었다. 타쿠토가 아무리 노력해봐야 헛수고로 그치겠지.

결혼은 제쳐놓고, 그는 자신이야말로 신께 가장 걸맞은 부하라고 믿으니까…….

"이 힘은 《이라신의 권능》이라고 부르도록 할게. 제대로 구별하지 않으면 고생할 것 같으니까. 자신이 애매해지는 감각은 이미 충분히 경험했어."

"저로서는 고생을 하시는 게 기쁜데 말이지요……. 그렇지! 그 빈유한테 이걸 처음부터 제대로 설명하는 건 어떨까요?!"

"진짜로 그건 그만둬. 정말로 어떻게 될지 알 수가 없으니까!"

"하지만 언젠가는 말해야만 하겠죠! 싫은 일은 뒤로 돌려버리는 그 성격, 전 안 된다고 생각해요!"

"적어도 네가 없을 때를 노려서 설명할게……."

앞으로 할 일을 생각한다면 리스크가 있을지라도 《이라신의 권능》은 사용할 수밖에 없다. 오히려 제한이 생겼으니까 전략을 짜는 보람이 생겼다고도 할 수 있었다.

게이머적인 사고방식은 일단 넘기고, 아투에게 어떻게 설명하면 좋을지 제대로 고민에 빠진 또 하나의 자신이 있었다.

틀림없이 잔뜩 다투게 되겠지.

문제를 그저 뒤로 미룰 뿐이라는 생각은 있지만, 타쿠토에게도 아투의 역린을 건드리는 것은 정말로 용기가 필요한 일이었다.

엎드려 빌면서 뭐든 그녀가 시키는 대로 한다면 그냥 넘어가지 않을까? 아투한테 "뭐든 시키는 대로 할게"라는 수단은 비교적 빈번하게 사용하고 있으니까 효과가 없을 것 같기도 하지만…….

그럴지라도 타쿠토는 성심성의껏 머리를 숙이고 용서를 청할 수밖에 없었다.

파멸의 왕답지 않게 겁을 먹었다지만, 아무리 뭐라고 해도 무서운 건 무서운 것이다.

타쿠토는 앞으로 다가올 큰 폭풍에 대비하여 마음속으로 불굴의 각오를 다졌다.

"하지만, 신이시여……. 제가 준비하고 신께서 다듬은 그 힘. 의외로 나쁘지 않죠? 앞으로의 싸움에서 틀림없이 우위에 설 수 있을 겁니다."

그 말은 옳았다. 이 힘은 무시무시한 가능성을 가지고 있다.

내버려 두면 점점 강해진다는 것.

아투는 영웅이니까 시간 경과와 함께 강해진다는 능력을 가지고 있다.

하지만 신자가 늘어나면 늘어날수록, 신앙이 늘어나면 늘어날수록. 힘이, 다룰 수 있는 권능이 강해지는 타쿠토의 능력은 그런 영웅보다도 더욱 강하다고 할 수 있었다.

"하지만 완전히 무적인 것도 아니야. 네가 완고하게 지키려 하는 이상한 리스크를 제외하더라도, 아직 걱정거리가 있어."

하지만 그럴지라도 방심할 수 없는 것이 이 세계였다.

《이라신의 권능》은 얼핏 보면 무적의 치트 능력 같을 것이다.

실제로 어지간한 공격은 타쿠토에게 상처를 입힐 수도 없고, 또한 설령 상처를 입히더라도 순식간에 회복되어 버린다.

다만…… 그것으로 충분하지는 않았다.

타쿠토의 뇌리에 이제까지 싸운 세력들이 떠올랐다. 다들 방심할 수 없는 상대였고, 동시에 어마어마한 능력을 가지고 있었다.

하지만 그중에서도 더욱 큰 위협이라 부를 존재가 있었다.

"테이블 토크 RPG 세력 말씀이시군요. 하지만 그렇게까지 경계할 상대일까요? 확실히 성가신 능력이라고 생각하지만, 그 양반 성격에 대해서 들어보면 어쩐지 엄청 겁쟁이 같은데요……."

비토리오가 미심쩍다는 눈빛으로 타쿠토를 바라봤다.

넌지시, 과한 생각은 아니냐? 그렇게 묻고 있었다. 타쿠토는 비토리오가 방심한 탓에 무참한 패배를 맞이하지 않도록 자신의 생각을 설명했다.

"능력을 가지고, 그것을 올바르게 이해하고, 더없이 겁을 내는 사람. 보통은 그런 녀석이 성가셔. 이제까지 쿠하라 군은 확실히 겁쟁이였지만, 어딘가 능력에 도취한 경향이 있었어. 그 틈을 찌르고 제대로 함정에 빠뜨려서 쓰러뜨릴 수 있었지만……."

"지금은 그렇지 않다고 하시는 건지?"

"어쩌면 변함이 없을지도 모르고, 우리에게 더더욱 큰 위협이 되어 있을지도 몰라."

전 진영 회담에서 느낀 분위기는 여전히 겁쟁이에 빈틈이 가득한, 취약하다는 느낌이었다. 하지만 괄목상대라는 말도 있다.

주의해서 나쁠 건 없다. 경계에 경계를 거듭해야 간신히 다른 플레이어와 맞설 수 있는 것이다.

타쿠토는 패자가 가끔 보여주는, 저력 같은 것의 존재를 안다.

그것이 얼마나 위협적인지 뼈저리게 실감했다.

그렇기에 방심하지 않는다.

그렇기에 이 단계에서 쿠하라를 붙잡으려 하는 것이었다.

첫 번째 접촉은 서로 적대하는 사이로서 충돌했다.

과연 두 번째는 어떻게 될까.

"쿠하라 군, 지금 뭘 하고 있을까."

타쿠토는 아직 만나지 못한 존재, 하지만 확실한 위협이 될 상대를 생각했다.

Eterpedia

이라신의 권능

???

· 《이라교》의 포교 상태에 따라 전투 능력에 보너스.
· 《이라교》이 포교 상태에 따라 능력을 획득.
· 권능을 사용할 때마다 '결혼 카운터' +1.

※『이라 타쿠토』 전용 능력.
※'결혼 카운터'는 시간이 경과하면 감소합니다.
※'결혼 카운터'가 규정치에 다다르면 '결혼 이벤트'가 발생합니다.

제9화 도전

암흑 대륙 대주계.

마이노그라의【궁전】에 있는 집무실. 간신히 암흑 대륙의 상황이 일단락되어 타쿠토가 가슴을 쓸어내리고 있었다.

"후우, 드디어 암흑 대륙의 모든 국가가 하나로 뭉쳤나……."

"타쿠토 님, 수고하셨어요. 결국에 서덜랜드 말고는 이쪽에서 움직일 것도 없이 결정됐네요."

지도에 그려진 세력도를 노려보는 타쿠토를 격려하며 음료를 건네는 아투.

이제까지의 고생도 이것으로 보답을 받았다. 그런 말을 표현하듯이 의자에 축 늘어진 타쿠토를 흐뭇하게 바라보며, 그녀는 평소의 정위치에서 왕의 말을 기다렸다.

"뭐, 암흑 대륙의 수장 셋이랑 이야기가 됐으니까. 도시 국가 수준으로서는 아무리 애를 써도 받아들일 수밖에 없겠지."

"옳으신 말씀이에요."

아투는 타쿠토의 말에 맞장구쳤다.

암흑 대륙의 모든 국가가 함께 정통 대륙 연맹에 대응한다. 듣기에는 좋지만 실질적으로는 서덜랜드를 아군으로 끌어들인 것뿐이었다. 폰카븐은 원래 마이노그라와 밀월 관계이고, 두 도시 국가는 애초에 국력에서 부족해서 이쪽으로 붙는다는 것 말고는 선택지가 존재하지 않았다.

범죄 국가 그램필의 수장과 회담했을 때, 그 추측은 확신으로 바뀌었다.

"위대한 마이노그라와 함께할 수 있는 거예요. 오히려 더욱 이른 단계에서 순종하겠다고 사자를 보내야 했다고요! 뭐, 수장이 직접 대주계로 찾아온 건 인정해줄 수도 있겠지만……."

"하지만 좀 불쌍할 정도로 겁먹고 있었지."

"범죄왕 같은 소릴 했으니까 기대했는데, 뚜껑을 열어봤더니 단순한 무뢰배였어요."

"뭐, 우리와 비교한다면 아무래도 부족할 테지만."

아투의 말에, 전날 궁전까지 눈치를 살피러 온 그램필의 수장을 떠올렸다.

그들을 보고 부들부들 떠는 모습은 뱀 앞에 선 개구리, 아니, 함정에 걸린 사냥감이었다고 해야 할까.

애초에 지금의 타쿠토와 마주하고서 정상적으로 사고하기는 어렵다. 특히 첫 만남이라서 타쿠토도 상대에게 위압을 가하고자 왕으로서의 위엄을 열심히 드러냈으니까.

비토리오의 책략으로 얻은 새로운 힘――《이라신의 권능》은 이런 상황에서도 통했다.

단순한 전투 능력만이 아니라 다양한 측면에서 활용이 가능한 것이 더욱 얄미웠다. 너무 편리해서 그만 사용해버린다.

여하튼 지금은 눈앞의 일을 하나씩 착실하게, 하지만 서둘러서 처리해야만 한다.

그 점에서는 도시 국가 그램필과 아이언헨지가 스스로 굽히고 들어온 것은 낭보였다.

어설프게 반항하거나 교섭하겠다고 나선다면 솔직히 대응하기 귀찮다.

"잡무에 정신이 팔릴 필요가 없다는 건 기뻐할 일이야. 물론 완전히 신뢰하는 건 아니니까 대비는 해야겠지만, 그건 부하를 좀 주둔시키면 어떻게든 되겠지."

형식적으로는 한 나라이지만, 실제로는 드래곤탄 도시장인 안텔리제보다 조금 더 높은 정도일 뿐이다. 솔직히 국가라는 명칭에 걸맞지 않았다.

국제 정치에서 대등한 입장으로 대하기에는 솔직히 국가로서는 너무 작았다. 형식상으로는 동맹국이고, 실질적으로는 휘하로 들어온 부하였다.

너무 막무가내로 굴 수도 없다. 마이노그라에게 악의를 품었거나 경의가 없는 상대라면 또 다르겠지만, 타쿠토는 순종하겠다는 사람을 괴롭히는 취미는 없었다.

"하지만 벌써 8개월인가……. 가능하다면 반년 이내로 끌어들이고 싶었는데."

솔직히 타쿠토는 도시 국가 병합에 시간이 너무 걸렸다고 느꼈다. 대응을 맡긴 서덜랜드와 폰카븐에서 조금 이례적인 상황이 빈발한 탓에 도시 국가에는 충분한 힘을 쏟지 못했다.

타쿠토가 이런 지연을 신경 쓰는 이유는 하나였다.

"원래 두 나라는 쿠하라 케이지를 찾으려고 끌어들인다는 의미가 더 강했으니까요."

"그래. 쿠하라 군이야. 서덜랜드에도 폰카븐에도 없었으니까 틀림없이 도시 국가 중 하나에 있을 텐데……."

타쿠토는 끄덕였다. 그렇다. 도시 국가가 연합에 참가하는 것은 통과점에 불과했다.

본래 취지는 쿠하라 케이지와 접촉하는 것. 테이블 토크 RPG 플레이어인 그를 동료로 끌어들이는 것이야말로 앞으로의 싸움에서 중요한 요소가 될 테니까…….

"바로 탐색을 시작해야 해. 저쪽 나라의 인원은 믿을 수 없으니까 억지를 써서라도 탐색 능력이 뛰어난 부하를 보낼까."

나머지 4개월. 과연 바로 찾을 수 있을까? 여하튼 일단 시작해야 한다. 타쿠토가 바로 쿠하라 수색 방침을 결정하려던 순간이었다.

플레이어로서, 그리고 《이라신의 권능》을 가진 자로서 초월적인 능력을 보유한 타쿠토. 그의 귀에 무언가 날아오는 소리가 들렸다.

"――?! 타쿠토 님!!"

그 순간, 재빠른 동작으로 아투와 호위 《반편이》가 타쿠토를 커버했다.

퍽, 작은 소리와 함께 타쿠토의 집무용 책상에 화살 하나가 박혔다.

"습격이에요! 바로 경계 태세로 이행합니다!"

아투가 방 밖에서 경호하던 병사들에게 큰소리로 지시했다.

한편 타쿠토는 그저 미간에 주름을 짓고서 조금 전의 일을 곱씹었다.

말도 안 된다.

타쿠토가 가장 먼저 품은 감상이었다.

마이노그라의 【궁전】은 다크 엘프들이 주변을 호위하고 있으며, 애초에 대주계에 침입자가 있었다면 그 시점에서 타쿠토가 파악했을 것이다.

암살자일 가능성도 있었지만, 그렇다면 호위 《반편이》가 가진 《간파》 능력마저 피할 수는 없을 터.

애초에 이론적으로. 화살이 날아온 위치, 박힌 자리, 그리고 속도를 바탕으로 계산했을 때, 도저히 말도 안 되는 장소에서 날아온 것으로만 보였다.

하지만 그 말도 안 되는 짓을 저지를 수 있는 세력이라면? 타쿠토는 하나 짚이는 상대가 있었다.

"응? 혹시…… 화, 화살 편지?"

그리고 말도 안 되는 일이 하나 더. 책상에 수직으로 박인 화살 중간 정도에 무언가 종이 같은 것이 묶여 있었다.

다크 엘프 병사들이 서둘러 달려오는 소리가 들렸다.

상황이 어지럽게 돌아가는 가운데, 그만 멍한 표정을 짓는 타쿠토. 습격의 충격보다도 요즘 시대에 이런 방법을 사용하는 사람이 있었다는 사실에 놀란 것이었다.

………

……

…

"화살 편지라면 결투장. 굉장히 예스러운 방식이지만……."

그 후의 소동은 참으로 엄청났다.

왕이 직접 습격을 당했다. 경비들은 허둥지둥 사죄의 말을 늘어놓고, 아투는 자신의 부족함에 격노했다가 낙담했다가. 어디선가 이야기를 듣고 나타난 비토리오는 창밖에서 생글생글 이쪽을 바라볼 뿐.

타쿠토는 상황을 보아 헛수고라고 생각하면서도 주변 수색을 명령했다. 그것도 이미 끝이 났지만, 아직도 찌릿찌릿한 분위기가 마이노그라 궁전에 감돌고 있었다.

오늘의 업무는 모두 취소. 서덜랜드에 가 있던 몰타르 옹과 기아가 잔뜩 당황해서는 돌아오겠다는 뜻을 텔레파시로 전했다.

위에서 아래까지 대혼란이었다.

대응 자체는 만족스러운 결과가 나왔지만 너무 요란스러워서 냉정함이 부족했다. 이것도 앞으로의 과제라고 느끼며, 타쿠토는 화살에 묶여 있던 편지를 펼쳤다.

대체 무슨 내용이 적혀 있을까? 타쿠토는 바로 내용을 확인하려고 했는데…….

'글자가, 글자가 너무 엉망이야…….'

이 시도는 첫 단계에서 무산되었다.

글자가 너무나도 엉망이라 내용을 읽을 수가 없었다.

한순간 무슨 주문이라도 적혀 있는 게 아닐까 경계했지만, 간신히 "결투장"이란 글자를 읽을 수 있었기에 그 생각도 사라졌다.

그저 단순하게 글자를 못 썼다. 그 이상도 이하도 아니었다.

다만 타쿠토는 그런 감상을 겉으로 드러내지는 않았다.

'하지만 나도 남더러 뭐라고 할 처지는 아니니까…….'

솔직히 타쿠토도 글자를 잘 쓰는 편은 아니었다.

마이노그라의 왕으로서 국가 운영을 시작했을 때, 허가 사인을 적느라 엄청 고생했던 기억이 뇌리를 스쳤다.

요즘 아이. 게다가 오랜 시간을 병상에서 지내던 인간이다.

펜을 들고 글자를 적을 기회가 거의 없었고, 대부분의 경우에는 키보드로 충분했다.

자신은 글자를 못 쓴다. 그것조차 이곳에 온 뒤에야 깨달았으니까 어쩔 수 없는 일이겠지.

그런 고통스러운 기억이, 일종의 공감이 되어 이 문장을 비난할 수 없게 했다.

하지만 그것은 어디까지나 타쿠토의 문제. 복심인 아투에게는 관계없는 일이었다.

"타쿠토 님, 이거 글자 엄청 못 쓰지 않았나요?"

타쿠토의 이마를 타고 땀이 흘렀다.

자기 이야기가 아닌데도 어째선지 자신이 비난을 받는 것 같은 기분이 들었다.

괜찮아, 내 이야기가 아니야.

타쿠토는 스스로를 타일렀지만, 진지하게 글자를 읽으려고 타쿠토의 등 뒤에서 들여다보는 아투는 아무것도 알아차리지 못했다.

"게다가 뭔가 잘못 썼는지 대충 그어서 얼버무리고, 줄도 삐뚤

삐뚤해서 읽기 어렵네요…….”

“으, 응. 그러네!”

저도 모르게 뒤집어진 목소리로 타쿠토가 대답했다. 하지만 아무래도 아투는 못 알아차린 듯했다.

안도의 한숨을 돌리다가, 잘 생각해보면 이 편지는 자기가 쓴 게 아니니까 그렇게까지 신경 쓸 필요가 없다는 사실을 깨닫고 냉정해졌다.

자기가 글자를 못 쓴다는 사실은 일단 제쳐놓고, 지금은 해석이 먼저. 타쿠토는 그런 생각으로 또다시 난해한 문장을 훑어봤다.

“해독반 부를까요? 마법 연구소에 있는데.”

“고문서를 해독하던 사람들한테 이걸 부탁하게? 아무리 그래도 너무 가엽잖아…….”

“아니 뭐, 그러네요. 일단 저도 열심히 해볼게요.”

결국에 아투와 이러쿵저러쿵 이야기하며 성공적으로 해독을 마쳤다.

첫 글자가 결투장이었던 것도 다행이었다. 예상되는 내용으로 짚어가며 어떻게든 판독을 진행할 수가 있었다.

적혀 있던 내용은 아니나 다를까, 쿠하라 케이지가 보낸 결투장.

서로의 실력을 겨루기 위해, 기술 국가 아이언헨지 근처의 아무것도 없는 황야에서 결전을 벌이자는 것이었다.

“결전…… 말이지. 대체 무슨 생각인지.”

“이미 쿠하라 케이지와는 결판이 났어요. 이 이상 그가 제멋대로 구는 데 어울려줄 필요는 없지 않을까요?”

"하지만 내용을 보면, 한번 가볼 필요는 있을 것 같아."

문장의 말투, 내용, 필적에서도 상대의 심정은 잘 알 수 있었다.

특히 쿠하라의 결투장은 문장이 엉망이었지만 그의 속마음이 여실하게 드러나 있었다.

아무래도 조금 재미있는 일이 벌어지고 있나 보다.

그에게 무슨 일이 있었는지는 알 수 없다. 다만 아무래도 어딘가에 틀어박혀 있던 때보다도 기합이 들어가서 각오를 다진 듯했다.

그 변화에 저도 모르게 씨익 웃는 타쿠토. 자신이 아는 강적이 아직 쓰러지지 않았다는 사실에, 경계보다도 먼저 기쁨이 드러났다.

타쿠토는 도전을 받으면 도망치지 않는다. 『Eternal Nations』 세계 1위로서의 긍지도 있고, 본인의 자존심 문제도 있다.

이런 옛날 방식까지 쓴다고 주눅 들 이라 타쿠토가 아니었다.

막아서는 적은 무찌를 뿐. 그것도 정면에서 철저하게.

그것이 타쿠토의 방식이었다.

"결판을, 내는 거군요."

그런 타쿠토의 성격을 부하는 잘 알고 있었다.

아투는 자신의 주인이 참으로 기쁜 듯, 그리고 호전적인 미소를 짓고 있다는 사실에 납득이 가기도 했다.

그라면 그렇게 한다. 왕이라면 그렇게 판단한다. 그것이 아투가 『Eternal Nations』라는 게임 안의 존재였던 무렵부터 알고 있던 타쿠토니까…….

하지만 두 사람의 의욕을 꺾는 존재가 있었다.

"아니, 그러고 싶은 참이지만 무리야. 그보다도 《대의식》을 잊어버린 거 아냐, 아투?"

그 말에 아투는 무심코 "앗" 하고 작은 목소리를 흘리더니 입에 손을 댔다.

표정에서는 놀라움, 중요한 사실을 잊고 있었다는 부끄러움이 배어 나왔다.

동시에 타쿠토도 곤란한 듯 작게 웃었다.

완전히 쿠하라 케이지와 결전을 벌이자는 마음이었다. 하지만 환경이 그것을 허락하지 않았다. 알고는 있었지만 역시나 뭔가 답답했다.

"이거, 어떻게 할 건가요?"

"GM 권한이 없는 만큼 좀 나으니까. 어떻게든 말로 설득해서 우리 전력으로 끌어들여야지."

"도움이 될까요?"

아투가 불안하게 물었다. 이 문장을 보면 확실히 그런 생각이 들겠지. 타쿠토도 그럴 것 같기는 했지만, 착각은 부정해 두어야만 한다.

"틀림없이 도움이 돼. 내가 가장 경계한다는 건 빈말이 아니야. 뭐, 쿠하라 군이 얼마나 제대로 완성되었는지 모르겠지만, 적어도 경계를 게을리할 상대는 아니야."

"타쿠토 님께서 한번 쓰러뜨린 상대인데도…… 말인가요?"

테이블 토크 RPG 세력에게는 한번 제대로 큰 피해를 경험했다.

특히 자신을 고스란히 빼앗긴 아투로서는, 상대를 가벼이 여기는 발언을 하자니 복잡한 심경이겠지.

하지만 이미 결판은 났다. 그렇다면 몇 번을 붙더라도 결과는 마찬가지.

조금 더 말하자면 상대는 무적의 GM 권한을 박탈당했다.

그래서 아투는 상대를 가벼이 여기는 발언을 꺼냈다.

그럼에도 타쿠토는 아투의 말을 부정했다.

"그는 한번 패배했어. 기고만장한 인간이 대패했을 때, 대부분은 두 종류 결과로 갈려."

손가락을 척 세우며 물 흐르듯 설명을 시작했다. 마치 사전에 준비한 것 같은 설명에 아투는 숨을 삼켰다.

"그대로 썩어버리느냐, 또는 재기해서 크게 성장하느냐."

패배는 사람의 운명을 크게 바꾼다. 특히 크게 졌을 때는 더더욱.

타쿠토는 자신의 경험을 바탕으로 이야기했다. 사실 그는 자신의 패배로 이슬라를 잃은 뒤, 무른 마음을 완전히 버렸으니까.

물론 아직 완벽하다는 자신감이 생겼다고 할 수는 없었다.

하지만 적어도 이제까지처럼 일을 가볍게 생각하는 나쁜 버릇은 사라졌다.

타쿠토는 패배로 한 단계 더 성장한 것이다.

쿠하라 케이지가 어느 쪽으로 향했는지는 알 수 없다.

하지만 그는 결투장을 보냈다.

자신에게 이긴 이라 타쿠토에게, 결판이 났을 상대에게.

이쪽이 찾아내기도 전에 저쪽에서 선수를 쳤다.

"경계는 게을리하지 않아. 그것만큼은 잊지 않았어."

타쿠토는 가장 중요한 사항 하나를 결정했다.

이라 타쿠토는 쿠하라 케이지를 확실히 적으로 인정하고 있었다.

설령 직접 결판을 지을 수단은 없더라도, 어떤 방법을 쓰든 서로에게 위해를 가하기는 불가능하더라도…….

이 세계에서는 무슨 일이 벌어질지 전혀 알 수 없으니까.

"자, 결투인가. 이 상황에서 올바른 생각은 아니겠지만."

타쿠토는 웃었다.

"——조금은, 기대되네."

그것은 확실하게 파멸의 왕다운 웃음이기도, 동시에 많은 사람들이 믿는 사신의 웃음이기도 했다.

SYSTEM MESSAGE

이하의 국가와 동맹이 체결되었습니다 .

【범죄 국가 그램필】

【기술 국가 아이언헨지】

OK

Eterpedia

그램필

도시 국가

속성: 중립
지향: 《범죄 지향》
《경제 지향》

해설

~그곳은 범죄자들의 일시적인 낙원~

Eterpedia

아이언헨지

도시 국가

속성: 중립
지향: 《기술 지향》
《무역 지향》

해설

~기술을 신봉하는, 낡고 뒤처진 나라~

제10화 곤혹

양쪽은 극한까지 팽팽한 긴장감 속에 대치하고 있었다.

눈앞에 펼쳐진 것은 아무것도 없는 황야.

다만 이따금 흙먼지를 싣고서 강한 바람이 불어닥칠 뿐. 주변에 사람 같은 것은 보이지 않았다.

하지만 타쿠토가 데려온 《반편이》는 확실히 눈앞에 누군가 여러 인물이 숨어 있다는 사실을 《간파》했다.

그 사실을 깨닫고서도 타쿠토는 《반편이》에게 딱히 무언가 지시를 내리진 않았다.

상대의 첫 반응을 보고 싶다. 그것이 타쿠토의 방침이었으니까.

이윽고 상대가 뜻을 다진 걸까. 눈앞의 공간이 일그러지고 여러 인물이 나타났다.

아투가 황급히 경계 태세를 취했다. 타쿠토는 왼손을 들어 일단 제지, 상대를 가만히 살폈다.

"자, 자자자자자자잘도 왔구나, 이라 타쿠토!"

눈앞의 소년이 떨리는 목소리로 외쳤다.

목소리가 뒤집어졌다. 긴장했다는 게 손에 잡힐 듯이 알 수 있었다. 자세히 보니 다리도 떨리고 있었다.

상당히 기합이 들어간 모습이라고 타쿠토는 감탄했다. 우선 선제공격을 날리듯 농담을 던져 상대가 어떻게 나오는지 살폈다.

"쿠하라 군인가……. 꽤 어려졌네. 그때는 대답해주질 않았으니까 섭섭했어. 잘 지냈어?"

"히, 히이이이이익!!"

그것만으로 소년은 압도당해서 뒷걸음질 쳤다.

타쿠토는 마음속으로 눈앞의 상황을 곱씹어봤다.

아무래도 그는 틀림없는 쿠하라 케이지였다. 목소리도 조금 바뀌었지만 이전에 레네아 신광국에서 들은 것과 비슷한 부분이 있었다.

이어서 양옆의 두 사람에게 시선을 향했다. 이쪽은 무척 쉽게 알아볼 수 있었다. 여전히 성녀 의상을 입고 있다니, 더없는 배려였다.

'성녀 소아리나와, 성녀 펜네. 그녀들도 같이 있나…….'

그들의 결속은 아직 끈끈했나 보다. 펜네는 몰라도 소아리나는 타쿠토를 노려보듯 바라보고 있었다. 에라키노를 물리친 사실을 잊을 수 없었을 테지.

결투장의 내용에 점점 현실성이 생겨났다. 지저분한 글자에 낡아빠진 내용이었지만 상대는 지극히 진지한 모양이었다.

'그만큼 성대하게 패배해서 뿔뿔이 도망쳤으니 합류 가능성은 낮다고 예상했는데, 아무래도 쿠하라 군도 나름대로 매력이 있다는 건가…….'

사람을 끌어들이는 무언가가 없으면 신에게 플레이어로 선출되지 않는가. 아니면 타쿠토가 쿠하라를 인정하기 위해서 괜히 점수를 높여 평가하는 것인가.

여하튼 타쿠토의 눈에 비치는 광경은 하나였다. 테이블 토크

RPG 진영이 재집결해서 눈앞에 있다는 것.

하지만…… 단 하나, 위화감이 느껴지는 존재가 있었다.

그것은 마치 에라키노를 그대로 빼다 박은 것 같은 소녀.

다만 색깔과 헤어스타일이 다르니까 아마도 다른 존재라고 가정했다.

테이블 토크 RPG에는 캐릭터를 만드는 시스템이 있다. 쿠하라가 가져온 게임인『엘레멘탈 워드 제4판』에도 물론 기본적으로 그 시스템은 들어 있다.

보기만 해서 검증하기엔 아무래도 정보가 부족하지만, 어쩌면 새로운 캐릭터를 만들어냈을지도 모른다.

만약 그것이 사실이라면 성가시기 짝이 없다고 타쿠토는 내심 한숨을 내쉬었다.

"넌 에라키노……? 아니, 그건 아니네. 죽였을 테니까. 다른 캐릭터인가? 새로 캐릭터 시트를 짰나?"

그 소녀는 타쿠토를 얕잡아보듯이 양손을 펼치고 '글쎄?'라는 듯이 고개를 갸웃거렸다.

뻔뻔스러운 태도는 예전에 본 에라키노와 비슷하지만 조금 다른 것 같기도 했다.

저건 에라키노보다도 조금 더, 암약을 즐기는 타입이다.

'여하튼 적이라는 건 틀림없나. 정보가 적은 상황에서 단정하는 건 실수로 이어져.'

"역시 테이블 토크 RPG의 시스템은 성가시네. 다른 컴퓨터 게임이나 보드 게임과는 달리 해석의 폭이 있으니까 얼마든지 애매한 범주의 방법을 쓸 수 있어."

타쿠토가 테이블 토크 RPG라는 게임을 경계하는 이유 중 하나가 이것이었다.

이 게임 시스템은 기본적으로 플레이어 사이의 대화로 게임이 진행된다. 물론 기본적인 규칙이나 구성, 금지 사항 따위는 룰 북에 적혀 있고 그에 따라서 진행해야 하지만…….

그래도 자유도는 차원이 다르다. 그야말로 참가자 전원이 납득한다면 룰 북의 금지 사항을 무시해도 성립될 정도로…….

요컨대 최고의 체험이 가능하다면 뭐든 OK. 함께 사이좋게 놀자는 것이 게임의 핵심이자 참가자가 공유하는 목적이다.

그런 높은 자유도가 이 세계에서는 더없는 위협으로 동작한다.

타쿠토의 말은 스스로와 부하들에게 다시금 주의를 촉구하는 것이었다. 하지만 뜻밖에도 반응한 것은 신입 소녀── 가짜 에라키노였다.

"너, 잘 알잖아. 뭐, 그걸로 이 도박꾼을 박살 낸 당사자니까 당연한가! 아, 참고로 {이것}은 잔해라고 불러. 에라키노의 잔해이자 그냥 태평한 구경꾼이야."

타쿠토는 무심코 드러낼 뻔했던 씁쓸한 표정을 필사적으로 억눌렀다.

정체가 너무나도 애매했다. 그렇게 하라고 명령을 받았을 가능성도 있지만, 쿠하라의 태도나 행동거지를 보기에 그럴 가능성은 한없이 낮겠지.

테이블 토크 RPG는 캐릭터 시트라는 형태로 비교적 간단하게 캐릭터를 만들 수 있다.

그래도 이렇게 간단히 척척 추가해서는 다른 게임 세력이 헛수고가 되어버린다.

다만 아무래도 그런 기척은 느껴지지 않았다. 특히 쿠하라의 미묘한 태도 변화를 보기에, 무언가 사정이 있다고 생각한다면 이야기가 이어진다.

블러핑일 가능성도 있었다. 다만 그는 그런 에두른 방법을 사용할 성격이 아니다. 적어도 이제까지의 인상으로는…….

'그렇다면 무언가 예외적인 존재인가? 아니면 본인의 성격인가? 비토리오도 그렇고, 피에로를 연기하는 녀석은 방심한 틈을 노리니까 무섭거든…….'

잔해는 타쿠토 안에서 경계해야 할 존재로 등록되었다.

그렇다고 처음의 예정이 변한 것도 아니었다.

현재 마이노그라는《대의식》의 효과로 세력 사이의 전투 행동이 불가능했다.

대화를 통해서 테이블 토크 RPG 전력을 끌어들이는 것은 이미 정해진 노선이었다.

"쿠하라 군. 난 이번에 너와 적대하는 게 아니라 동맹을 맺을 생각이야."

"동맹……이라고?"

쿠하라가 의아하다는 듯 고개를 갸웃거렸다. 양옆의 성녀는 타쿠토의 말에 움찔 반응했지만 그것뿐이었다.

아무래도 이번에 결정권은 전부 쿠하라에게 일임한 듯했다.

쓸데없이 끼어들지 않는 건 고마운 일이었다. 타쿠토는 그녀들이 괜히 참견해서 상황을 혼란시켜 이야기가 이상하게 흘러가 버리는 게 가장 나쁜 패턴이라고 생각했다. 그러니 이 상황은 환영이었다.

"예의 서큐버스들 말이야. 전 진영 회담에 참가한 쿠하라 군이라면 알 텐데. 정통 대륙 연맹과는 완전히 적대 관계가 되었어. 언젠가 자웅을 가려야만 하니까, 전력은 많으면 많을수록 좋아."

타쿠토는 조금 무리를 해서라도 기세 좋게 이야기했다.

실제로 정통 대륙 연맹과 완전히 적대 관계가 된 것은 타쿠토의 SLG 진영과 유의 RPG 진영이다. 쿠하라를 포함한 테이블 토크 RPG 진영은 굳이 따지자면 그 상황에서는 빠져 있었다.

그 부분을 찌른다면 큰일이니까 타쿠토는 억지로 화제를 진행했다. 다만 테이블 토크 RPG도 완전히 방관자의 입장일 수는 없었다.

언젠가 정통 대륙 연맹과는 결판을 낼 필요가 있으니까 관계가 없을 수는 없는 것이다.

머리를 숙이느냐 손을 잡느냐, 정면으로 충돌하느냐 땅끝까지 도망치느냐.

그들도 결단은 빠를수록 좋겠지.

물론 타쿠토로서는 아군이 되어주는 게 최고의 결과겠지만.

"서로의 원한은 일단 제쳐놓고, 이쪽으로 붙지 않을래? 그 서큐버스들 때문에 잔뜩 애를 먹고 있어. 쿠하라 군도 지금 이게 앞뒤 생각 없이 저지른 짓이란 건 알잖아?"

쿠하라는 어두운 표정이었다.

타쿠토의 말에 대해서 생각하고 있겠지. 미묘하게 불편해 보이는 건 그 자신이 판단을 망설이기 때문일까…….

타쿠토는 이런 분위기라면 한 번만 더 밀어붙여 보자며 최후의 말을 날렸다.

"아니면── 거기 성녀들을 서큐버스한테 내놓겠어?"

변화는 극적이었다.

하지만 그것은 타쿠토가 생각하던 것과는 달랐다. 의지가 담긴 강한 눈동자가 타쿠토를 꿰뚫었다.

분노가 아니었다. 그것은 각오를 다진 자의 눈이었다.

'큰일인데. 잔뜩 쫄았으니 억지로 끌어들일 수 있을까 싶었는데, 겁쟁이면서도 각오를 다진 패턴인가…….'

쿠하라는 무언가를 확인하듯 등 뒤로 시선을 보냈다.

그의 동료── 두 성녀와 한 잔해를 쳐다보고 확인했다.

등 뒤가 텅 비어 있었지만 타쿠토는 그 모습을 그저 바라볼 뿐이었다.

《대의식》의 효과로 위해를 가할 수는 없고, 설령 가능하더라도 타쿠토의 자존심이 허락하지 않는다.

"네가 말해, 네가 우두머리야♪"

"남자답게 굴어."

"힘내요, 케이지 씨……."

이윽고 그의 동료들이 마치 격려 같은 말을 던지고, 쿠하라는 다시 타쿠토를 돌아봤다.

타쿠토도, 그리고 그가 데려온 부하들도. 그 모습을 그저 가만히 지켜볼 뿐이었다.

"쓸데없는 수다로 상황을 휘저어보려고 해도 헛수고다, 이라 타쿠토! 그런 건 안 먹혀! 너, 널 쓰러뜨리고! 나는 세계 최고가 되겠어! 그렇게 이 싸움에서 승리하고 에라키노를 부활시키는 거야!"

"아니, 에라키노 부활은 딱히 날 쓰러뜨리지 않아도 가능하다고 생각하는데……."

"어, 어어……."

무엇을 하고 싶은지는 어찌어찌 전해졌다.

복수라기보다는 이전의 싸움에서 잃어버린 긍지를 되찾고 싶은 거겠지.

이 세계에서는 다양한 수단으로 죽은 사람을 부활시킬 수 있다. 그것은 무척 힘들 때가 많지만, 그래도 불가능한 것은 아니었다.

그렇기에 쿠하라의 목적 중에서 이라 타쿠토와 결판을 낸다는 개념이 떠올랐을 테지.

복수가 아니라 결판이다.

확실히 플레이어로서는 호감이 가는 생각이지만, 이곳은 이미 현실 세계.

타쿠토로서는 그런 감상이나 갈등에 좌우되기보다도, 우선은 눈앞의 문제를 마주했으면 좋겠다는 심정이었다.

그리고 눈앞의 문제란 바로 정통 대륙 연맹과의 전쟁에 대비하는 것이었다.

"그, 그치만 펜네."

"왜 나한테 묻는 거야? 멋없게."

쿠하라는 혼란스러워 보였다. 타쿠토는 제대로 반응을 느끼고 있었다.

아무래도 성녀 두 사람은 완전히 쿠하라가 마음대로 하게 둘 생각인 듯했다. 어떤 생각인지는 모르겠지만 타쿠토에게 유리한 상황인 것은 확실했다.

여기서 단숨에 몰아붙이자.

타쿠토는 마음속으로 웃었다. 결판을 내자는 상황인데도 어딘가 가벼워진 이 희한한 분위기에 속으로 박수를 치며 환영했다.

"쿠하라 군. 사실 나도 부활시키고 싶은 동료가 있고, 계획은 세웠어. 네가 협력해준다면 대가로 에라키노 부활에도 협력할게. 선제공격을 당한 내가 할 수 있는 최대한의 양보야."

이것으로 끝난다면 최고.

이른바 결정타. 테이블 토크 RPG는 대화로 게임을 플레이하는 시스템이다.

그렇다면 대화로 그를 농락하고 아군으로 끌어들이는 것도 어떤 의미에서 테이블 토크 RPG다운 전투 방식이라고 할 수 있었다.

최소한의 노력으로 최대한의 효과를.

어차피 나중에 정보를 조율하고 최소한의 협력 관계를 구축하기 위한, 귀찮은 교류가 기다리고 있다.

첫걸음 정도는 편하게 옮기고 싶다.

이것은 타쿠토의 본심이었다. 정말로 편하게 마무리하길 바라고, 쿠하라에게는 이래저래 복잡한 감정은 있지만 딱히 원망이나 적의를 품지는 않았다.

상대가 어떻게 생각하는지는 제쳐놓고, 타쿠토는 쿠하라를 진지하게 동료로 받아들일 생각이었다.

동시에――.

'뭐, 쉽게 풀리진 않겠지만.'

자신의 설득이 헛수고라는 것도 어딘가 이해하고 있었다.

"안 돼. 여기서 안일하게 네 동료가 된다면 난 끝이야. 아직 결단을 내리지 못하던 약한 나로 돌아가버려. ――너와 결판을 내겠다고 정했어. 그러니까 난 너와 결판을 낼 거야!"

역시 이렇게 되나…….

타쿠토로서는 그다지 이상하지도 않은 대답이었다.

확실히 지금 쿠하라는 여전히 겁쟁이 같고, 경우에 따라서는 동료들에게 도움을 청할 만큼 우유부단한 부분이 눈에 띄었다.

하지만 패배가 그를 성장시켰을까. 타쿠토는 그에게서 무언가 탄탄한 심지 같은 것을 느꼈다.

결코 꺾이지 않는, 튼튼하고 두꺼운 한 줄기 심지.

최악의 경우에는 교착 상태로 끝나버릴 가능성도 고려해야겠어…….

타쿠토는 답답한 심정으로, 하지만 그런 기색을 전혀 드러내지 않고 단도직입적으로 사실을 이야기했다.

"하지만 안타까운 소식이야. 나는 현재 《대의시》이라는 마법을 사용하고 있어. 이건 마이노그라를 정통 대륙 연맹으로부터 지키기 위해 암흑 대륙을 뒤덮은 거대한 결계야. 이 결계는 쌍방의 적대 행동을 완전히 막는 효과가 있어."

그렇다. 어차피 처음부터 대결은 불가능했다.

쌍방의 동의가 있든지 없든지, 《대의식》의 효과는 모든 것을 똑같이 막는다.

물론 중립 NPC 같은 예외는 있지만, 쿠하라 일행이 테이블 토크 RPG 진영인 이상은 관계없는 일이었다.

그러니까 아무리 발버둥 쳐도 여기서 결판을 내는 것은 불가능했다.

"그런 게……."

"마음을 읽을 수 없는 것도 그게 이유일까?"

처음으로 성녀들이 동요하는 말을 흘렸다.

마음을 읽는다── 성녀 펜네는 신으로부터 《독심》의 기적을 받았다.

타쿠토도 레네아 신광국에 잠입했을 당시, 그것을 알게 되었다.

하지만 당연히 마음을 읽는다는 행위도 적대 행동에 해당된다. 그녀만 제외될 이유는 어디에도 없었다.

"오, 오오! 굉장한데! 하지만 말이야! 내가 더 굉장하다고!"

쿠하라는 더욱 강한 기세로, 허세와도 같은 외침을 터뜨렸다.

굳이 따지자면 작은 동물이 애써 위협하는 것에 가깝지만…….

타쿠토는 제대로 의도가 전해지지 않는 상황에 무심코 한숨을 내쉬었다. 아직도 혼란에 빠져 있는 쿠하라에게 상세한 설명을 해줬다.

"아니, 그게 아니라. 결투도 물론 적대 행동에 해당된다는 거야. 우리는 상대에게 공격을 가할 수 없어."

"시험해봐도 될까?"

"그럼. 마음대로 해."

타쿠토의 설명에 반응한 것은 성녀 펜네였다.

아무래도 쿠하라는 더 이상 믿을 수 없다고 생각했나 보다.

타쿠토로서도 이야기가 점점 늘어지는 상황에 빨리 마무리를 짓기 위해서 흔쾌히 승낙했다.

더없이 강력한 서큐버스 군대의 공격조차 막아낸 《대의식》이다. 성녀의 힘으로 어떻게 될 리도 없다.

"그럼 사양 않고."

동시에 키잉, 강력한 충격이 눈앞에서 터졌다.

그 소리에 살짝 놀랐지만 그뿐이었다.

"이 자식――!"

오히려 갑작스러운 일에 격노한 아투를 텔레파시로 진정시키는 게 더 귀찮았을지도 모르겠다.

"이해했을까?"

"응, 그러네. 무시무시한 능력이야."

아무래도 만족했나 보다.

그와 동시에 타쿠토가 하려는 말은 상대에게 전해졌다.

타쿠토가 아무리 말해봐야 쿠하라는 제대로 이해하지 못하겠지만, 동료인 펜네가 이야기한다면 대응도 달라지겠지.

타쿠토 역시도 그것을 바라고, 펜네 본인도 그럴 생각이었다.

"어떻게 할래, 케이지? 이래서는 말싸움이 고작이야. 아쉽지만 말로 싸운다면 당신한테는 만에 하나라도 승산이 없어. 그보다도 이미 1패 했잖아."

"그, 그렇지 않아요, 케이지 씨!"

"아, 아니……. 뭐, 어떻게 하지?"

완전히 경직되어 버렸다.

아마도 이라 타쿠토와 결판을 내겠다는 생각만으로 여기까지 왔을 테지. 타쿠토가 책략으로 희롱해서 전투를 회피할 계획이라는 것까지는 예상했을 테지만, 애초에 전투 행동이 불가능하다는 사실까지는 예상하지 못했나 보다.

두 성녀들에게서도 동요한 감정이 느껴졌다.

지금이 승부를 낼 때다. 타쿠토는 단숨에 몰아붙였다.

"그러니까 일단 우리한테 합류하지 않을래? 이래저래 쌓인 이야기도 있을 테고, 우리는 한번 적대했던 관계야. 확실히 친해질 수는 없겠지. 하지만 등 뒤에 칼을 숨기고서도 악수는 할 수 있어. 너희 목적을 위해서라도 일단 정통 대륙 연맹을 어떻게든 처리해야만 해."

상대의 반응을 살폈다. 곤혹스럽다는 느낌이 컸다.

거절이 아닌 것만으로 이미 타쿠토의 수작에 넘어왔다고도 할 수 있었다.

일단은 보류한다는 방향성으로 끌고 가서, 나중에 슬며시 전력으로 끌어들인다면 문제없다.

확실히 등 뒤에서 찌를 위험성은 계속 있을 테지만, 그들의 목적이 에라키노의 부활이라고 판명되었으니 그건 어떻게든 처리할 수 있다.

그렇게 생각했지만——.

"아니, 그건 아냐. 전혀 아니야."

이제까지 전혀 이야기하지 않던 잔해가 여기서 끼어들었다.

일동의 시선이 잔해에게 향했다.

그녀는 참으로 즐거운 듯, 하지만 어딘가 불쾌한 표정으로 웃었다.

'여기서 끼어드나. 역시 테이블 토크 RPG 세력의 비토리오 역할인가? 하지만 여기서 상황을 휘저을 수단은 거의 없는 거나 마찬가지——.'

〈!〉 에러 번호 447

(이상한 조작이 실행되었습니다.)

마법 효과에 예외 처리가 추가되었습니다.

SLG 진영과 테이블 토크 RPG 진영 사이의 전투가 일시적으로 허가됩니다.

본 조작에 따른 게임 밸런스 파손은【경미】레벨입니다.

"——?!"

"으응? 뭔가 이상한 느낌이 들었는데? 이거 뭐야?"

그 순간, 불가능한 개입이 발생했다.

그것은 『Eternal Nations』의 시스템을 통해서 타쿠토에게도 전해졌다.

자신들이 이해할 수 있는 범주보다 훨씬 밖에 존재하는 이 초월적인 감각은 타쿠토도 경험이 있었다.

곧바로 타쿠토의 표정이 일그러졌다.

나쁜 예상 가운데서도 최악의 예상이 적중했으니까.

'아니아니…… 이건 엄청난 문제잖아, 쿠하라 군!!'

멍한 표정으로 두리번두리번 주위를 둘러보는 쿠하라에게 원망이 담긴 시선을 보냈다.

물론 본인은 못 알아차렸는지 그저 고개를 갸웃거리며 잔해에게 질문하고 있었다.

"이번만이야. 한정적으로 전투 불가 설정을 고쳐 썼어. 미안하지만 {이것}은 마스터의 멋진 모습을 보고 싶거든. 미안하지만 어울려줘야겠어!"

깔깔 웃는 잔해에게 쿠하라가 쓸데없는 소리 하지 말라며 질타했다.

하지만 타쿠토는 그것을 신경 쓸 상황이 아니었다. 상대의 말을 믿는다면《대의식》의 효과는 사라지고 이미 서로의 공격이 통한다는 의미니까.

그 위기감은 타쿠토의 호위로서 이제까지 침묵을 관철하던 부하들도 마찬가지였다.

"타쿠토 님, 저도 나갈게요……!"

조금 당황한 듯, 아투가 등에서 촉수를 꺼내며 선언했다.

하지만 그것은 악수다.

"아니, 아투는 대기해줘."

확실히 지금 아투를 내보낼 수도 있겠지.

하지만 그렇게 하면 틀림없이 상대의 전력이 참전한다. 두 성녀는 뭐, 능력이 밝혀졌으니까 대처하기 어렵지 않다. 하지만 결투를 지켜보고 싶다는 잔해가 어떻게 나올지는 불명이었다.

무질서한 싸움 확대는 타쿠토도 바라는 바가 아니었다.

잔해를 두려워하는 것은 아니었다.

하지만 잔해라는 예외적인 존재가 무슨 일을 저지를지 알 수 없는 이상, 이 세계의 배후에 있는 신들이 무슨 일을 저지를지도 알 수 없는 것이다…….

"아—, {이것}이 말하는 것도 그렇지만, 이번에는 이례적인 경우로 부탁할게. {이것}은 최대한 방관자로 있고 싶거든. 앞으로 쓸데없는 행동은 자제할 테니까, 자!"

높아지는 긴장감을 느낀 걸까. 잔해가 떨떠름한 표정으로 변명했다.

그 말을 어느 정도 신뢰해도 될지 무척 의문스럽지만, 타쿠토로서는 이 이상 긴장감이 높아지는 것을 바라지 않았기에 일단 이야기에 어울렸다.

"괜찮겠지. 결투를 인정할게. 다만 한 가지 조건이 있어."

상대에게 견제를 날렸다.

당하기만 하는 건 짜증 나니까.

"뭐지? 결투에 조건 같은 게 있나?"

"잔해 퇴장. 정확하게는 이 자리에서 사라졌으면 해. 외야에서 쓸데없이 끼어드는 건 재미없으니까."

"어, 어째서! 이 녀석은 관계없잖아!"

쿠하라가 당황한 듯 반론했지만 그 정도 불평으로는 타쿠토를 움직이기에 부족했다.

"관계있어. 실제로 좀 전에 개입했잖아. 게다가── 내가 어떻게 말하든 네 동료잖아? 동료라면 제대로 책임을 지라고."

윽, 쿠하라가 신음을 흘리며 입을 다물었다.

타쿠토도 여기서 물러설 수는 없었다. 비교적 원만하게 이야기가 진행되던 쌍방의 관계가 뒤틀리더라도, 잔해라는 존재를 어떻게든 처리해야만 했다.

이미 타쿠토 안에서 우선순위는 바뀌었다.

언제나 예상 밖의 일은 벌어지는 법이다. 하지만 이렇게 뜻하지 않은 형태로 벌어질 줄은 몰랐다.

현재도 성녀 펜네가 머릿속을 뒤지는 기척이 날아들었다.

《이라신의 권능》이 없었다면 모두 들켰을 거라고 내심 식은땀을 흘리며, 항상 예외적인 일을 벌이며 이쪽을 희롱하는 테이블 토크 RPG 진영을 마음속으로 매도했다.

정말로, 정말로 성가신 녀석들이다.

타쿠토는 그런 생각뿐이었다.

"{이것}이 한 일은 그저 단순히 제한을 푼 것뿐이라고? 그럴듯한 이유를 붙여서 우리 쪽에 부담만 잔뜩 지우기는~. 사실은 결투하기 싫은 것뿐이잖아~?"

"개입했다면 개입당할 것도 각오하란 거야."

이쪽을 도발하던 잔해에게서 웃음이 사라졌다. 아무래도 그녀에게도 그다지 달갑지 않은 일인가 보다.

"동서고금. 이번뿐이라는 말이, 정말로 이번뿐이었던 사례는 많지 않으니까. 보호자는 모쪼록 관객석으로 가수시길."

최후통첩이었다.

이것으로 잔해에게는 진해졌을 테지. 쿠하라는 어떻게 반아들일지 모르겠지만 타쿠토로서도 이 이상 잔해가 상황을 휘젓는 것은 사양이었다.

적어도 경고는 되었을 터.

타쿠토는 자기 순서는 끝이라는 듯 입을 다물고 상대의 대응을 기다렸다.

공은 테이블 토크 RPG 진영—— 그러니까 쿠하라 케이지에게 넘어갔다.

이윽고 혀를 차는 소리가 한 번. 그것은 잔해인가, 아니면 쿠하라인가.

하지만 결단은 내려졌다.

"——안 돼. 잔해는 동료야. 엄청 짜증 나는 녀석이고, 금세 날 바보 취급하고, 에라키노라고 착각하면 가차 없이 주먹을 날리고. 그보다도 애초에 누군지도 잘 모르겠고……. 하지만 말이지, 이 녀석은 내 동료야."

좋지 않은 예감이 들었다.

타쿠토는 의식을 전환했다. 교섭에서 전투로.

명백하게 분위기가 바뀌고, 그 자리에 있던 일부 인원은 급속하게 높아지는 긴장감에 그만 동요하는 표정을 드러내고 말았다.

"패배를 의식하며 승부하겠다고? 자기가 이긴다고 선언하지도 않는 거야?"

"그게 아냐, 멍청이. 동료는 트로피가 아니라는 거야."

아아, 최악이다. 쿠하라 케이지가 각오를 다졌다.

이건 좋지 않다. 정말로 좋지 않다.

타쿠토가 경계하는 세력의, 타쿠토가 경계하는 플레이어가, 진정한 의미로 각오를 다지고 말았다.

이제 말로 상대를 희롱해서 얼버무리는 시간은 끝났다.

이건 이제 결판이 날 때까지 멈추지 않는다. 멈출 수 없다.

잔해가 웃었다. 즐겁게, 기쁘게, 참으로 만족스러운 표정을 지으며, 웃었다.

"너도 꽤 하지만 이 녀석한테는 안 돼, 이라 타쿠토. 쿠하라 케이지는 최고의 플레이어야. 그러네……. 세계 1위라고 해도 될까!"

잔해의 그 말이 도발이라는 것은 타쿠토도 잘 알고 있었다.

하지만 그럼에도, 격앙되는 감정을 억누를 수는 없었다.

"어쩔 수 없지. 우선순위의 문제야. 죽어도 원망하지 말라고, 쿠하라 군."

이렇게까지 불쾌한 기분은 오랜만이다. 타쿠토는 자신의 냉정한 부분으로 스스로를 바라보고 있었다.

그 원천이 무엇인지는 타쿠토도 잘 알 수 없었다.

지금은 그저 눈앞의 싸움에 집중할 뿐.

타쿠토는 한 걸음 내디뎠다. 그렇게 스스로의 자기 인식을 이라 타쿠토에서 아주 조금 《이라신》으로 뒤틀었다.

무시무시한 어둠의 기척과 힘이, 농밀한 그림자가 되어 타쿠토에게서 뿜어 나왔다.

"……그건 내가 할 말이야!"

쿠하라는 공포를 각오로 억누르고, 타쿠토에게서 눈을 피하지 않고 전투의 시작을 선언했다.

Eterpedia

잔해

■■■

전투력: ■■ 이동력: ■■

해설

~에라키노의 잔향, 잔해.
그러니까 {이것}의 이름은 잔해란 거야!~

Error.
해당 유닛은 존재하지 않습니다.

제11화 의지

《파멸의 왕》이라고 불리는 남자. 일찍이 게임 마스터라고 불린 남자. 둘의 재결투는 손가락을 튕기는 소리로 시작되었다.

스냅이라든지 딱 소리라든지. 그렇게 불리는, 맞댄 손가락을 튕길 때에 울리는 소리였다.

소리를 낸 것은 쿠하라 케이지. 그 동작은 무언가 의도적이고, 그의 표정은 진지했다.

타쿠토는 그 모습에서 상대가 이미 선수를 쳐서 무언가 행동을 벌였다는 것을 알아차렸다.

'루틴인가? 동작을 기점으로 주사위를 던지는 이미지를 만들었나…….'

선수를 양보한다는 행위에는 어느 정도 리스크가 있다.

타쿠토도 물론 잘 알고 있었다. 하지만 쿠하라 케이지는 그만큼 호들갑스럽게 타쿠토와 결전을 바랐다.

무언가 비책이 있을 테고, 우선은 경계를 겸해서 그것을 확인할 생각이었다.

딱, 딱. 쿠하라는 또다시 몇 번 손가락을 튕겼다.

타쿠토는 한순간 의아해하는 모습을 내비치더니 작게 혀를 찼다.

"그렇게 나오셨나……."

메시지가 나오지 않았다.

아무래도 다른 플레이어에게 숨기는 형태로 주사위를 굴리는

듯했다.

테이블 토크 RPG에서 참가자들 사이의 이익이 대립하는 경우, 이런 방법을 사용할 때가 있다.

참가자가 각자 주사위를 숨기고서 굴리고, GM에게만 주사위 눈을 보여준다.

그러면 GM이 스토리와 룰 설정에 맞추어 적절하게 지시를 내린다.

이른바 시크릿 다이스라는 것이다. GM이 스토리를 풍성하기 만들기 위해 사용하기도 하지만, 쿠하라는 이 시스템을 자신에게 무척 유리하게 사용하는 듯했다.

"이런, 큰일이네."

타쿠토는 그렇게 중얼거리더니 외출용 로브 안쪽에서 검 한 자루를 꺼냈다.

손에 든 칼은 예전에 RPG의 용사인 유한테 받은 레갈리아의 보검이었다.

《차원 상승 승리(어센션 빅토리)》 달성 조건 중 하나인 이 보검은, 그 자체가 전투 유닛을 강화하는 강력한 장비 아이템이 될 수 있다.

덧붙여서 타쿠토에게는 《이라신의 권능》이 있다. 어느 것이든 이 세계에서 비교할 상대 없이 강력한 힘이다.

쿠하라는 계속 손가락을 튕겼다.

딱딱. 몇 번이고 계속 반복하고, 그때마다 주사위가 던져졌다.

타쿠토는 고개를 가로젓고 검을 크게 들어 올렸다.

"어쩔 수 없나……."

"——!"

그 순간. 눈 깜박할 사이, 타쿠토는 쿠하라의 눈앞에 출현했다.

순간 이동—— 아니다. 너무나도 빠른 질주라서 그렇게 보였을 뿐이었다.

단순한 질주로 접근. 공기를 가르는 굉음과 함께 일격, 쿠하라의 목덜미를 정확하게 노렸다.

그 자리에 있던 그 누구도 반응할 수 없었다.

성녀도, 사악한 괴물들도…….

그야말로 신의 위업. 《이라신의 권능》은 타쿠토에게 그만한 힘을 주었다.

——하지만.

"그렇게 나올 거라고 생각했어!"

유일하게 그것을 노리던 자가 있었다.

키잉. 익숙하지 않은, 그리고 어딘가 가벼운 소리가 날카롭게 울렸다.

그 소리가 고막을 흔드는 짧은 시간, 타쿠토는 자신이 펼친 참격이 일종의 날카로운 역장이 되어 그대로 자신을 덮치는 모습을 시야에 포착했다.

"윽!"

선혈이 흩뿌려졌다.

대량의 피가 하늘 높이 튀어 오르고, 좌아악 물소리를 내며 땅바닥에 흩뿌려졌다.

타쿠토의 오른팔은 어깨부터 통째로 잘려 나갔다. 명백하게 목숨마저 위험할 그 상처에서는 벌컥벌컥, 심장 박동에 맞추어 끊임없이 피가 흘러나왔다.

"타쿠토 님!!"

조금 떨어진 장소로 튕겨 나간 보검이 절그럭 소리를 울리고, 전투를 지켜보던 아투는 그제야 비명처럼 외쳤다.

쿠하라가 계속해서 공격을 가하듯이 손가락을 튕기고, 끝을 내고자 허리춤에 손을 대고서 자세를 취했다.

"허! 꼴 좋구나! ——크헉!"

강력한 파열음과 함께 땅바닥을 구른 것은 우세한 상황이었을 쿠하라였다.

타쿠토를 끝내려다가 그 전에 명치를 전력으로 걷어차였다.

"케이지 씨!!"

소아리나가 크게 외쳤다. 하지만 모두의 시선은 타쿠토에게 쏠려 있었다.

분명히 그 순간, 이라 타쿠토의 오른팔은 날아갔을 터.

그것은 모두가 본 광경. 다들 한순간에 결판이 났다고 여겼다.

피가 흐르는 소리, 감도는 선혈의 향기. 그리고 농후한 죽음의 기척.

모든 것이 진짜였다.

하지만 이라 타쿠토는 태연했다.

마치 아무 일도 없었던 것처럼. 파괴당한 오른팔도, 흘러나온 피도, 몸에 걸친 의상조차 원래 그대로…….

두 성녀는 동요했다.

환각이 아니라는 것은 분명했다. 쿠하라가 공격을 했을 때에 튕겨 나간 보검은 지금도 멀리 떨어져 있으니까 그것은 명백했다.

다시 말해 강력한 재생 능력…….

아니다, 재생이라는 말도 미적지근. 육체적인 재생으로는 옷 따윈 원래대로 돌아가지 않는다.

저것은 이미 복원이나 되감기 같은 부류의 능력이었다.

"빌어먹을! 아파아앗!"

걷어차여 날아간 쿠하라가 외쳤다.

이라 타쿠토가 미지의 능력을 사용해서 생명의 위기를 가볍게 벗어났다면, 쿠하라 케이지 역시도 마찬가지로 미지의 힘으로 그것을 해냈다.

타쿠토가 처음에 날린 참격, 그리고 반격으로 명치에 날린 발차기. 어느 공격이든 평범한 사람이라면 고깃덩어리가 될 정도의 힘이 실려 있었다.

타쿠토는 전혀 힘을 조절하지 않았다.

《이라신의 권능》을 전력으로 실었고, 죽여도 상관없다는 생각으로 공격을 가했다.

하지만 쿠하라는 살아있었다.

그는 계속 아프다며 배를 붙잡고 있었지만 본래라면 그 정도로 그칠 일이 아니었다.

한순간의 공방으로 양쪽의 수준을 더없이 보여주는 두 플레이어.

양 진영의 부하나 동료들은 이 시점에서 자신들이 끼어들 수 없는 세계의 싸움임을 이해했다.

“여, 조금 놀랐지만 살아있어서 다행이야. 그 정도로 당했다면 흥이 깨졌을 테니까.”

“아야야……. 허! 오른팔 날아가 놓고는 엄청 짖어대잖아! 다시 한번 날려줄까?!”

하지만 그 공방에 경악한 것은 이 싸움을 지켜보는 사람들만이 아니었다.

당사자들 역시도 마찬가지로 경악하고 충격을 받았다.

‘방어계 행동과 반격계 행동을 겹쳐서 사용했나? 반격을 가하는 판단도 빨랐고, 감각계도 사용했네. 칫! 머리가 돌아가잖아! 무슨 주사위를 던지는지 알 수 없다니, 정말로 너무 치트야! 이러니까 쿠하라 군이랑 붙는 건 싫었다고!’

타쿠토가 마음속으로 외쳤다.

첫 공격으로 오른팔이 날아간 것은 너무나도 뼈저리다. 함정을 쳤다는 걸 알고서 일부러 도발에 넘어가는 척 박살 내려고 덤벼들었더니 이 꼴이었다.

상대는 상상 이상으로 흉악하고 강력했다.

행동이나 능력이 보이지 않는 만큼, GM 권한보다도 성가실지도 모른다.

고속으로 전력을 분석하면서도 다음 한 수를 생각하는 타쿠토.

쿠하라 역시도 타쿠토와 싸우며 마음속으로 욕설을 퍼부었다.

‘위험하잖아! 처음에 《전력 분석》에서 크리가 안 터졌다면 죽었어! 그리고 여기로 오기 전에 《방어》를 잔뜩 걸어두길 진짜 잘

했어! 그보다도 《반사》는 통했지? 왜 아무 일도 없었던 것처럼 팔이 멀쩡하냐고! 어떻게 된 거야! 이러니까 이 녀석은 싫어!'

쿠하라는 떨리는 다리에 힘을 실어 일어서더니 또다시 손가락을 몇 번 튕겼다.

조금 전에 소비한 판정을 다시 쌓아두지 않으면 다음에는 목숨이 위험하다.

하지만 그럴 여유가 있을까? 타쿠토는 양팔을 펼쳐 무언가를 불러내는 것 같은 동작을 취했다.

머리 위로 어느새 먹구름이 출현하고 천둥소리가 울렸다.

마치 거목이 떨어지는 것만 같은 벼락은 목표를 놓치지 않겠다는 듯이 쿠하라에게 쏟아졌다.

"아아아아악! 무서워어어어어!!"

쿠하라가 한심한 비명을 터뜨리며 쌓아둔 《회피》를 사용해서 피했다.

간발의 차도 없이 타쿠토가 손을 휘두르자 날카로운 얼음덩어리가 주위에 몇 개나 떠오르고, 마치 발리스타를 발사한 것처럼 필살의 속도와 위력으로 날아갔다.

그것들을 마치 경쾌한 스탭이라도 밟듯이 피하는 쿠하라.

날아드는 전격과 빙결은 한 걸음이라도 잘못 내디디면 그대로 끝장날 것처럼 치명적인 위력이었다.

하지만 무언가에 이끌리듯 계속 피하는 그에게 죽음의 미래는 보이지 않았다.

"시스템에게 질문. 과도한 주사위 판정과 결과 중첩은 테이블 토크 RPG의 플레이에 부적절하진 않은가?"

대답이 없다는 사실에 타쿠토는 작게 혀를 찼다.

혹시 몰라서 시도해봤지만 역시 헛수고인 듯했다.

GM에 대한 징벌 동의를 청했을 때에는 어디까지나 예외적인 처리였으니까 시스템이 반응했지만, 본래 그런 쪽의 판정은 GM이 하는 일이다. 대답이 없는 것은 어떤 의미로 예상한 바였다.

"GM 권한인가? 그 녀석이라면 지금쯤 하와이에서 바캉스 중이야! 너 때문에 잘렸으니까!"

"판정할 사람도 없이 마음대로 할 수 있다니, 이건 아니지――!"

쿠하라가 공격《회피》와 동시에 품속에서 쇠말뚝을 몇 개 꺼내어《투척》했다.

아무 특이한 것도 없는, 쇠 막대기 끝을 날카롭게 만들었을 뿐인 무기. 하지만 테이블 토크 RPG의 플레이어에게는 필살의 공격이 된다.

"《교란》과《필중(必中)》이다아아!"

쇠말뚝은 도저히 말도 안 되는, 마치 생물 같은 궤도를 그리며 타쿠토의 미간을 향해 무서운 속도로 날아들었다.

하지만 타쿠토는 동요하지 않았다. 그는 천천히, 하지만 정확하게 쇠말뚝으로 손바닥을 향했다.

그 순간, 굉음과 함께 폭발이 일어났다. 쿠하라가 던진 쇠말뚝은 흔적도 없이 산산이 부서졌다.

"FPS도 꽤 잘했거든."

《교란》의 궤도로 날아가던 쇠말뚝을 정확하게 노리고 파괴하다니, 엄청난 동체 시력과 실력이었다.

여전히 말도 안 되는 일을 벌이는 적을 앞에 두고 쿠하라가 불평하려던 순간, 그가 미리 쌓아둔 《위험 경계》가 반응했다.

"——치잇!"

플레이어로서의 신체 능력을 전개, 쿠하라는 크게 뛰어서 《회피》했다.

고막이 찢어질 정도의 폭음을 들으며 데굴데굴 구르는 쿠하라 케이지.

곧바로 타쿠토에게 시선을 향하고 품속에 손을 넣었다.

"그럼 이건 어떠냐아! 이라 타쿠토!"

이어서 조금 전과 같은 쇠말뚝을 날렸다.

하지만 숫자가 심상치 않았다.

마치 하늘을 메울 정도로 날린 그것은 쿠하라가 필사적으로 《제작》하고 필사적으로 《보관》하던 쇠말뚝 전부였다. 앞뒤 생각하지 않고 이번 일격에 모조리 전력 투입했다.

아무리 타쿠토라도 말도 안 되는 이 광경에 그만 불평을 흘리고 말았다.

"으겍, 대체 그런 숫자를 어디에 갖고 있던 거야……."

"과연 어딜까? 다음에 가르쳐주지!"

무질서하게 움직이는 쇠말뚝들. 이미 개별적인 대처는 불가능했다. 통상적인 경우라면 이것으로 끝이다.

하지만 타쿠토는 당황하지 않고 오른손을 지면에 댔다. 이어서 기세 좋게 무언가를 끄집어올리는 동작을 취했다.

그 움직임이 신호가 된 것처럼 지면에서 거대한 얼음벽이 올라왔다.

방패나 얼음덩어리 같은 어설픈 규모가 아니었다.

폭, 높이, 그리고 두께.

그야말로 성벽이라고 불러도 손색이 없을 정도의, 얼음으로 만든 벽이 엄청난 속도로 올라왔다.

쌍방의 플레이어가 펼친 필살의 창과 방패.

과연 이 모순에서는 누가 승리할까?

해답은, 부서지는 소리가 말도 안 될 만큼 이어지는 것과 함께 밝혀졌다.

"하하! 내가 기합이 더 들어갔나 보네!"

"뭐, 어차피 얼음이니까."

쿠하라가 웃고 타쿠토가 인정했다.

얼음벽은 쇠말뚝과 함께 크게 부서지며 여기저기 덩어리가 되어 흩어져 있었다.

얼음 성벽에는 큰 구멍이 뚫려서 이미 수비의 역할을 할 수는 없었다.

쿠하라가 기세 좋게 타쿠토를 향해 뛰어오고, 다음 공격을 가하고자 손가락을 딱 튕겼다.

동시에 타쿠토도 팔을 휘둘렀다.

모순의 격돌로 주위에 흩뿌려진 얼음덩어리와 쇠말뚝이 덜덜 떨리고, 자신의 역할을 떠올린 것처럼 서로의 적을 향해 날아갔다.

"게다가 이쪽도 잊으면 안 되니까."

타쿠토가 몰아붙이듯이 손을 들었다. 마치 공격의 틈을 엿본 것처럼, 계속 침묵하던 천둥소리가 또다시 울리기 시작했다.

쿠하라에게 날아드는 것은 얼음덩어리와 번개 폭풍.

타쿠토에게 날아드는 것은 비처럼 쏟아지는 쇠말뚝.

과연 누구의 공격이 먼저 도달하느냐.

한 치의 오차도 없이 동시에.

하지만 결판의 순간에 미리 준비해둔 추가 스킬이 들어왔다.

"《반사》! 그리고 《필중》도!!"

쿠하라는 큰 소리로 외치고는 타쿠토가 펼친 공격으로 뛰어들었다.

그 순간, 가벼운 소리와 함께 모든 공격이 마치 뒤집힌 것처럼 타쿠토 쪽으로 돌아섰다.

서로의 거리는 이미 불과 십여 걸음.

대처할 시간은 전무.

어지럽게 변하는 공방 끝에, 《필중》 속성이 붙은 공격이 마침내 타쿠토에게 박혀 들었다.

"——전격, 빙결 및 투척 공격 《무효화》. 신을 상처입힐 수는 없도다."

하지만 공격을 받은 것은 사악한 군세를 이끄는 《파멸의 왕》이라 타쿠토.

"그럼 《무효화》를 《무효화》하겠어어어!!"

상대는 결의와 각오를 품은 《심판자》 쿠하라 케이지.

서로의 지혜와 힘이 격렬하게 충돌하고, 의지와 신념의 불꽃을 터뜨렸다.

타쿠토가 방어를 위해서 펼친 화염으로 퍼엉, 거대한 폭발이 일어나며 모든 것이 날아갔다.

전투를 지켜보는 사람들이 목격한 것. 거대한 크레이터 위에 선 두 사람.

양쪽 다 여전히 건재.

타쿠토는 《이라신의 권능》을 통한 화염 《무효화》로…….

쿠하라는 사전에 주사위를 사용해서 쌓은 《방어》와 《화염 내성》으로…….

명백히 서로에게 아직 결정타를 가하지는 못했다.

'아니이이이! 이라 타쿠토, 웃기지 말라고! 어째서 저게 안 맞는데! 《무효화》를 《무효화》했잖아! 뭐가 신이냐고, 그딴 빌어먹을 무적 설정 없애! 조금은 나한테도 이길 기회를 달라고!'

'《무효화》를 《무효화》한다니 뭔데! 그거 경우에 따라서는 무한히 무효화 대결이 될 뿐이잖아! 그보다도 심판할 GM이 없다고 너무 제멋대로 해석해서 행동하잖아! 권한을 박탈했는데도 왜 여전히 개념 배틀을 거는 거야!'

서로 마음속으로 잔뜩 불만을 쏟아냈다.

서로가 상대를 말도 안 된다고 생각하며, 서로가 말도 안 되는 상대에게 어찌어찌 따라간다고 생각한다.

만약 여기에 RPG 용사 유가 있었다면, 룰 따위는 없는 무법 그 자체의 싸움에 골치가 아팠을 테지.

하지만 이것이 현실에서 벌어지는 싸움이다.

서로의 미쳐버린 능력 해석이 맞부딪치고, 다른 누구도 끼어들 수 없는 초월적인 싸움으로 승화시켰다.

플레이어라는 존재가 가진 진정한 위협이, 그야말로 지금 이곳에 나타난 것이었다.

서로의 기력은 충분. 아직 이 싸움은 이어진다.

지켜보는 모두가 그렇게 생각했다. 본인들도 그렇게 생각했을 테지.

하지만 끝은 갑작스럽게 찾아왔다.

"어? 어째서──."

계속해서 손가락을 튕기려던 쿠하라가 갑자기 실이 끊어진 인형처럼 무릎을 꿇었다.

황급히 힘을 실어서 일어서려고 하는 쿠하라. 하지만 그의 몸 안에서는 둔탁한 아픔과 떨림이 퍼졌다.

설마 이라 타쿠토의 공격인가? 서둘러 《분석》을 위해 손가락을 튕겼다. 동시에 그의 표정이 경악과 고통으로 물들었다.

"아니, 이건 아니지……. 피로 누적이라니 그게 뭐냐고!"

끝을 알리는 그 말은 타쿠토도 들었다.

무슨 일에든 약점은 있다. 타쿠토도 그것을 알기에 전투 중에도 쿠하라의 능력이 가진 약점을 찾고 있었다.

하지만 그 약점은 아무래도 의외의 부분에 존재했나 보다.

"그렇군, 아무리 판정으로 능력을 강화할 수 있더라도 본인이 모르는 단점이 있다면 바로 대처할 순 없다는 건가……. 생각이 조금 얕았네, 쿠하라 군."

이 결말에는 타쿠토도 놀랐다. 미리 약점을 파악해서 판정을 쌓아놓는 건 얼핏 무적으로 여겨지지만, 애초에 모르는 단점은 대처할 방도가 없다.

그렇지만 그 단계에 다다를 때까지의 공방을 생각한다면. 타쿠토가 아니었다면 충분히 문제없이 결판이 났을 테지.

"젠장! 《조사》! 《전력 분석》! 《휴식》!"

쿠하라에게서 투지는 사라지지 않았다. 오히려 기세는 더욱 강해진 것처럼도 보였다.

그는 몇 번이나 손가락을 계속 튕겨 주사위를 던졌다.

이 상황을 뒤집을 판정을 하는 거겠지. 하지만 짧은 시간 내에 대처하는 것은 무리였다.

가능하다면 아직도 무릎을 꿇고 있을 리가 없으니까.

"피로는 판정으로 바로 회복할 수 있는 게 아니잖아? 적어도 천천히 판정을 쌓을 시간이 필요해."

사실을 지적했지만 쿠하라의 마음은 아직 지지 않았다.

결코 흔들리지 않는 강한 의지. 일찍이 그에게는 존재하지 않았던 것이었다.

두 번 다시 지지 않는다. 두 번 다시 잃지 않는다.

표현할 수 없는 외침에는 타쿠토도 조금 감동했다.

"얕보지 말라고, 이라 타쿠토! 난 아직 할 수 있어!"

허세일 뿐이었다.

그 말은 괴로운 나머지 꺼낸 말에 불과했다.

하지만 그 자리에 있는 모두는 아직 싸움이 끝나지 않았다는 사실을 잘 알고 있었다.

——결판이 났다.

——이미 이겼다.

——상대는 아무것도 못 한다.

그런 순간에야말로 마가 도사리고 있다.

이곳에 있는 모두는 그런 사실을 잘 안다. 그런 경험이 있었기에 사태가 아직 아무런 결판도 나지 않은 긴장 상태라는 것도 이해했다.

동시에 지금이 서로의 전투에서 가장 중요한 순간이라는 것도 이해했다.

어떠한 형태이든 다음 공격으로 이 전투의 운명은 결정되겠지.

모두가 그것을 각오했다.

하지만…….

"아니, 여기까지야. 그리고 결과는 무승부로 해두자."

끝까지 높아진 긴장감이 그대로 터져버릴 것만 같던 다음 순간.

의외로 타쿠토가 정전의 말을 꺼냈다.

모두가 한순간 어안이 벙벙하다는 표정을 지었다. 경우에 따라서는 결투의 긍지를 더럽히면서까지 자신의 소중한 사람을 구하고자 대기하고 있던 아투랑 소아리나조차, 무슨 일이 벌어졌는지 이해하는 데 시간이 필요했다.

타쿠토는 살짝 지친 듯 하늘을 올려다보더니 쿠하라에게 시선을 향했다.

"……허? 어째서? 아무리 생각해도 네가 이겼잖아? 뭐야? 동정하는 거야?"

쿠하라가 혐오를 머금은 표정으로 물었다. 대결에서 능욕당했다고 느껴서일까.

하지만 타쿠토로서도 이 결과로 승리를 선언하기는 꺼려졌다. 무엇보다도 이 이상의 전투는 피하고 싶었다.

"글쎄, 어째서일까? 여하튼 전투는 끝이야. 난 지쳤어."

퉁명스럽게 말하는 타쿠토. 조금 기분 나쁘게, 어딘가 토라진 느낌도 느껴지는 그 반응에 쿠하라는 더더욱 혼란에 빠져버렸다.

그런 쿠하라를 도우러 나선 것은 어느샌가 그의 옆까지 다가온 성녀 펜네였다.

"아마도 능력 발동 한계라도 온 게 아닐까? 한순간에 상처를 완전하게 치유하다니, 보통은 무언가 대가가 필요한 법이야."

쿠하라는 절반밖에 이해하지 못했다.

다만 상대도 한계라는 점은 이해할 수 있었으니까 딱히 문제는 없었다.

그 말을 보충하듯이 어느샌가 다가온 잔해가 입을 열었다.

"조금 다르지만 뭐, 이대로 계속했다간 위험한 일이 벌어지는 건 틀림없겠지. 무승부라는 건 거짓말이 아니야. {이것}이 보증할게. 너 꽤 하잖아! {이것}의 목숨, 지켜냈네!"

"어, 어어어……."

걱정스러운, 그리고 어딘가 기뻐하는 표정인 소아리나에게 보살핌을 받으며, 쿠하라 케이지는 영 맥 빠지는 목소리를 흘렸다.

하지만 그는 이해하지 못하더라도 주변 사람들은 잘 이해했다. 서열은 정해졌다. 양쪽이 동등하다는 의미로.

이곳에서 쿠하라 케이지의 리벤지는 이루어졌다.

타쿠토 역시도 머리를 거칠게 쓰다듬는 잔해의 손길에 시달리는 쿠하라를 보며, 주변에서 다가오는 기척을 느꼈다.

"타, 타쿠토 님……."

"어, 아투. 미안해. 한심한 모습을 보이고 말았네. 다만 이 이상은 리스크에 비해서 의미가 없어. 저게 있으니까……."

"괘, 괜찮겠죠? 아직 괜찮은 거죠?!"

"간신히, 다만 살짝 위험해."

"타, 타쿠토 님—!!"

타쿠토는 아투를 낙담시켰을까 생각했다. 하지만 그녀는 그보다도 걱정이 앞섰나 보다.

사실 아직 여유는 있었다. 조금 전의 말은 어디까지나 블러핑이었다.

쿠하라에게 살짝 서비스한다는 의미도 있었다.

타쿠토의 목표는 어디까지나 테이블 토크 RPG 진영과 협력 체제를 구축하는 것. 여기서 쿠하라를 다시 쓰러뜨려봐야 고생만 하고 얻는 건 없는 결과가 되어버릴 뿐이다.

'그래도 조금 더 편한 전개를 생각했는데…….'

타쿠토는 마음속으로 혼잣말했다.

첫 공격으로 오른팔이 날아간 것이 좋지 않았다.

그것을 재생──이라기보다 부상을 당했다는 사상을 거절하며 상당한 힘을 사용하고 말았다.

《이라신의 권능》은 신도가 바라는 신 그 자체가 되는 능력이다. 신은 상처를 입지 않고, 신은 피를 흘리지 않는다. 만약 그런 일이 벌어졌다면 그것은 무언가 착오니까…….

'경전의 이라신은 그야말로 애니메이션의 치트 주인공 수준으로 설정이 부풀려져 있었으니까 조금은 편하지 않을까 싶었는데, 헛된 꿈이었네…….'

왠지 이상할 정도로 비토리오와 만나고 싶어지는 스스로에게서 시선을 돌리고, 타쿠토는 아주 훌륭한 이 결과에 일단은 납득했다.

처음부터 목숨을 걸 정도의 싸움도 아니었다.

확실히 죽일 생각으로는 했다. 잔해를 포함해서 배제할 생각으로 싸웠지만 이렇게 끝났다면 뭐, 어쩔 수 없겠다는 기분도 들었다.

서로가 격을 보여주었다는 의미에서는 이 정도가 적절하겠지.

'결국 끝이 좋으니까 됐나. 하지만 이제까진 문제가 하나 정리되었다 싶으면 또 새로운 문제가 발생했단 말이지.'

그것이 걱정이었다. 정체 모를 잔해라는 존재는 여전히 위협이었다.

하지만 테이블 토크 RPG 진영의 쿠하라 케이지는 알기 쉬운 성격인 덕분에 결실을 맺을 수 있었다.

서로 마음속 응어리가 사라질 정도로 부딪치고, 나중에 에라키노 부활을 약속한다면 문제없이 이야기는 진행되겠다는 느낌은 있었다. 실제로 상대도 그런 추측을 뒷받침하는 듯한 반응을 보여주었다.

잔해도 걱정은 되지만 일단 보류.

일단 주의는 제대로 줬다. 게다가 저 존재는 아무래도 쿠하라에게 집착하고 있다.

적어도 쿠하라를 제대로 제압하고 있으면 어느 정도 쓸데없는 일은 피할 수 있겠지.

타쿠토는 그럴 생각이었다.

"그런가, 무승부인가……. 내가, 무승부."

쿠하라는 타쿠토의 예상대로 만족감에 빠져 있었다.

그가 이라 타쿠토 격파를 원하던 것은 어디까지나 자신의 과거에 매듭을 짓는다는 의미가 컸으니까.

이미 쿠하라의 목적은 에라키노 부활, 그리고 동료들의 바람을 이루어준다는 쪽으로 넘어갔다.

여기서 이라 타쿠토에게 더더욱 집착하다가 또다시 비극적인 결과를 맞이해서는 모든 것이 무의미해진다.

오히려 쿠하라는 이 상황을 최선의 결과라고 생각했다.

"하하하! 그런가, 그런가! 무승부, 무승부인가! 잘됐잖아! 내가 그 이라 타쿠토랑 무승부! 크큭! 뭐야! 나도 의외로 꽤 쓸모 있었네!"

그의 몸은 여전히 피로 탓에 떨리고 있었다. 그래도 소아리나의 부축을 받으며 쿠하라는 일어섰다.

더없이 당당한, 이제까지 본 적이 없는 자신감과 만족감에 넘치는 표정으로 자신의 동료들에게 선언했다.

"소아리나. 펜네. 내 진심을 봤을 테지……. 응, 알아. 말 안 해도 알아. '우쭐대지 마'. 그렇지? ……아, 그래. 난 아직 병아리야. 막 걷기 시작한 아기야. 하지만 말이지! 나는 언젠가 넓은 하늘을 나는 독수리가 될 거야!"

"예── 케이지 씨!"

"무승부로 그렇게까지 기뻐하는 사람, 난 처음 봤어."

소아리나는 그런 쿠하라를 보며 기뻐하고, 펜네는 베일 아래에서 어이없다는 듯 바라봤다.

잔해는 조금 떨어진 장소에서 팔짱을 끼며 응응, 만족스럽게 끄덕일 뿐.

조금 전의 격투는 대체 무엇이었을까. 그럴 만큼 어딘가 가볍고 시원시원한 분위기였다.

"난 진보하고 있어! 보고 있느냐, 천국의 에라키노! 널 되찾을 때까지 난 멈추지 않을 테니까!"

쿠하라가 주먹을 높이 올리고, 소아리나가 미소를 지으며 작게 박수를 쳤다.

펜네가 고개를 절레절레 내젓고, 잔해가 눈을 감으며 크게 끄덕였다.

그런 이야기의 한 페이지. 과거와 결별하고 새로운 미래를 상징하는 장면이 펼쳐지는데——.

“그럼 돌아가서 바로 회의를 시작할까. 축하해, 엄청난 서류가 쿠하라 군을 기다리고 있어.”

이라 타쿠토는 무자비하고 사악한 파멸의 왕으로서 본성을 드러냈다.

“——어?”

쿠하라가 맥 빠지는 목소리를 흘렸다.

그의 주변에 모인 동료들은 딱히 그런 반응을 보이진 않았다. 정말로 전혀 모르고 있던 것은 틀림없이 쿠하라 본인뿐이겠지.

“아니, 정통 대륙 연맹에 대항하기 위해 협력하자고 그랬잖아. 대결도 무승부로 끝났으니까 서로의 입장은 동등해. 내가 권유했다시피 당초의 예정대로 갈 수밖에 없잖아?”

“정통…… 대륙…… 어? 뭐야?”

아—. 그런 분위기가 이 자리를 뒤덮었다.

모두가 어찌어찌 알아차리기는 했지만, 아무래도 말할 수 없었던 일이었다.

쿠하라 케이지는 혼자 지나치게 들떠 있었다.

그는 어쩌면 미래에 대해 아무 생각도 없는 건 아닐까?

“그보다도 중간부터 정말로 이야기하고 싶었는데, 아무래도 에라키노 부활이 지금의 목적이잖아? 진짜로 연맹 문제를 어떻게든 해결하지 않고서는 네 꿈도 날아갈 텐데, 그런 상황이라는 건 제대로 이해했어?”

“아, 아니…… 뭐. 널 두들겨 패고 이긴다면 그다음에는 어떻게든 잘 풀리지 않을까 했어. 그게 말이지, 네가 제일 강하니까."

확실히 잔해가 끼어들어서 억지로 결투가 벌어지기는 했다.

하지만 혼자 들떠서 혼자 호언장담하던 것은 바로 쿠하라 케이지였다.

그저 단순히 결판을 내겠다는 것뿐이었다면 그래도 이해가 간다.

하지만 쿠하라 케이지라는 남자는, 이라 타쿠토라는 존재에게 한 방 먹여주고 무승부가 된 것만으로 모든 게 해결되어 장밋빛 인생이 찾아온다는 것처럼 행동하고 있었다.

어이없어하는 사람이 나오는 것도 당연.

오히려 이곳에서는 그를 제외한 모두가, 그의 그런 태도에 불안을 느끼고 있었다.

"뭐, 뭐냐고……."

타쿠토가 한숨을 내쉬었다.

간신히 모두가 자신을 주목한다고 느낀 쿠하라는 쭈뼛쭈뼛 모두를 둘러봤다.

"어이없어하는 거야."

"바보 취급 당하고 있네."

"그, 그렇지 않아요, 케이지 씨! 그게, 저기…… 그런 게 아니에요!"

소아리나가 애써 위로해줬지만 지금의 쿠하라에게는 아무 의미도 없었다.

애써 위로하는 것뿐이다. 그 사실을 알 수 있을 정도로는 그도 성장했으니까.

그렇다고 이 상황을 얼버무릴 만큼 적당한 말이 나올 리도 없었다.

"뭔데! 내가 무슨 잘못이라도 했냐고!"

쿠하라는 그저 그렇게만 외쳤다. 뻔뻔하게 나가기로 했다.

평소의 그, 평소의 수단, 평소의 대응이었다.

그런 그를 보며 타쿠토는 또다시 한숨을 내쉬었다.

그를 더없이 큰 위협이라고 인정했다. 하지만 아군이 되었을 때, 더없이 든든하게 느낄 수 있을지는 아무래도 불안해졌다.

"쿠하라 군이 아군이 되어줘서 든든해. 같이 세계를 정복하자."

여하튼 목표는 달성했다.

타쿠토는 새로운 협력자를 얻고, 그가 구상하던 반격의 포진은 마침내 완성되었다.

SYSTEM MESSAGE

이하의 세력과 동맹을 체결했습니다 .

【테이블 토크 RPG 진영 : 쿠하라 케이지】

OK

Eterpedia

레갈리아의 보검

레갈리아

《무기 보정》

전투력 보너스 +30%

《필중》《관통 공격》《사악 특효》 추가

해설

~끝에 다다르기 위한, 단 하나의 열쇠~

세계에 단 하나뿐인 이 보검은 장비한 사람에게, 사악을 상대할 때 특별한 효과와 절대적인 힘을 부여합니다.
레갈리아는 원래 《차원 상승 승리》의 촉매로 사용됩니다. 세계에 모습을 드러낼 때는 다양한 형태를 취하고, 보검도 그 형태 중 하나입니다.

※레갈리아에 사용 제한은 없습니다.
모든 속성, 종족, 진영이 레갈리아를 사용할 수 있습니다.

제12화 보물선

공물을 또 바치고 싶다. 해양 국가 서덜랜드에서 그런 요청이 왔다. 암흑 대륙의 연합이 형태를 갖추고 저마다 담당하는 분야에서 전력을 다해 매진하던 때였다.

마이노그라, 그러니까 타쿠토는 앞으로 벌어질 대전쟁에서 암흑 대륙의 맹주이기도 했다. 급조된 연합에서 자신들의 지위를 높이고자 서덜랜드가 그의 눈치를 살피려고 드는 것은 예상된 일이라고도 할 수 있었다.

'굳이 나한테 직접 와서 받아달라니…….'

하지만 타쿠토가 직접 가야 한다면 조금 문제가 있다.

양국의 서열 문제, 타쿠토의 권위 문제.

나름대로 국력이 있다고는 하지만 어차피 연합의 일원에 불과한 서덜랜드가, 서열상 위에 있는 맹주 마이노그라의 국가 원수를 불러낸다.

어떤 형태이든 주변에서는 그렇게 받아들이겠지.

상대도 그런 문제를 아는지 자신들을 매우 낮추는 문장을 사용했지만…….

'그만한 가치는 있다는 건가.'

서덜랜드는 이번 공물에 상당한 자신이 있는 듯했다.

실제로 서덜랜드에게는 이미 《갑옷 드래곤》을 받았으니까 이번 공물 제안은 과도하다고도 할 수 있었다.

다만 그 드래곤은 아무래도 전력으로서는 어중간했기에 타쿠토의 판단에 따라 서덜랜드에 번식용으로 다시 반납하고 말았다. 그러니까 상대도 이래저래 신경을 쓰는 것이겠지.

'으—응, 개인적으로 흥미는 있단 말이지…….'

송구스럽다는 심정이 여실하게 드러나는 문장이면서도 그 공물에 대한 내용만큼은 자신감과 긍지로 넘쳐났다. 쓸데없이 복잡한 문장으로 묘사된 자화자찬의 말은 어지간한 물건이 아니고서야 나오지 않을 것 같았다.

그걸 바친다…… 마이노그라에게.

'좋아, 대역을 보낼까! 주변의 반응은 나중에 생각하면 그만이고, 이야기를 들을 정도의 시간이라면 있어.'

타쿠토의 부하인 《반편이》는 원격 지시와 《의태》 능력을 함께 사용해서 대역으로 행동할 수 있다.

이 구조를 활용한다면 비교적 안전하게 다른 국가로 직접 가는 것과 비슷하게 방문할 수 있다. 대역을 조작할 때는 집중이 필요하니까 경계할 필요도 있지만, 이동 시간도 절약되니까 효율적인 수단이었다.

'——게다가, 내가 보고 싶어.'

개인적인 동기이기는 했지만 타쿠토는 이번 제안을 받아들이기로 결단했다.

몰타르 옹과 다크 엘프를 설득할 필요는 있을 테고, 아투도 달가워하진 않겠지.

어쩌면 드래곤탄에서 서류와 씨름 중인 테이블 토크 RPG 진영에 불필요한 틈을 드러낼지도 모른다.

하지만 그렇다고 해도…….

타쿠토는 이번 제안에, 무언가 운명 같은 것이 존재한다고 느꼈다.

"잘 오셨소이다! 위대한 우리의 맹주, 이라 타쿠토 왕! 자자, 이쪽에 자리를 마련했어! 대양이 내다보이는 내 저택의 특등석이지!"

"으음. 옥상인가? 시야가 트여 있는 건 경비상 그다지 좋진 않은데……."

동행한 트누카폴리의 트집에 총선단장 도반은 바위처럼 우락부락한 얼굴을 찌푸렸다.

이번 이야기에 폰카븐 자체는 딱히 관계가 없었다. 하지만 암흑 대륙의 연합국 내에서 맹주를 움직일 정도의 선물이라면 알아보려고 움직일 수밖에 없겠지.

양국의 관계가 이상하게 뒤틀릴 경우의 완충재로서도 폰카븐은 필요했다. 지팡이 술사 트누카폴리는 그런 역할로 참가했다.

그녀는 타쿠토에게 흘끗 시선을 향했다. 어떻게 하겠나? 그런 신호였다.

《대의식》이 있다고는 해도 습격당할 가능성을 아예 제외할 수는 없고, 무엇보다 간첩을 걱정할 필요가 있다. 그런 의도에서 조금 전처럼 지적한 뒤 타쿠토의 판단을 기다리는 거겠지.

하지만 타쿠토는 서덜랜드의 의도에 완전히 따라보기로 했다.

"뭐, 그럴 걱정은 없겠지. 난 괜찮아……."

"맹주께서 그렇게 말씀하신다면, 나도 불만은 없어. 실례했군, 총선단장."

"케엑! 좋다 이거야!"

전혀 걸릴 것 없이 이야기는 진행되었다. 이 정도로 일일이 화를 내봐야 아무것도 진행되지 않는다는 사실을 이곳에 있는 모두가 알고 있으니까 그렇겠지.

평범한 경영자 스타일의 상회 수장 따위가 아니다. 모두가 교섭에서는 역전의 맹자였다.

다만 지금 이곳에 있는 타쿠토가 대주계에서 원격으로 조작하는 대역이란 사실은, 서덜랜드도 폰카븐도 모른다.

타쿠토도 아무리 일시적인 동맹이라고는 해도 안전한 대비책을 마련하지 않을 만큼 어리석지는 않았다.

'애초에 바빠서 대역이 아니라면 무리겠지만…….'

현재 암흑 대륙은 모든 국가를 마이노그라의 이름 아래 하나로 모으는 첫 번째 단계를 완성했다. 그리고 두 번째 단계로서 각 국가 사이에 잠정적인 지휘 계통 할당, 세 번째 단계인 군비 증강과 대결전에 대비한 작전 입안을 병행해서 진행하고 있었다.

그러니까 어느 쪽이든 여유가 없었다.

게다가 테이블 토크 RPG 진영과 관계를 구축하기 위한 교류, 쿠하라의 능력 확인. 귀환한 RPG 진영에게 자리를 비운 사이에 결정된 사항을 공유. 많은 일이 밀려드니까 그야말로 누구의 도움이라도 받고 싶은 상태.

설마 사회생활에서 이렇게나 사전 협의나 대면이 중요할 줄이야. 타쿠토는 인사를 하고자 우르르 밀려드는 관계자들을 상대하며, 마음속의 소통 장애 타쿠토가 오열하는 모습을 분명하게 보고 있었다.

"자, 이라 타쿠토 왕께는 동맹 체결 이후로 다양한 부분에서 지원을 해주셔서 진심으로 감사하네. 특히 농지 개혁이나 목재 수출은 우리 목숨과도 깊은 관련이 있는 이야기야. 이 대륙에 있는 다른 어떤 나라일지라도 이만한 지원은 못 하겠지!"

우호 관계를 구축…… 그리고 급소를 틀어쥐기 위해서, 타쿠토는 예정대로 서덜랜드에 여러 가지 지원을 진행했다.

우선 첫째로 농업 개혁. 드래곤탄의 【용맥혈】에서 나오는 대지의 마나를 이용한 토지 개선의 효과는 이미 폰카븐으로 증명되어 있었다.

마침 그 나라의 비옥화도 일단락되었다. 그래서 파견한 마법 유닛인 《파멸의 정령》 대부분의 할 일이 없어졌을 무렵이었다.

그대로 서덜랜드에 지원을 보내는 것은 비용 대비 효과가 참으로 높았다.

서덜랜드는 해양 국가이지만 물론 농업도 한다. 주식인 빵이나 술은 곡물을 사용해서 만든다. 수확량 증가는 당연히 쌍수를 들고 환영할 일이겠지.

그런 점에서는 목재 수출 역시도 그들에게는 좋은 소식이었다.

그들이 사용하는 배에는 목재가 잔뜩 필요하다. 암흑 대륙의 거친 토지에서는 얻기 힘든 목재도 대주계라면 문제없다. 남아돌 정도로 자라고, 삼림을 고속으로 키우는《식림》기술도 보유하고 있다.

처음에는 굳이 따지자면 공포와 생존 본능 때문에 동맹을 체결한 서덜랜드의 드워프들. 하지만 그들이 손바닥을 뒤집어 마이노그라를 찬양하는 것도 당연한 일일까. 도반이 굳이 위대한 맹주라고 타쿠토를 부르는 것도 당연한 귀결이라 할 수 있었다.

타쿠토는 여유롭게 고개를 끄덕였다.

대부분의 경우에는 이것으로 충분했다. 딱히 타쿠토가 말을 건넬 필요도 없고, 상대도 대화를 원하진 않겠지.

그저 상대의 이야기를 듣고 있다는 포즈가 필요한 것이다.

이리하여 마이노그라와 서덜랜드의 두 번째 회합은 시작되었다.

마이노그라 쪽은 대역 타쿠토, 억지로 시간을 만든 몰타르 옹.

서덜랜드 쪽은 총선단장 도반과 몇몇 선단장.

그리고 옵저버로 트누카폴리.

이번 대화는 어디까지나 비공식, 비밀리에 진행되는 것. 전체적으로 소박한 인상이지만 사실은 조금 달랐다. 단순히 다들 바쁜 것뿐이었다.

그러니까 마이노그라도 이 회합을 마치면 곧장 돌아간다. 서덜랜드에서 저녁 파티에 초대하기는 했지만 단호하게 거절했다.

"자, 다들 바쁘신 몸이시겠죠. 예의에 어긋난다는 건 알지만, 가능한 한 빨리 진행하고 싶군요."

몰타르 옹이 느닷없이 이야기를 꺼냈다.

본래라면 질책을 당할 일이다. 하지만 사실상 마이노그라가 더 위에 있고, 게다가 양쪽 모두 정말로 바빴다. 심술이나 견제가 아니라 정말로 빨리 마치자는 생각이 컸다.

"음, 그건 물론이지! 그래, 그렇단 말이야……."

그 말에 몰타르 옹을 포함, 마이노그라 멤버들은 의아해했다.

무언가 망설여지는 일이 있나? 얼른 이야기를 진행해서 끝내고 싶다는 건 피차 마찬가지 아닌가? 점잔을 뺄 이유가 없었다.

상대가 무언가 함정을 파놓았을 가능성은 낮다. 또한 선물을 놓고 교섭을 진행할 상황도 아니었다.

교섭에서는 경험이 풍부하고 노련한 몰타르 옹조차도, 총선단장 도반의 그런 반응은 의외라서 도저히 상황을 예측할 수가 없었다.

"왜 그러십니까? 무언가 고민하시는 모양입니다만……."

거들고 나섰다.

오히려 이대로 내버려 두면 이야기가 진행되지 않으니까 재촉한다는 의미가 더 강하겠지.

하지만 몰타르 옹의 말에도 도반은 계속 복잡한 표정을 지을 뿐이었다. 무언가를 참는 것 같기도 했다.

"내가 맞춰보죠! 그러니까 응가를 참고 있는 겁니다!"

모두가 비토리오를 쳐다봤다.

왜 이 녀석이 여기에? 마이노그라 멤버들── 물론 타쿠토도 포함한 모두의 생각은 일치했다.

드워프들 역시도 비슷한 의견이었다. 그러니까 "이 녀석은 누구야?"라는 것이었다.

여하튼 그가 이 자리에 어울리지 않는다는 것은 전원의 일치된 의견이었다.

"뭔가 고민이……. 아니, 생각이 있는 거로군, 도반. 이야기해 보게. 어쨌든 말을 해야 시작할 게 아닌가."

그렇기에 그의 존재는 처음부터 없었다는 것처럼 트누카폴리가 이야기를 시작했다. 아무도 그에 의문을 가지지도 않았다.

마이노그라는 그것이 가장 올바른 대응이라는 것을 알기에. 서덜랜드는 마이노그라가 무시하니까 우리도 일단 따르자는 적당한 대응으로…….

"바다를 생각하고 있었어. 우리가 함께 나아간 바다 말이야……."

도반이 툭하니 중얼거렸다.

그다음부터는 빨리 진행되었다. 조금 전까지의 고뇌는 어디로 갔을까. 그렇게 느낄 만큼 바다 사나이는 수다스럽게, 그리고 스스로도 멈출 수가 없다는 듯 이야기를 꺼냈다.

"요전에는 한심한 모습을 보였어. 암흑 대륙에는 우리 서덜랜드가 있다고 자부했네만, 뚜껑을 열어보니 이런 꼴이야. 마이노그라에게는 상대가 안 될지라도, 조금은 우리의 의지를 보여주겠다고 생각했는데……."

드워프들은 기가 센 종족이다.

긍지가 높다기보다도 완고하다는 게 올바른 표현이겠지만……. 어쨌든 체면 같은 것을 중시하는 경향이 있다.

건곤일척의 비책으로 꺼낸 《갑옷 드래곤》이 마치 하룻강아지처럼 항복했다. 그 충격은 엄청났다. 드워프들도 한심스러워서 도저히 길거리를 돌아다니지 못하겠다는 심정이었다.

그것을 가장 통감하는 것은 다름 아닌 총선단장 도반이었다. 그는 바로 서덜랜드의 선장이나 마찬가지인 존재. 모든 책임은 그에게 있었다.

"하지만 말입니다, 총선단장. 귀국의 드래곤은 훌륭했습니다. 앞으로 번식할 수 있다면 다양한 장면에서 유효하겠죠. 물론 허가받은 금서나 기술도 포함해서, 우리 나라는 결코 귀국의 성의를 가볍게 여기진 않습니다. 그저 명백한 차이가 있었을 뿐……."

"와우, 불에 기름을 붓다니."

몰타르의 말에 비토리오가 빈정거리고, 드워프들이 분노를 곱씹었다.

유쾌하게 웃는 광대의 말대로, 도저히 좋게 받아들일 수는 없었을 테지. 몰타르 옹으로서는 그들의 입장을 중시해서 최대한 위로하는 발언이었지만, 적잖이 거만한 발언이 되어버린 것은 부정할 수 없었다.

도반의 표정은 더더욱 일그러졌다.

그것은 분노였다. 드워프의 긍지가 상한 것에 대한 분노였다.

그 분노의 대상은 마이노그라가 아니었다.

바로 한심한 자신들이었다. 그렇기에 도반은 이렇게까지 고뇌에 찬 표정이었고, 이번 공물로 긍지를 되찾고자 하는 것이었다.

"우리한테는 각오가 부족했어. 『이 배에 타겠다』라는 각오가.

맹주와 운명을 함께 하겠다는 각오가. 아니, 어쩌면 적당히 이득을 볼 기회만 노렸던 걸지도 모르겠네. 크큭, 판단을 망치다니 선장으로서는 실격일지도 모르겠군. 하지만 아직은 되갚을 수 있어……."

조금 전까지 불안하게, 그리고 어딘가 진지한 표정으로 사태의 추이를 지켜보던 드워프 선단장들. 그들은 도반의 말에 처음으로 입을 열었다.

"정말로 괜찮겠어, 총선단장?"

"확실히 그 마음은 알겠어. 하지만……."

"도반. 네 선단의, 아니, 나라의 보물이라고."

무언가 특별한 보물인 것 같다……. 그들에게 그렇게나 중요할지라도, 마이노그라에게도 반드시 중요하다고 단정할 수는 없었다.

하지만 그들은 그 보물의 가치를 전혀 의심하지 않았다. 마이노그라와 서덜랜드가 가진 압도적인 차이를, 드래곤으로도 메울 수 없는 차이를 알면서도 의심하지 않는 것이었다.

그들의 태도에 타쿠토도 더더욱 흥미를 품었다.

몰타르 옹에게 흘끗 시선을 향하자, 그 동작을 정확하게 받아들인 노현자가 질문했다.

"……실례를. 그건 대체 어떠한 물건입니까? 왕께서도 흥미가 있으신 모양입니다."

"음, 맹주님. 우리 연합의 든든한 맹주님. 잘 보시게. 이것이 바로 우리 서덜랜드의 긍지야——."

그리고, 공개되었다.

서덜랜드가 마이노그라에게, 이 연합에게 가치 있는 존재임을 증명할 보물이.

"메를리앙호의 돛을 내려라!!!"

총선단장이 옥상 난간을 향해, 사전에 정해두었을 신호를 큰소리로 외쳤다.

"————!"

그 순간, 마이노그라의 그 누구도 예상하지 않은 광경이 나타났다.

옥상에서 보이는 대해원에 나타난 그것. 바로 한 척의 배였다.

하지만 다른 배와는 명백하게 차원이 달랐다.

마치 다른 나라가…… 혹은 인류와는 다른 존재가 만들어낸 것 같은 하얗고 아름다운 대형 선박이 떠 있었다.

타쿠토는 순식간에 이해했다.

어떻게 드워프가 해양 항해 기술이 미숙한 이 대륙에서 다른 대륙으로 건너갈 만큼의 능력을 얻을 수 있었나.

그리고 왜 그들이 토지와 광산을 버리고서도 이만큼 강력한 국력을 유지하고 있는지를.

무엇보다도…….

드워프들이 이 배를 내보내기 위해 얼마나 큰 각오를 필요로 했는지를.

"《위장》…… 아니, 《투명화》로군요. 게다가 저거…… 혹시?"

비토리오가 어이없다는 듯 마이노그라의 기분을 대변했다.

이곳에는 추적형《반편이》가 동행하고 있었다. 그가 가진《간파》는《위장》따위를 간파하고 주인의 위기에 바로 반응할 수 있다.

회담 자리에서 지나치게 큰 행동을 할 수는 없겠지만, 적어도 타쿠토에게 경고를 보낼 수는 있겠지.

하지만…… 그《반편이》가 반응하지 않았다.

그러니까 그의 간파로는 꿰뚫어 볼 수 없는《위장》. 더욱 상위의 능력에 따른 위장임에 틀림없었다.

'레갈리아……인가.'

하얗게 빛나는 거대한 갤리온.

바로 그것이 서덜랜드의 총기함──《보물선 메를리앙호》였다.

'하지만 여기서 마치 준비된 것처럼 나타날 줄이야.'

비토리오가 어이없어하는 것도 당연했다. 타쿠토에게도 이것은 너무나도 예상을 벗어난 광경이었다.

언제나 적이 자신들을 웃돈다며 경계하고, 틈을 드러내지도 경계를 게을리하지도 않았다.

하지만 어디까지나 정통 대륙 연맹에 대비하는 준비 단계 정도로 보던 서덜랜드에서 이런 경악스러운 일이 벌어질 줄은 몰랐다.

침묵이 그 자리를 지배했다.

모두가── 그 보물을 알고 있었을 드워프들조차도, 바다 위에 자리 잡은 하얀 배를 조용히 바라보고 있었다.

총선단장 도반은 천천히, 글자 하나하나를 곱씹듯이 이야기했다.

"저 배는 우리의 영혼이야. 저 배를 위해 수많은 남자가 땀과 피를 흘렸지. 물론 죽은 녀석도 있어. 다쳐서 두 번 다시 배를 못 타게 된 녀석들 따윈 셀 수도 없어. 다들 저것에 홀려서, 저것과 함께 커다란 장사를 했지……. 좋은 배야. 나한테는── 우리한테는 아까울 정도로 최고의 배야."

"그래, 알겠어. 멋진 배야. 세계에 둘도 없겠지. 충분히 너희가 자랑할 만한 물건이야."

여기서 타쿠토는 처음으로 말을 꺼냈다.

이제까지 고개를 끄덕이거나 부하에게 눈짓만 하던 이라 타쿠토가 처음으로 입을 열어 칭찬했다. 그럴 가치가 있다고, 그만한 물건이라고.

말은 그 무엇보다도 확실했다. 그렇기에 모두가 드워프의 긍지와 각오가 분명히 돌아온 것을 알 수 있었다.

"맹주님── 배를 맡기겠네."

도반은 단 한마디, 그렇게 말했다.

다른 드워프들은 말을 꺼내지 않았다. 그 말의 무게가 얼마나 큰지를 알고 있었으니까.

총선단장이 어떤 마음으로 배를 건네었는지 잘 이해할 수 있었으니까.

지금 이대로는 세계의 운명이 언젠가 정해지더라도 드워프들의 미래는 어둡다.

설령 마이노그라가 만든 연합이 승리하더라도 서덜랜드의 지위는 한없이 낮을 테니까.

——드워프는 의기양양하게 드래곤을 내밀었지만 아무런 도움도 되지 않았습니다.

그런 바보 같은 역사의 한 문장을 지우고, 영광과 긍지 있는 바다의 사내로서 책임을 다하기 위해.

반드시 벌어질 대전쟁은 결코 마이노그라만의 싸움이 아니다. 그의, 그들의 싸움이기도 한 것이다. 한심한 짓을 할 수는 없었다.

두 번은 도망치지 않는다.

그것이 먼 옛날부터 살던 땅을 버리고 암흑 대륙의 끝까지 도망치게 된 드워프의 후예.

총선단장 이하 서덜랜드 선단장들의 총의임에 틀림없었다.

그 결의는 타쿠토에게 통했다.

서덜랜드에 대한, 다루기 쉽다는 평가를 뒤집을 정도로는…….

'설마 이런 걸 준비하고 있었다니, 솔직히 간담이 서늘했어. 앞으로의 대응을 좀 바꿔야 할지도…….'

레갈리아는 급속하게 모이고 있다.

마치 사전에 계획된 것처럼.

선박 레갈리아. 공물로 원만하게 양도받은 그것을 여기서 포기할 수는 없다. 앞으로도 서덜랜드를 계속 돌보는 것도 포함해서 받은 셈이지만, 그것은 이미 폰카븐을 통해서 경험한 길이다. 어떻게든 되겠지.

최종적으로 《차원 상승 승리》를 이룰 때에 그들의 처우를 어떻게 할 것인가. 충분히 큰 문제이지만, 타쿠토는 그것에 대해서도 몇 가지 해결책을 세우고 있었다.

이렇게까지 자신들에게 이용 가치가 있다고 증명해주었다. 더는 볼일이 없다고 홱 버려서는 타쿠토의 긍지에 손상이 간다.

"저건 레갈리아야. 우리나라에게도 중요한 물건이지. 드래곤과는 달리, 이번에는 돌려주지 않을 거라고? 절대로."

타쿠토는 확인했다. 그것은 최종 통지이기도 하고 계약이기도 했다.

"드워프는 두말 안 해. 술자리에서 불평은 하겠지만 말이야!"

미련을 떨치듯이 도반이 농담 섞어 외쳤다. 그런 가벼운 말은 이 자리에 그리 어울리지 않지만, 그의 눈에 희미하게 빛나는 무언가를 깨닫지 못한 이는 없었다.

그래서 아무도 그를 책망하지 않았고, 책망할 생각이 들지도 않았다. 이런 남자가 눈물을 흘린다. 그 의미는 충분히 이해할 수 있었다.

타쿠토는 그 말을 곱씹듯이 단단히, 그리고 확실하게 상대에게 보여주듯 끄덕였다.

"괜찮겠지. 귀국의 영혼, 확실하게 받았어. 그리고 약속할게. 너희의 영혼에 걸맞을 만큼의 물건으로, 반드시 갚겠다고. 파멸의 왕 이라 타쿠토의 이름을 걸고 맹세할게."

"그래, 맹주님! 부탁한다고! 든든한 우리 파멸의 왕이시여!"

〈!〉유닛이 양도되었습니다.

《보물선 메를리앙호》

………

……

…

그 후로는 완전히 엉망이었다.

총선단장은 남들의 시선도 개의치 않고 펑펑 울었다. 다른 선단장들까지 그에 이끌려 울기 시작했다.

어디선가 술을 꺼내어 이별의 술을 마시듯 연회를 시작하고, 지금은 저마다 메를리앙호의 추억을 이야기하고 있었다.

마이노그라 멤버들이 그런 분위기에서 벗어나 있는 것은 다행이겠지.

어설프게 말려들었다가는 오히려 곤란하니까 타쿠토로서는 그저 고마울 뿐이었다. 기껏 한 나라의 왕으로서 누구에게도 지도를 받지 않는 입장으로 군림하고 있는데, 갑자기 시작된 술자리에 강제로 참가한다니 너무나도 싫었으니까.

옥상 난간에 기대어 바다를 바라보며, 유유히 떠 있는 메를리앙호를 보고 능력을 확인했다.

적재량도 상당하고, 레갈리아니까 속도도 기대할 수 있었다.

생각지 못한 병과의 출현으로, 이제까지 불가능했던 다양한 작전이 현실로 다가왔다.

"그건 그렇고 배……인가. 고민되네."

"아, 신께서도 혹시 같은 생각을 하셨나요? 응~! 우린 역시 서로를 사랑하는군요!"

어느샌가 옆에 있던 비토리오가 장난을 쳤다.

아마도 같은 생각을 한 것은 틀림없다. 그렇지 않다면 레갈리아 배라는 말에 이렇게나 기분이 좋을 리가 없다.

하지만 이들이 순식간에 내린 판단을 다른 사람들도 내릴 수 있느냐면, 사실상 불가능했다.

"음? 대체 무엇을? 확실히 굉장한 배입니다. 우리 나라와 연합에게도 이익이 되겠죠. 하지만 외람되오나 기다리는 싸움은 육지의 전쟁. 과연 이 배가 나올 차례가 있을지……."

이야기를 듣고 있던 몰타르 옹이 조용히 대화에 참가했다.

이런 느슨함도 마이노그라의 장점이었다. 다른 나라라면 조금 지나치게 가벼운 태도일지도 모르겠지만, 쓸데없이 황송해하는 게 타쿠토에게는 더 불편했다.

하지만 이곳은 설명할 수 있는 장소가 아니었다.

타쿠토는 술을 마시며 큰 소리로 노래를 부르는 드워프들을 흘끗 쳐다봤다. 그리고 옆에서 난간에 걸터앉은 광대에게 시선을 향했다.

"비토리오. 어떻게 될 것 같아? 난 아슬아슬하게 될 것 같은데."

"아니…… 힘들 것 같네요. 신께서 생각하시는 걸 실을 수 있는지 따지는 게 아니라, 조건 쪽 이야깁니다. 기술은 클리어하더라도 이 배의 규모를 보면 비용이 너무도 무거워요~."

"그러네. 모두 순조롭게 되더라도 개전까지 맞출 수 있을지는 아슬아슬하다는 느낌이네~."

"으으음!"

몰타르 옹도 타쿠토의 시선을 보고 공공연하게 할 수 없는 이야기임은 추측했다. 하지만 자신을 빼놓고 왕과 비토리오가 들떠 있는 모습에 살짝 답답한 심정을 느꼈다.

질투라기보다 자신에게는 불가능한 일에 대한 고뇌와 당혹감이었다. 애초에 이 이야기는 그가 추측할 수 없는 일이었지만.

타쿠토는 당황하는 부하를 위로하듯, 자기 안에 있는 작전을 살짝 내비쳤다.

"새로운 영웅을 써서 나쁜 일을…… 말이지."

몰타르 옹이 경악해서 눈을 크게 떴다.

도저히 이 자리에서 꺼낼 수 없을 말.

아무리 생각해도 관련성을 찾을 수 없는 말.

하지만 타쿠토는 기뻐 보였다. 무언가 나쁜 짓을 떠올렸을 때처럼 콧노래를 흥얼거리기 시작했다.

"내가 매번 활약을 기대하는 영웅이지요!"

비토리오가 덧붙였다.

몰타르 옹의 마음속에 갑자기 경고음이 울리기 시작했다.

하지만 타쿠토의 태도나 표정을 보기에, 그 판단도 그저 의문스러울 뿐이었다.

다만――.

또 하나, 무척 큰 움직임이 시작되려 한다는 것만큼은 알 수 있었다.

〈!〉새로운 영웅 생산이 가능합니다.

《무지개색으로 빛나는 우주 버섯》

Eterpedia

메를리앙호

레갈리아

전투력: 10 이동력: 3

《선박》《수송》《투명화》

※선박 유닛은 바다 위에서만 이동할 수 있습니다.

NO IMAGE

해설

~바다에 떠 있는 순백의 성채는 그저 사람의 꿈을 싣고 나아간다~

메를리앙호는 세계에 단 한 척 존재하는 갤리온입니다.
《수송》과 《투명화》를 보유한 이 배는 바다 위에서 한없이 안전하게 항해할 수 있습니다. 특히 무역에 높은 효과를 발휘합니다.
어디서 만들어졌는지 알 수 없는 이 배는 서덜랜드가 보유하고 있었습니다. 하지만 그들도 언제 어디서 이 배를 입수했는지 기록에 남아 있지는 않습니다.

※레갈리아에 사용 제한은 없습니다.
모든 속성, 종족, 진영이 레갈리아를 사용할 수 있습니다.

제13화 체결

대전쟁 개시까지 앞으로 한 달.

회의에 참가한 모두가 이 말이 가진 무게를 공유하고 있었다.

폰카븐 수도 크레센트문. 대회의장.

거대한 타원형 책상을 둘러싸듯이 각 진영의 수장이 자리 잡고 있었다.

지팡이 술사 페페.

총선단장 도반.

용사 카미미야 데라유.

게임 마스터 쿠하라 케이지.

마이노그라 왕 이라 타쿠토.

모두가 암흑 대륙에서는 이름이 알려진 국가의 지도자, 또는 강력한 힘을 가진 플레이어였다.

그들은 마침내 다가온 대전쟁의 개막을 앞두고, 방향성과 구체적인 행동을 최종적으로 결정하기 위해 회담 자리를 마련했다.

결정한다고는 하지만 이미 대략적인 방침은 정해진 상태. 실제로는 결기대회 같은 의미가 상당히 포함된 자리였지만…….

불편한 듯 쿠하라가 몸을 비틀며 등 뒤에 있는 동료에게 시선을 보냈다.

이곳에는 각 진영의 지도자만 있는 것은 아니었다. 그들을 따르는 부하나 동료들도 모여 있었다.

그들은 자기 진영 수장의 등 뒤에 있는 의자에 앉아서, 자신이 모시는 사람의 결정을 조용히 지켜보고 있었다.

게다가 본래라면 원탁에 앉아야 할 두 도시 국가의 지도자들은, 스스로 자신들은 배후의 자리에 앉겠다고 이야기했다.

굳이 원탁에 앉아봐야 발언권은 없으리라는 판단. 그리고 겸허한 모습을 어필하려는 것이었다.

원탁에 앉을 만큼의 배짱이 없다는 이유도 무척 크겠지만, 그것을 지적하거나 비웃을 어리석은 사람은 물론 없었다.

"그건 그렇고, 죄다 모여서 하는 일이 이름을 정하는 거라니~."

하지만 각국의 중진, 그리고 이 세계의 전력으로는 도저히 맞설 수 없는 불가사의한 힘을 가진 플레이어가 현재 고민 중인 사항은 비교적 아무래도 상관없는 이야기였다.

마이노그라를 맹주로 모인 연합의 이름을 어떻게 하느냐?

"암흑 대륙 연합이면 되는 거 아니에요?"

페페가 적당히 말했다. 정말로 적당한 발언이었다.

이 의제에 딱히 흥미가 없기도 하고, 정말로 뭐든 상관없었으니까.

이제까지 통상적으로 연합이란 호칭이 사용되던 것도 사실. 이대로도 괜찮겠다는 가벼운 생각이었다.

"그러면 상대를 따라 하는 것 같아서 짜증 나는군. 좀 더 거창한 이름은 없겠나?"

하지만 그 의견을 부정하는 사람이 있었다. 서덜랜드의 총선단장 도반이었다.

그로서는 기껏 암흑 대륙이 하나로 뭉쳤는데── 뭉친 이유는 정통 대륙 연맹에게 대항하기 위해서였지만, 그렇다고 해도 이름을 재탕하는 건 피하고 싶었다.

게다가 자신들은 아무래도 상관없을지라도 부하들은 그렇지 않다는 것을 그는 잘 알고 있었다.

어떤 의미로 꿈을 보여주는 것은 지도자의 책무다. 따르는 사람들이 긍지와 용기를 가지고 가슴을 펼 수 있는 상징도 준비해야 한다.

타쿠토도 그것은 잘 알고 있었다. 마침내 벌어지는 대전쟁. 기분 좋게 가고 싶은 것은 그도 마찬가지였다.

하지만 절망적으로 아이디어가 나오지 않았다. 이렇게 고민하기를 수십 분. 억만금의 시간을 헛되이 소비했다. 와 닿는 명칭이 없었다.

……잠시 생각한 뒤, 타쿠토는 냉큼 비장의 카드를 내어놓기로 했다.

"쿠하라 군, 뭐 없을까?"

바로 테이블 토크 RPG 진영의 플레이어, 쿠하라 케이지였다.

"어? 왜 나한테 묻는데……. 뭐, 됐어. 《아이디어》."

그는 타쿠토의 말에 얼굴을 살짝 찡그리더니 어쩔 수 없다는 듯 손가락을 튕겼다.

달그락. 그에게만 들리는 판정 소리가 울리고, 무언가 결과가 나왔다.

"어―, 『메가 리얼』? 『조악』? 『개구』는 또 뭐야."
"레갈리아 조약 기구…… 확실히 우리를 이어주는 것 중 하나야."
제대로 이해하지 못한 쿠하라. 반면에 타쿠토는 주사위의 인도에 따라 제시된 이름을 바로 떠올렸다.
'《아이디어》라면서 자력으로 생각하는 것도 아닌가……. 역시 저 능력은 무섭네. 그래도 이름 자체는 무척 흥미로워.'
타쿠토는 쿠하라의 행동, 그리고 도출된 이름을 곱씹어봤다.
딱히 조약을 맺은 것도 아니고, 특별한 기구나 기관을 설치한 것도 아니었다.
하지만 정통 대륙 연맹이라는 이름에 대항할 명칭으로서는 그럭저럭 임팩트가 있는 것 같기도 했다.
"어떤 의미지? 맹주님이 말한 레갈리아라는 건."
"보물이라는 의미야. 내가 임금님한테 넘긴 검이랑, 서덜랜드에서 준 배……였던가?"
의아하다는 도반의 혼잣말에 유는 대답해줬다.
조금 황송하다는 듯 가볍게 머리를 숙인 도반. 유는 가볍게 손을 들고 미소를 지었다.
무언가 벽 같은 거리감이 있지만, 잠재적인 라이벌이기도 하니까 이 정도 관계가 도리어 적절하기도 했다.
"어? 난 딱히 보물 같은 거 안 줬는데?"
"나도 그래요!"
반대로 두 사람은 허물없는 태도. 타쿠토는 곤란한 듯 가볍게 쓴웃음 지었다.

페페는 처음부터 인연이 있었으니까 그다지 신경 쓸 건 없지만, 쿠하라 케이지는 그렇지 않았다.

그는 아무래도 이라 타쿠토와 무승부를 거두었다는 사실에 무척 긍지를 가지고 있는 듯했다. 어느샌가 타쿠토를 라이벌로 보고 있었다.

게다가 이상하게 거리감이 가깝고 허물이 없었다. 천성적으로 소통에 장애가 있는 타쿠토로서는 이렇게 불쑥불쑥 다가오는 것도 달갑지 않았다.

사실 쿠하라를 잔뜩 부추기고 말을 던지던 타쿠토의 태도도 원인을 제공했지만……. 때로는 모르는 편이 행복한 일도 물론 존재한다.

타쿠토는 그런 두 사람에게 설명을 해줬다.

"폰카븐은 이전부터 동맹 관계였으니까 딱히 신경 쓸 필요는 없어. 뭐, 때가 온다면 가능한 범위에서 협력을 받게 될지도 모르지만……."

"이봐, 이라 타쿠토. 그럼 우리는 어떻게 된 거야?"

"쿠하라 군은 너 자체가 목적이었으니까. 배신하지 않고 그 힘으로 열심히 싸워준다면 충분해."

"그러니까 내가…… 보물이었나?"

쿠하라는 뒤에 앉은 성녀들에게 작은 목소리로 무언가를 보고하고, 마찬가지로 작은 목소리로 질책을 들었다.

하지만 쿠하라의 지적은 정곡을 찔렀다. 레갈리아는 확실히 지금의 관계를 구축하는 과정에서 중요한 요소였다.

그러나 그것은 일부 국가와 진영에만 한정되는 이야기. 구체적으로는 서덜랜드와 RPG 진영에만 해당되는 이야기였다.

쿠하라의 말대로, 모든 진영을 모으는 상징으로서는 조금 부적절하게 여겨졌다.

하지만. 타쿠토는 생각했다.

'잘 생각해 보면 이번 전쟁에서 국가 사이의 합의를 한데 묶어서 조약으로 완성해도 괜찮고, 최근 1년 사이에 교류가 늘어난 국가의 관계를 아예 기구로 정해도 좋으려나…….'

"난 나쁘지 않다고 생각해. 품격이 있어서 괜찮네. 보물을 바탕으로 보증된 관계라니 멋있잖아. 그런 거 좋아하거든!"

유가 그렇게 말하고 다른 이들도 동의하듯 끄덕였다.

국가의 역사를 서적으로 기록하는 것은 후대 역사가의 역할이다. 임팩트를 우선시해서 내용도 미정인 이 명칭이 미래에 어떻게 그려질지 알 수 없다. 그래도 뭐, 제대로 풀리기를 기대하자.

타쿠토는 스스로를 그렇게 설득하고, 미래에 구축할 관계의 상징으로 내세우기로 했다.

'이름은 중요해. 특히 신이나 기적 같은 게 존재하는 이 세계에서는…….'

타쿠토는 또 다른 관점에서 레갈리아 조약 기구라는 명칭에 기대를 품었다.

이 세계에는 신이 존재한다. 그리고 레갈리아가 존재하는 이상, 이름이 가진 인력을 얕볼 수는 없다.

레갈리아라는 명칭을 사용함으로써 운명이 맺어지기를 기대한 것이었다.

“그럼 정식으로 결정하자. 암흑 대륙에서 모인 모든 진영의 연합. 이것을 앞으로는 레갈리아 조약 기구라고 명명하겠어.”

박수가 터졌다.

고요하고 품위가 있는, 하지만 힘찬 박수였다.

모두가 커다란 세력의 탄생에 기대를 품었다.

얼핏 보기에는 전혀 특이한 것 없는, 그다지 의미가 없어 보이는 결정.

하지만 의례적인 이 대화는 지금의 그들에게 가장 중요했다.

하나로 뭉치는 것은 합리성이나 이해득실만으로는 불가능하다.

특히 강력하고 개성적인 이들이 모였을 때는…….

이날, 암흑 대륙은 진정한 의미에서 하나로 뭉쳤다.

이곳에서 《레갈리아 조약 기구》가 성립되었다.

“자, 그럼 저마다 속에 하나씩 품은 세력들끼리, 한동안 운명을 함께하자고.”

“이것 참, 비밀이 있다는 게 전제냐고…….”

“급조된 연합이니까 당연하지.”

유가 눈을 동그랗게 뜨고, 타쿠토가 히죽 웃으며 지적했다.

“헤헷, 맹주님의 말씀대로야!”

“드워프 형씨, 좀 더 멋을 부리는 게 좋지 않겠어? 얕보일 거라고."

"네놈은 키가 좀 더 자란 다음에 다시 말해야겠는데."

"너랑 다를 거 없잖아!!"

도반이 타쿠토에게 아첨하고, 쓴소리를 던진 쿠하라와 말다툼을 벌였다.

"이래서야 연계를 취할 수 있을까……."

"거리낌 없이 서로 불만을 털어놓을 수 있다니 멋진 일이라고 생각해요! 그렇죠, 타쿠토 군!"

"그러네……."

유가 한숨을 내쉬고, 페페가 낙관적으로 거들었다.

너무 경직되어서 서로를 견제만 해봐야 본말전도. 어쩌면 이 정도가 좋을지도 모른다.

그렇게 생각을 고쳐먹고 타쿠토는 이 상황에 납득했다.

해야 할 일은 잔뜩 있었다.

이름을 정하는 것뿐이라면 굳이 이렇게 죄다 모일 필요는 없었다.

"그럼 1년 동안 준비한 전력에 대해, 각자 보고를 진행할까."

타쿠토가 손뼉을 짝짝 치자 모두가 그를 주목했다. 말다툼을 시작해버린 도반과 쿠하라를 중재하는 게 가장 큰 목적이었지만…….

다행히도 금세 회의장은 조용해지고 모두가 타쿠토를 바라봤다.

"특히 유는 꽤 아슬아슬하게 돌아온 데다가 정신없이 바빴으니까. 제대로 정보를 공유해두고 싶어."

그 말에 유가 고개를 끄덕이는 걸 보고 타쿠토는 만족했다.

그는 최근에 귀환했다. 그 후에는 서덜랜드나 쿠하라와 대면하고 이런저런 확인, 현재 상황을 파악하는 등등 이래저래 시간을 빼앗겼다. 결국 정식으로 성과를 공유할 타이밍이 없었다.

하지만 오늘은 마침 모든 진영의 모든 수장, 그리고 주요 멤버들이 모여 있었다.

타쿠토는 이곳에서 최대한 서로의 카드를 펼치고 전략을 결정할 생각이었다.

"그리고 슬슬 모두가 가진 비장의 수단에 대해서 들어보고 싶어. 오늘을 놓치면 다음으로 모두가 모일 수 있는 건 언제일지 알 수 없으니까."

"아, 아니! 괜찮은 거야, 이라 타쿠토?! 여기서 말해버려도! 이런 건 딱 그 순간에 멋있게 보여주는 거잖아?"

가장 먼저 반응한 것은 쿠하라였다.

그도 아직 타쿠토에게 보여주지 않은 비장의 수단을 한두 가지 가지고 있었다.

다만 그가 혼자 생각한 것은 아니고, 동료들과 함께 필사적으로 고안해낸 소중한 책략이었다. 아무리 동맹이라고는 해도 여기서 이야기하려니 불안을 느낀 것이었다.

"이런 일도 있을까 싶어서 준비했지, 같은 연출 얘기야? 현실에서는 책략이 있다면 사전에 공유해두라고 혼만 날 거야."

"그, 그렇구나……."

"게임이나 만화하고는 다르니까……. 연출은 적당히 해두란

거지!"

유도 납득한 듯 끄덕이며 타쿠토에게 동의했다.

다만 유도 자신의 패를 모두 펼쳐 보일 생각은 없었지만…….

여기서 가장 많은 비밀을 숨기고 있는 것은 바로 RPG 진영이었다.

협력 체제를 구축한 것은 틀림없고, 동맹이라는 틀 안에서 배신할 일은 절대로 없다. 하지만 그렇다고 해도 필요 없는 것까지 술술 떠들어댈 생각은 없었다.

"물론 우리도 공개할게. 무척 놀랄 거라 생각하지만."

타쿠토의 말에 모두 일단은 납득했다.

서덜랜드랑 폰카븐, 도시 국가 둘은 제쳐놓고. 플레이어 세력에서는 어떤 충격적인 내용이 나올지 모른다.

"좀 기대되는데."

타쿠토의 말은 원탁 바깥에서 회의를 지켜보는 이들 모두가 공유하는 감정이었다.

………

……

…

"말도 안 되는 전력이야……."

도반은 그 말을 끝으로, 복잡한 표정을 지으며 입을 다물었다.

"그 정도는 필요하다는 거군요……."

페페는 입을 떡 벌린 표정으로, 자신들이 할 수 있는 일은 아무것도 없다는 듯 입을 다물었다.

한편 플레이어 세력 세 사람은 서로가 공개한 비장의 수단에 대해서 같은 감상을 품고 있었다.

"'터무니없는 걸 준비해놓고 있었잖아.'"

모두. 모두가 간담이 서늘했다.

설마 이렇게까지 할 줄은 몰랐다. 이렇게까지 말도 안 되는 수단을 준비했을 줄은 몰랐다.

확실히 상대는 서큐버스를 주축으로 하는 강력한 군대.

그에 더해서 핵 앤 슬래시의 장비, 카드 게임의 마법 카드, 성기사나 성녀 같은 강력한 포진을 갖추었다.

그렇다고 해도 이렇게까지 하나? 이렇게까지 준비하나? 그것이 솔직한 감상이었다.

그와 동시에, 원래도 할 생각은 없었지만 함부로 서로를 배신할 수 없다는 사실이 드러났다.

플레이어 진영은 너무나도 지나친 비장의 수단에 삼파전 상태임을 바로 이해하고, 중립 국가들은 배신한 순간에 터무니없는 그 힘이 자신들에게 날아온다는 것을 이해했다.

모두가 아무 말도 못 하고 쓴웃음 같은 미소를 머금었다.

절대로 쓸데없는 짓을 하지 마라. 처음 예정대로 정통 대륙 연맹을 두들기자. 넌지시 그런 압력을 느끼고, 모두가 동의했다.

찌릿찌릿한, 그야말로 어쩔 수 없는 분위기가 흐르는 가운데. 툭하니 중얼거린 것은 도반이었다.

"하지만, 그런가……. 저 배를 그렇게 쓰는 건가."

타쿠토가 공개한 작전 중 하나로 메를리앙호를 이용하는 것이 있었다. 확실하게 넘긴 배니까 마이노그라가 어떻게 사용하든 관계없었다.

사용법에 이러쿵저러쿵할 만큼 여유가 있는 것도 아니었다.

모두가 그것을 이해하지만, 타쿠토는 도반의 말을 그냥 무시하지는 않았다.

"기분이 상했을까. 총선단장 도반."

조용히 묻는 말에, 배의 책임을 맡은 모든 이들이 고개를 가로저었다.

"아니, 이미 그 배는 맹주님의 물건이야. 쓸데없는 소리는 안 해……. 하지만 한 가지, 확인하고 싶은 게 있군."

"……이야기할 수 있는 범위라면. 뭘까?"

"전력으로 저질러줘, 앞뒤 생각하지 말고── 저 배가 하고 싶은 대로."

"물론. 그럴 생각이야."

각오를 다진 남자의 얼굴이었다. 조금 애수가 엿보이는 것은 기분 탓이라고, 타쿠토는 자신의 감각을 착각이라고 단언했다.

우려는 사라졌다. 타쿠토는 작전을 조금 수정하자고 결단했다.

"자, 그럼 마력이 조금 더 필요한데……. 여기서 금전적인 가치가 있는 물건을 내놓을 수 있는 사람은 있을까?"

타쿠토가 모두에게 물었다.

아무래도 플레이어 진영에게 던지는 질문이었다. 중립 국가에게 돈을 내놓으라고 한다면 아무리 그래도 도를 넘어선 행위에다 부담이 너무나도 크다.

무엇보다도 타쿠토가 필요로 하는 양은 그 정도로는 충당할 수 없다.

“오히려 내가 원할 정도야. 어째서 돈이 필요하다는 건데, 이라 타쿠토.”

“이쪽의 《시장》에서 마력으로 바꾸어서 긴급 생산으로 메를리 앙호를 강화할 거야, 쿠하라 군. 여유가 있다면 마이노그라의 부하도 보충하고 싶어.”

호오, 그런 게 가능하구나. 쿠하라가 납득하는 표정을 지었다.

테이블 토크 RPG의 능력으로 혹시 가능한 건 없을까 기대했는데, 아무래도 그런 방법은 없나 보다. GM 권한이 있다면 이야기가 빨랐을 테지만 안타깝게도 그 수단은 쓸 수 없었다.

“그럼 내가 골드를 낼게. 처음부터 그럴 생각이잖아? 얼마나 필요해?”

유가 도움의 손길을 건넸다.

타쿠토는 감사의 뜻을 담아서 끄덕였다. 기대하기는 했지만 얼마나 가지고 있을지는 불명이었고, 무엇보다도 강요하는 것도 꺼려지던 터라 이 제안은 기뻤다.

어디까지나 동맹 관계라는 입장이다. 특히 플레이어 사이에서는…….

하지만 지금은 유가 먼저 제안하는 모양새였다. 조금 정도는 더 부풀려서 받아도 벌을 받지는 않겠지. 타쿠토는 호들갑을 떨어봤다.

“낼 수 있을 만큼 전부. 그런 상대인 건 너도 알잖아?”

하지만 상대는 곤혹스러운 표정이었다.

기분이 상했다기보다도 무언가 곤란하다든지 망설여진다든지, 그런 인상이 강했다.

"어? 혹시 뭔가 안 되는 이유라도 있어?"

예상 밖의 반응에 타쿠토도 그만 솔직하게 질문하고 말았다.

"…………아니, 100억 정도는 있는데."

"만렙 찍겠다! 그래그래, 알았어……. 나중에 개별적으로 이야기하자."

반대로 나왔다. 타쿠토가 깜짝 놀라는 것도 무리가 아니었다.

100억이라고 해도 100억 엔 같은 단위가 아니었다. 100억 골드인 것이다. 이 세계나 『Eternal Nations』에서 1골드가 어느 정도의 가치를 가지는지 정확하게 판단하기는 어렵다.

하지만 적어도 순금으로 만든 화폐 하나가 1골드라고 생각하면 그가 얼마나 많은 자산을 가지고 있는지 잘 알 수 있었다.

타쿠토도 이렇게까지 엄청난 숫자가 나올 줄은 몰랐기에 살짝 기겁하고 말았다. 하지만 동시에 가능한 일이 늘었다. 예정에는 없었던 병사들의 장비 확충 따위도 원만하게 진행할 수 있겠지.

이렇게나 가지고 있다면 더 빨리 말해달라고. 그런 타쿠토의 생각과는 달리, 《시장》에서 골드로 변환하는 마력 생산 치트를 숨기고 있던 것은 다름 아닌 타쿠토 본인이었다.

전면적으로 비난할 수는 없었다.

"으—음. 잘 모르겠지만, 아주 든든하다는 건 알았어요!"

"우리야 후방 담당이니까 전선에 나갈 일은 거의 없지만. 이야기를 들어보면 아무래도 따라가긴 힘들 것 같고."

미처 이해가 따라가지 못하는 두 나라의 대표. 뭐, 상관없지 않으냐며 맞장구쳤다.

이런 쪽으로 딱히 설명을 원하지 않고 적당히 납득해주는 것은 플레이어 진영 사람에게는 고마운 일이었다.

아무래도 그들에게는 공유할 수 없는 정보도 잔뜩 있으니까.

그런 점에서는, 쓸데없이 흥미를 품거나 질문하지 않는 페페와 도반은 확실히 한 나라의 지도자에 걸맞은 인물이었다.

"뭐, 각자가 해야 할 일을 착실하게 하자. 이만한 전력이야. 충분히 승산이 있어."

타쿠토가 그렇게 마무리했다.

다만 의제는 그 밖에도 잔뜩 있었다. 암흑 대륙의 운명을 결정할 회의는 아직 끝이 보이지 않았다…….

SYSTEM MESSAGE

동맹이 체결되었습니다.

【레갈리아 조약 기구】
맹주 : 파멸의 왕 이라 타쿠토

참가 진영 :
· 마이노그라
· RPG 진영
· 테이블 토크 RPG 진영
· 폰카븐
· 서덜랜드
· 도시 국가 그램필
· 도시 국가 아이언헨지

동맹 관계가 끝날 때까지 동맹 국가 사이의 전투 행위는 금지됩니다.
또한 타국에 대한 선전포고는 동맹국 전체에 적용되고, 결정은 맹주만이 내릴 수 있습니다.

OK

제14화 정적

제3도시 셀드치에서 남쪽에 위치한 양 대륙의 접속 영역.

마이노그라와 엘 나 정령 계약 연합의 국경에 위치한 평원.

모든 것이 결정될 전쟁. 시작의 장소에 타쿠토는 아투와 함께 서 있었다.

"드디어…… 때가 왔나."

등 뒤에 있는 것은 파멸의 군대. 주로 타쿠토가 만들어낸 마이노그라의 부하와, 총기로 무장한 다크 엘프를 주축으로 한 공격 부대였다.

"전사장 기아. 그리고 총기 부대. 대기 중입니다."

"몰타르 옹과 마법 부대 배치도 완료되었습니다."

다크 엘프 전투 부대가 의기양양하게 외쳤다.

전원이 총기로 무장한 정예로서, 끊임없는 훈련으로 길러낸 강인한 정신력은 지금부터 벌어질 대전쟁을 앞에 두고도 전혀 흔들리지 않았다.

"비토리오는 어떻게 할래?"

허공을 향해 말을 건네자 어디선지 모르게 비토리오가 나타났다. 당연히 따라왔을 거라 생각해서 묻긴 했지만, 이렇게 스토커처럼 나타나니까 살짝 기분 나쁘게 느껴졌다.

사실 아투는 혐오감을 여실하게 드러내는 표정이었다. 서로 싸우지 않을 정도의 분별력은 있으니까 다행이었지만…….

"흐음. 이 전선도 흥미롭지만, 다른 전선도 흥미로우니까 말이죠. 적당히 어슬렁대겠습니다!"

"그렇구나, 마음대로 해. 넌 항상 그렇고, 그게 네가 싸우는 방식이야."

"훗훗훗. 오랜만에 피가 끓어오르는군요!"

비토리오의 목소리가 평소보다 즐겁게 들렸다.

타쿠토와 마찬가지, 그 역시도 전쟁을 기대하고 있겠지. 설화의 영웅은 혼란과 파괴, 혼돈과 광기를 사랑하니까…….

"엘프루 자매나 크레에 쪽도 배치를 마친 것 같아. 저쪽 전선도 준비가 된 모양이네."

타쿠토는 몰타르 옹에게 다시금 확인했다.

"크레에 경이 전쟁 지휘 경험이 있었던 건 다행입니다. 개성이 강한 《이라의 기사》들의 고삐를 쥘 수 있다는 것도 참으로 훌륭합니다."

타쿠토는 모든 정보를 『Eternal Nations』의 시스템으로 파악할 수 있으니까 굳이 확인할 필요는 없었다. 어디까지나 이것은 퍼포먼스에 가까운 행위였다.

하지만 모든 것을 혼자 진행해서는 조직이 성립되지 않는다. 정보를 알고 있더라도 부하에게 다시 확인하는 행동이 중요하다는 것을 타쿠토는 잘 알고 있었다.

부하들 역시 이미 모두 이해하고 있더라도 말로 꺼내어 확인하는 것이 얼마나 중요한지 잘 알고 있었다.

"그녀를 얻을 수 있어서 정말 잘 됐어. 성녀 쪽 문제도 제대로 풀어가야겠지……."

'《차원 상승 승리》를 달성한다면 그녀가 바라는 것도 얻을 수 있다지만, 빨리 마무리할 수 있다면 그쪽이 나아. 《일기의 성녀》는 쿠하라 군이 상대하게 될 텐데, 과연 잘 해줄까?'

타쿠토는 몰타르 옹, 기아와 함께 마지막으로 전력을 확인하며, 병행해서 머릿속으로 각 진영의 배치를 재확인했다.

누락이 있어서는 안 되고, 각 부대에 문제가 발생한다면 지원이 필요하다.

전쟁이란 사전 준비에 따라 승패가 크게 바뀐다. 이 단계를 기점으로 모든 결과가 바뀌니까 마음을 놓을 수는 없었다.

'각 진영은 최선의 형태로 분배했어. 아마도 이 이상 좋은 배치는 없겠지. 다만 서큐버스 진영의 플레이어와 핵 앤 슬래시 진영의 상세한 정보가 아직 불명이라는 게 마음에 걸려. 정통 대륙 성녀의 움직임도 걱정이야. 다만 뭐, 그런 쪽은 그때그때 대응할 수밖에 없나…….'

다른 동맹 진영── 유나 쿠하라는 다른 전선으로 갔을 터. 그리고 엘프루 자매나 크레에, 이라의 기사 같은 부대는 퀼리아 방면을 담당하게 되었다.

폰카븐이나 서덜랜드는 후방 지원과 점령지 유지가 주목적이기에 타쿠토가 지휘하는 군대보다 뒤에 배치되었다.

이제부터 벌어질 전쟁은 초월적인 존재들이 펼치는 능력 맞대결.

아무리 타쿠토가 공여한 총기 등의 무기가 있다고는 해도, 이 세계의 표준적인 병사들로서는 헛되이 목숨을 잃는 결과가 나올 뿐이다.

자신들도 전열에 참가하길 원한다며 고집스럽게 버티는 다크 엘프들이 이상한 것이었다.

얇은, 하지만 어두운 베일로 뒤덮여서 앞이 보이지 않는 엘 나 영토로 시선을 향했다.

휘잉, 앞으로의 전쟁에는 어울리지 않는 따스한 바람이 뺨을 쓰다듬었다.

"타쿠토 님."

"아투……."

가장 믿음직스러운 부하가 옆에 있다. 그것만으로 이제까지 우울했던 기분이 조금은 풀린 느낌이었다.

하지만 타쿠토의 마음속은 복잡했다. 병상에서 목숨이 끝났다고 생각했더니 이런 세계로 왔고, 평소처럼 틀어박혀서 보낼까 싶었더니 앞으로 벌어질 대전쟁의 최전선에 서게 되었다.

"하아, 설마 일이 이렇게 될 줄이야. 평화롭게 살고 싶었는데, 어느샌가 대전쟁이 벌어지려 해."

"다크 엘프를 국민으로 삼는 것까지는 허용할 수 있었지만, 성기사가 조사하러 온 뒤로는 명백하게 좋지 않은 흐름이 되었으니까 말이죠……."

아투의 말에 함께 한숨을 내쉬었다.

그 무렵에는 그래도 괜찮은 편이었다고 한다면, 당시의 자신은 과연 놀랄까? 자기 나라, 마이노그라의 일에만 집중할 수 있었다면 그것으로 충분했을 텐데. 수많은 싸움과 이별이 타쿠토를 지금의 자리로 끌어올렸다.

어째서 이렇게까지 트러블과 맞닥뜨렸을까. 이제까지는 그저 의문이었다. 하지만 최근에는 그 싸움이야말로 이미 정해져 있던 것임을 알고 조금은 마음의 정리가 된 부분은 있었다.

납득하진 못했지만…….

타쿠토는 자신들을 이 세계로 불러들이고, 게임의 시스템 같은 거창한 무언가를 주고서 즐기고 있는 존재들을 생각했다.

"죄다 뒤에서 반상 유희를 즐기는 이상한 사람들 탓이지만……. 뭐, 지금은 눈앞의 문제에 집중해야겠지. 하아, 전쟁이라니 정말로 벌이고 싶지 않았는데."

"하지만 이제까지도 큰 싸움에서는 계속 승리했어요. 아투는 타쿠토 님께서 이번에도 승리하실 거라 진심으로 믿고 있어요."

"물론이야."

타쿠토의 의지는 흔들리지 않는다.

이미 한 번 패배를 경험한 그에게는 이제 약한 마음 따위는 존재하지 않는다. 그 후로 벌어진 방심을 허락하지 않는 싸움들 역시도 그의 성장에 기여했다.

지금의 타쿠토는 전성기의 이라 타쿠토보다도 몇 단계 더 위에 있겠지.

게임으로서 넓은 시야로 내려다보는 것만이 아니라 실제 전장이나 목숨을 건 싸움을 경험하고 의미를 이해한 그를 막아설 수 있는 존재는 그리 많지 않다.

이 싸움 역시도 타쿠토는 승리를 목표로 모든 전략 · 작전을 결정했다.

그는 이라 타쿠토. 일찍이『Eternal Nations』에서 부동의 세계 랭킹 1위를 차지한 전설의 플레이어다.

그에게 패배라는 말은 어울리지 않는다. 승리야말로 어울린다.

타쿠토는 승리를 바란다. 압도적인, 철저한 승리다.

"《차원 상승 승리》를 거두기 위해서도…… 말이야."

국민 모두를 진정한 행복으로 이끈다.

이런 시시한 전쟁에 말려들지 않고. 그저 매일매일 평화롭게 살며 나라와 사람들만을 생각하는 세계를 손에 넣기 위해서.

잃어버린 행복을 되찾기 위해서.

그 누가 앞을 막아설지라도…….

'배후에 있는 신들의 의도는 아직 분명하지 않아. 아니…… 점차 밝혀지고는 있지.'

타쿠토가 품고 있는 문제는 많다. 특히 최대의 문제가 바로 이것이다.

신들이라는 존재는 타쿠토조차도 맞설 수 없는, 어이없을 정도로 거대한 존재다. 직접적으로 대치하다니 상상도 할 수 없다.

하지만 포기해서는 안 된다. 포기할 생각도 없다.

'강력한 의지를 가진 존재가 우리 목표에 어떠한 영향을 미칠지는 알 수 없어. 하지만 걸음을 멈춰서는 안 돼……. 게다가.'

타쿠토는 지나치게 깊이 몰두하던 사고를 멈추고 눈앞에 집중했다.
"당하고만 있는 건 마음에 안 드니까."
자기 안에 존재하는 깊은 어둠의 힘이, 시간이 다가왔음을 알렸다.
손을 슥 들었다. 그러자 조금 당황한 듯 기아가 신호용 조명탄을 쏘고, 그것을 확인한 부대가 배치에 나섰다.
타쿠토 역시도 후방에 둔 비장의 전력에 탑승하기 위해 아투와 함께 발길을 돌렸다.
"자, 아투. 시작하자. 전쟁이야. 아무것도 아닌, 평소와 다름없는 전쟁. 그야말로 평소 그대로――."
마치 하나의 거대한 생물처럼 군대가 꿈틀거렸다. 타쿠토의 의지를 그르침 없이 반영하여 움직이는 그들은 그야말로 파멸의 군대였다.
모든 것을 불태우고자 태동하여, 사냥감의 비명을 들을 그때를 이제나저제나 기다리고 있다.
뺨을 쓰다듬는 바람을 느끼며 타쿠토는 미소를 지었다.
그것은 우연히도 그가 『Eternal Nations』 플레이 중에 이따금 보여주던 잔학한 미소와 똑같았다.
"마이노그라의, 이라 타쿠토의 전쟁을 시작하자."
파멸의 군대가, 움직이기 시작한다.
모든 것을 무찌르고자, 방해하는 모든 것을 유린하고자.

SYSTEM MESSAGE

아래 《대의식》 의 효과가 종료되었습니다 .

어스름한 나라 : 마이노그라

OK

제15화 전 진영 성마대전

정통 대륙 연맹 구성국. 엘 나 정령 계약 연합 영토.

임시로 만든 방어 요새와 제1차 방어선.

일찍이 서큐버스에게 격파당한 엘프의 방어 거점 에트로크와르. 그것과 닮은 구조물.

몇 배는 될 것 같은 방어 거점이 이곳 최전선에 구축되어 있었다.

인근 엘프 도시에서 남부로 내려오면 존재하는 평원. 그 장소에 세워진 건축물은 보는 이에게 도리어 이상하게 여겨질 정도로 깊은 인상을 주었다.

"으~응, 위험했네. 파멸의 왕이 이런 작전을 취하다니. 무슨 일이 벌어질까……. 아무리 나라도 무서워서 지려버릴 것만 같앙♡"

방어 요새 최상층. 가장 전망이 좋은 장소에 서서, 서큐버스 여왕《정숙의 마녀 바기아》는 자신의 실수를 후회했다.

그녀의 시야 앞에는 시커먼 베일로 뒤덮인 마이노그라의 영토. 이라 타쿠토가 전 진영 회담장에서 펼친 대규모 마법은 암흑 대륙을 뒤덮을 듯이 넓게 퍼지고, 이쪽과 저쪽에서 일체의 간섭을 허락하지 않는 결계를 쳤다.

정통 대륙 연맹도 가만히 앉아서 기다리지는 않았다. 이제까지 어떻게든 이 결계를 돌파할 방법은 없을지 온갖 수단을 시도했다.

결계가 어떻게 반응했는지는 현재 상황만 봐도 여실하게 알 수 있었다.

이 시점에서 상대에게 한 걸음 뒤처진 것은 명백. 바기아 안에서 초조한 심정이 생겨나는 것도 어쩔 수 없었다.

"여왕님, 그래도 문제는 없지 않을까? 우리 힘은 강력해. 회담에서 파멸의 왕이 도망친 것만 봐도 그건 명백해. 아무리 시간을 들이더라도 이 차이를 뒤집는 건 불가능하겠지."

바기아에게 말을 건네는 자가 있었다. 그녀를 모시는 전문 호위이자 바기아 다음으로 높은 자였다.

늘씬한 몸매와 냉철한 인상을 가진 그녀의 이름은 프리지아. 바기아가 신뢰하는 두 부하 중 하나였다.

바기아는 확인하듯 목소리와는 반대쪽으로 시선을 향했다.

"후, 후에~. 그래요. 상대에게 시간이 있었다는 건, 우리한테도 시간이 있었다는 것. 이미 H 씨의 무기와 방어구도 엘프나 서큐버스 여러분에게 배포되었어요. 퀼리아도 1년 동안 완전히 전시 체제로 이행했어요. 이제는 우리가 승리할 날을 기다릴 뿐이에요~."

프리지아와는 또 다른 하나.

어린 외모에 어딘가 머뭇머뭇하는 인상을 주는 그녀. 골리앗이란 이름의 호위 서큐버스였다.

프리지아가 공격, 골리앗이 방어. 각각의 영역에 특화된, 바기아가 자랑하는 부하였다.

최고의 부하가 바기아의 마음을 달래주었다. 얼핏 그저 낙관적으로 여겨지는 태도이지만, 그것은 오해였다.

H 씨가 제공한 물건들 중에서도 최상급의 장비를 착용한 그녀들은 서큐버스 진영의 주요 전력.

노블 서큐버스라는 소수의 귀족 계급인 서큐버스. 입지는 마이노그라의 아투, 테이블 토크 RPG 진영의 에라키노 같은 존재였다.

그러니까 일기당천의 맹자.

평범한 서큐버스들과는 차원이 다르다. 그런 그녀들이 자신만만한 말로 이 전쟁의 앞날을 평가했다.

서큐버스는 낙관적인 종족이었지만, 이 계급에서는 쉽게 판단을 그르치지 않았다.

그렇다면 이것은 낙관이 아니라 사실. 호위로서의 역량을 충분히 발휘하고 분석한 결과로 판단했을 테지.

“그래. 그렇구나…….”

바기아는 그녀들을 배려하듯 고개를 끄덕이고 마음속으로 혼잣말했다.

‘하지만, 1년……인가.’

기간이 1년이라는 귀중한 정보는 다행히도 퀼리아에 있는 《신위의 성녀》로부터 얻을 수 있었다.

예측할 수 없는 전시 체제 유지는 아무리 바기아라도 사기 유지가 곤란했다. 그녀가 제공한 정보는 솔직히 고마웠다.

하지만 그 시간이 문제였다. 전 진영 회담에서 단숨에 제압하려고 했던 이라 타쿠토는 도주하고, 이쪽에게 대항하기 위한 준비를 갖추고 있었다.

그 사실에 바기아는 내심 식은땀을 계속 흘리고 있었다.

부하들이나 퀼리아는 아군의 압도적인 전력에 들뜬 분위기였지만, 1년은 무언가를 꾸미기에는 차고 넘치는 시간이었다…….

하지만 바기아는 여기서 위협론을 던질 생각은 없었다.

아무리 말해봐야 근본적으로 낙관주의자인 서큐버스들을 설득하는 것은 어려운 일이고, 게다가 정통 대륙 연맹이 압도적인 군사 동맹이라는 것은 틀림없는 사실이었다.

1년으로 어떻게 준비할지 알 수 없다고 판단한 바기아보다, 1년으로 어떻게 준비하더라도 피아의 전력 차이는 뒤집을 수 없다고 판단하는 두 호위가 더 옳았다.

하지만 상대는 다름 아닌 파멸의 왕 이라 타쿠토.

바기아는 고개를 내젓고 미소를 머금었다.

일시적으로 연기하는 캐릭터로서는 지나치게 익숙해져 버린 느낌이지만, 그렇다고 하더라도 이쪽이 더욱 자신답다고 자신있게 이야기할 수 있었다.

무엇보다도 이렇게 되고 싶었던 것은 자신이다. 그러니까――.

"아잉♡ 나도 참, 쓸데없이 고민하기는! 이런 위축된 기분으로 남성분을 기쁘게 해드릴 순 없는걸♡ 자, 슬슬 시간이 됐어♡ 다들~! 준비는 됐을까~♪"

그래서 그녀는 《정숙의 마녀 바기아》를 연기했다. 《《확대의 신》》과 맺은 계약을 달성하기 위해서.

우주 전체에 그녀의 사랑을 전하기 위해서.

“““““와아아아아아아아아아!!!!”””””

서큐버스들의 환호성이 들렸다.

다들 아름답고, 착하고, 욕망에 충실. 그리고 무엇보다도 강력하다. 바기아가 만들어낸 군대는 딱히 남자를 희롱하는 것에만 모든 능력을 할애하지 않았다.

협력자인 H 씨가 가진 『Avicii』의 무기와 방어구. 랜덤성과 단순 성능이 높은 핵 앤 슬래시의 장비를 착용한 서큐버스들은 적수가 없는 강함을 자랑했다.

게다가 이 전쟁에 대비해서 사전에 유효하다고 판단한 트레이딩 카드 게임──『칠신왕』의 마법 카드도 자세히 조사해서 준비했다.

동맹국의 성기사에게도 그런 은혜를 베풀어서 만전의 태세를 갖추었고, 저쪽에는 숫자가 줄었다고는 해도 아직 성녀가 있다.

게다가 몇 가지 비장의 수단도 준비했다.

전력을 따지자면 차고 넘치는 수준으로 마련되었다고 할 수 있겠지.

바기아는 필살의 콤보로 이라 타쿠토와 유를 한 번은 압도했다.

아무리 전력을 재정비하더라도 이것에 대항할 수는 없다.

하지만──.

“여자의 감이 찌릿찌릿하게 전하고 있어. 격렬한 대결이 될 거라고♡”

‘기합을 넣을 때야, 바기아. 여기서 이기지 못한다면 모든 게 끝나…….’

스스로를 타이르듯 마음속으로 중얼거렸다.
이제 곧 막이 열리는 대전쟁이 기대되는 것일까, 아니면 긴장한 탓에 자기 방어로 자연스럽게 그리 되어버린 것일까…….
바기아의 얼굴이 다정하고 음란한 표정에서 처절하고 흉악한 미소로 바뀌었다.

이윽고──.

대륙에 모인 모든 진영에게 고하듯이.
반상을 바라보는 신들이 선언하듯이.
전쟁을 맞이한 모든 자들의 영혼이 외치듯이.

……암흑의 베일이 사라지고.

──때가 찾아왔다.

Message
세션(대전쟁)이 시작됩니다.
참가자는 인사를 잊지 않도록.

Message
영혼이 떨리는
***대전쟁*이 시작된 것 같다.**

Message

It is a day of destiny.

All fight for their pride.

The Great War has begun.

Message

시나리오: 끝없는 최후의 전쟁

대전쟁 루트로 돌입했습니다.

두 대륙을 둘러싼 대전쟁이…….

마침내, 시작되었다.

대전쟁의 개막은 극적이고, 충격적이고, 압도적이었다.

어둠의 베일이 사라지고 파멸의 군대가 나타났다.

ADV 진영의 전력이자 정통 대륙 연맹의 주력인 서큐버스들은 자신들의 압도적인 힘을 의심하지 않았다.

유린과 정복. 침략과 확대.

자신들을 담당하는 신인 《《확대의 신》》의 명령대로, 이미 본능에마저 새겨진 지배 욕구에 따라서 모든 것을 먹어 치우고자 날개를 펼쳤다.

하지만 그 움직임이 멈추었다. 눈앞을 응시하는 이들은 한순간 자신이 꿈의 세계로 흘러들고 말았느냐며 넋이 나갔다.

"저건 뭐야……."

전선이 펼쳐지는 것과 동시에 이름 모를 서큐버스가 중얼거린 말. 그것은 그 광경을 본 모두의 생각을 대변하는 말이었다.

"말도 안 돼! 어떻게 이런 일이 있냐고!"

서큐버스 여왕 바기아. 그녀의 복심인 귀족 계급 서큐버스 프리지아가 저도 모르게 외쳤다.

"후엣, 어째서, 어째서 저런 게 육지를 달리는 건가요?!"

마찬가지로 복심인 골리앗이, 사기에 영향을 준다는 사실을 알면서도 그만 겁먹고 뒷걸음질 쳤다. 이제부터 올 충격에 몸을 떨었다.

눈에 비치는 그것은 있을 수 없는 광경이었다.

어떻게 생각해도 예상할 수 없었다. 온갖 가능성을, 온갖 수단을 검토하고 검증했을지라도 절대로 나오지 않을 방법. 그것이 현실적인 위협이 되어 이 순간 그들을 덮쳤다.

요새 정상에서 부대를 지휘하던 바기아도 그 광경에 눈을 크게 떴다.

상대의 전력이나 저력을 얕보지는 않았다.

전혀 방심 없이 최대의 전력을 준비했고, 아마도 다가올 적의 돌격을 막아내고 반격에 나서기 위해서 적지 않은 비용과 시간을 들여 요새를 건축했다.

일찍이 절대 방어 지점 에트로크와르라고 불리던, 엘프들이 만들어낸 마법 요새.

정령 기술을 충분히 사용한 거대 마법 장치를 해석하고 응용한 그 요새는, 서큐버스들의 노력으로 에트로크와르를 아득히 능가할 만큼 견고하고 뛰어난 반격 성능을 가지게 되었다.

어떤 공격에도 만전이었다.

총이든 마법이든 몬스터든—— 플레이어라도 박살 낼 만큼의 준비와 자신감이 있었다.

하지만 저건 너무하잖아.

이런 것을 검토하라니 너무하잖아.

그것은, 너무나도 거대하여 도저히 육상에 존재해선 안 될 그것은, 마치 엄청 위험한 약물로 미쳐버린 것처럼 크게 웃으며 외쳤다.

"아하햐햐하하! 핑크색 코끼리가 보여! 핑크색 코끼리다아아아!!"

일그러진 목소리로, 불쾌한 목소리로, 기긱기긱 삐걱대는 목소리로, 분명히 외쳤다.

——거대한 배가.

마치 오염된 것처럼 쿵쾅쿵쾅 맥박치는 빨간 잎맥이 전체를 뒤덮은 하얀 배.

마이노그라가 준비하고 이라 타쿠토가 결정적인 무기로서 처음 이 전선에 투입한 영웅.

《무지개색으로 빛나는 우주 버섯》이라고 불리는 특수한 영웅을 삽입해서 변질된 그 배는 대해원을 항해하듯이, 육지의 모든 것을 쓸어버리며 전진하는 거대한 갤리온이었다.

"아아, 코끼리. 귀여워, 핑크색 코끼리! 우리 배랑 같이 놀자!!"

갸하핫, 도저히 제정신이 아닌 말을 되풀이하며 뭍의 바다를 나아가는 그 배를 막을 존재는 어디에도 없었다. 삼림 지대에서 게릴라전이 벌어질 상황을 우려해서 결전 장소로 탁 트인 초원을 선택한 것도 최악의 결과를 불렀다.

속력은 초월적인 존재들과 비교하면 거북이 걸음이나 마찬가지였지만, 그럼에도 일반적인 병사들로서는 따라갈 수 없을 정도의 속도였다.

크기와 비교하면 말도 안 되는 속력을 유지한 채, 거대한 질량은 요새를 향해 일직선으로 돌진했다.

"이, 이대로는 요새에 충돌해요!"

호위 골리앗이 외쳤다. 보면 알 수 있는 사실을 굳이 설명할 여유 따윈 없었지만, 너무나도 비현실적인 광경에 아연실색한 요새의 서큐버스 방어 부대가 정신을 차리는 데는 도움이 되었다.

"반격 마법을 쏴! 지원 부대도 공격 부대도, 저것한테 모조리 공격을 쏟아부어!"

프리지아가 지시를 내렸다.

서큐버스 중에서도 상위의 존재들이 황급히 마법을 영창하고 공격을 준비했다.

H 씨의 장비로 가능해진 것, 서큐버스가 원래부터 가지고 있던 것, 엘프의 협력으로 얻은 것 등등 다양했다. 그렇게 형형색색의 공격이 미쳐버린 메를리앙호를 향해 날아갔다.

"아아아아아아아!! 버서어어어엇! 버섯이 부족해, 코끼리! 누가 버섯을 줘어어어어어!!"

하얀 거구가 다가오면서 미쳐버린 절규도 점점 커졌다.

바기아는 이마에 땀을 흘리며 그 광경을 바라봤다.

마약에 빠진 존재는 통각도 감각도 둔해지고, 머릿속의 리미터가 해제되어서 무시무시한 힘을 발휘한다고 들은 적이 있었다. 지금 눈앞에서는 그야말로 그런 광경이 펼쳐지고 있었다.

다만 약물 중독자 같은 귀여운 표현은 이 광경에 어울리지 않았다…….

"후에, 공격, 안 통해요……."

"측면에서 습격해! 정면은 안 돼! 갑판에도 올라타는 거야!"

뭐야, 저건 뭐냐고? 저런 거 본 적 없어. 저런 괴물은 상대한 적 없어. 조금 전까지 서큐버스들에게 퍼져 있던 열광이 거짓말처럼 빠져나갔다. 찬물을 끼얹은 것처럼 그녀들은 침묵하고, 또는 비명을 터뜨렸다.

하지만 서큐버스 진영 역시도 각자가 일기당천의 맹자들. 동요할 수는 있겠지만 이 정도로 와해당할 만큼 숙련도가 낮지는 않았다.

비행 능력을 가진 그녀들은 지휘에 따라, 정면을 피해 상공이나 측면에서 메를리앙호를 격파하는 전략을 선택했다.

무수한 서큐버스들이 타원 궤도를 그리며 좌우의 상공에서 날아들었다.

하지만 그 정도 작전 행동을 이라 타쿠토가 예상하지 못했을까? 그 정도 공격을 이라 타쿠토가 대처하지 못할까?

해답은 당연히 아니었다.

"아앗! 완성됐어! 버섯이 완성됐어, 핑크색 코끼리!! 자, 손을 잡아! 같이 바다를 보러 가자, 잔물결을 받으며 사랑스러운 코로 우리 배를 쓰다듬어줄래? 자, 코끼리! 안 돼, 코끼리! 그거 너무 격렬해!!"

저급스럽기 짝이 없는 말과 함께 위잉, 날벌레 같은 소리가 강렬하게 울렸다. 동시에 메를리앙호에서 발사된 빛의 선에 닿은 서큐버스들이 피를 흩뿌리며 추락했다.

아니다── 추락이라는 말로는 부족했다. 그 자리에서 터졌다고 표현하는 편이 옳겠지.

아마도 강력한 총기라는 것은 알 수 있었지만, 어떤 수준의 화력을 사용해야 저런 곡예가 가능한 것인가.

하급이라고는 해도 서큐버스. 게다가 H 씨의 장비로 강화를 마쳤다…….

이라 타쿠토가 준비한 병력의 끝 모를 저력에 서큐버스들에게도 점점 당혹감과 공포가 퍼졌다.

"전원 하늘로. 이런 곳에 있다가는 순식간에 가버릴 거야♡"

여유롭게 이야기하는 바기아의 말에 서큐버스들도 어느 정도 동요에서 회복되었다. 다들 서둘러 요새에서 날아갔다.
시야 아래로 보이는 방어선은 종잇장처럼 찢겨나갔다.
몇 겹이나 펼친 마력 결계도, 구축된 참호나 마방책(馬防柵)도. 이 거구의 돌격에는 잠시도 버티지 못했다.
물론 지상에 배치한 서큐버스나 엘프들이 저마다 필사적으로 반격하고 있지만 강한 화력 탓에 접근하지 못하고, 또한 상대의 크기 탓에 생각처럼 대미지를 주지 못했다.
지옥 같은 상황이 펼쳐지고 있었다.
상대는 개전 불과 몇 분 만에 모든 것을 엉망진창으로 휘저었다.
하지만 진정한 지옥은 이 정도로 끝이 아니었다.
왜냐하면 이것은 모든 진영이 참전하는 대전쟁이니까…….

"긴급 보고! 예상 밖의 습격입니다! 몬스터── 몬스터가 나타났습니다! 배후에서 습격하고 있습니다! 수도 및 마나 소스의 방어 거점을 동시에 습격했습니다!! 추정 전력 플레이어. 그리고 복수의 노블 클래스!!"

"성왕국 퀼리아 방어 부대로부터 원군 요청! 배반이 이어지고 있습니다. H 무기를 장비한 성기사들이 서로 싸우기 시작했습니다!"

"추가로 보고입니다! 퀼리아 방어선에서 플레이어 · 성녀 · 마녀 참전을 확인! 퀼리아에서도 성녀로 응전하고 있지만 미지의 능력 탓에 열세입니다!"

""말도 안 돼——!!""

두 호위의 얼굴이 점점 새파래졌다.

사태의 급변을 깨달았기 때문이었다. 게다가 동시다발적으로 벌어지는 습격.

필사적인 말투로 봐서는 아마도 이곳과 같은 규모의 공격이 벌어지고 있겠지.

바기아는 이를 갈았다.

보고 일부에 무척 위험한 내용이 섞여 있었으니까.

'마나 소스를 제압당한 거야……! 치잇, 이래서는 마법 카드도 의미가 없네♡'

바기아는 트레이딩 카드 세력으로부터 힘의 원천이기도 한 카드를 빼앗았다.

원래 자신이 아는 게임이 아니라서 운용과 시스템을 이해하느라 고생했다. 그럼에도 이 전쟁을 유리하게 움직일 수 있을 정도의 역량과 이해력은 얻었을 터.

눈앞의 말도 안 되는 돌격도, 조금만 물러나서 요새의 방어 기구와 함께 반격 마법을 발동시켜 대처할 생각이었다.

하지만 그것도 수포로 돌아갔다.

카드 게임『칠신왕』은 다양한 효과를 발동하기 위해 마나 소스를 이용한다. 당연히 마력의 원천을 제압당하면 일체의 행동이 불가능해진다.

현재 마나 소스가 어느 정도 남아 있는지는 직접 확인하지 않으면 알 수 없었다. 마나 보유 상황이 확실하지 않은 상태에서 무리하게 마법을 사용한다면 최악의 경우에는 마나 폭발이나 마나 기근이 발생한다.

바기아는『칠신왕』플레이어가 아니다. 그 사실이 이 자리에서는 최악의 형태로 작동했다.

그건 그렇고 한 가지 의아한 사실이 있었다.

유명한 마나 원천인 수도의 세계수는 모르겠지만, 다른 마나 소스나 결정화된 마나가 있는 곳은 숨겼을 터. 그 정보는 서큐버스나 엘프 중에서도 일부만이 알고 있는 최상급 극비 정보다. 사실상 알려질 리가 없는 급소였다.

어떻게 알았지?! 어떻게 조사했지?! 그 말을 몇 번이나 되풀이했지만 해답은 나오지 않았다.

어쩌면 무언가 능력을 사용해서 알아냈을지도 모르지만, 그걸 생각할 여유도 시간도 없었다.

왜냐하면…….

"이런, 이건 안 되겠는데……♡"

이미 배가 목적지에 다다랐으니까.

바기아의 체념한 것 같은 혼잣말과 거의 동시에.

이동하는 하얀 배는 미친 웃음소리와 함께 요새에 충돌했다.

요새에 준비되어 있던 엘프와 서큐버스가 공들여서 만든 방어 및 반격 술식은 이 일격으로 맥없이 부서졌다. 귀중한 석재와 정령의 축복을 받은 고대수로 만든 견고한 요새는 파편 더미로 변했다.

폭음과 흙먼지. 비명과 절규.

이미 양측의 군사적 움직임은 불가능하다고 여겨질 만큼 전장은 혼란에 빠져 있었다.

모든 것이 엉망진창이고, 모든 것이 혼돈이었다.

각자가 눈에 띄는 적에게 무작정 공격을 가하고, 그저 자신의 적을 격멸시키고자 사력을 다했다.

"아아, 핑크색 코끼리……. 오늘도 좋았어."

메를리앙호가 주변의 상황 따윈 알 바 아니라는 듯이 나른한 목소리와 함께 침묵했다.

거대한 질량이 충돌한 그곳은 그저 처참했다.

변태 선박은 간신히 원형을 유지하고 있지만, 그럼에도 선수 부분은 크게 파손되었다. 측면에도 구멍이 여럿 뚫려서 주행은 불가능했다.

하지만 조금이기는 해도 파손 부분이 원래대로 돌아가는 모습이 보였다. 품성은 제쳐놓고, 적어도 격 자체는 영웅. 이 대미지도 타쿠토가 계산한 범위라는 것을 알 수 있었다.

반면에 요새는 기능의 중추인 중심 부분이 크게 파괴당했다. 원형을 유지한 것은 있든 없든 상관없을 돌벽과 몇몇 창고나 건물뿐.

하늘을 날며 상황을 확인한 바기아는 파편 더미의 정상에 내려섰다.

뒤틀렸지만 요새의 첨탑이 일부 남아 있어서 딱 배의 갑판이 보이는 높이였으니까.

그녀는 메를리앙호의 갑판으로 시선을 향했다.

그녀치고는 드물게도 초조함과 경악, 하지만 동시에 강한 의지와 전의가 느껴지는 눈빛이었다.

맞은편에는 그녀가 이 세계에서 가장 위험시하는 남자가 있었다.

“여어, 《정숙의 마녀 바기아》. 다시 싸워보자는 초대야. 함께 춤춰주겠어?”

“열정적인 초대네♡ 응하지 않고서야 여자 실격이야. 하지만 할 수 있을까?”

아무 일도 없었던 것처럼 으스러진 갑판에서 그녀를 도발하는 이라 타쿠토. 마녀 바기아는 가벼운 말을 던져봤다.

이 남자만큼은 여기서 막아야만 한다. 할 수 있는 것은 자신뿐.

바기아에게는 그런 각오가 있었다.

“나, 남자를 휘두르는 건 정말 잘 하거든♡”

바기아는 감추고 있던 무기를 양손으로 들었다.

H 씨한테 빌린 레전더리 클래스 무기였다.

압도적인 힘이 마력의 바람으로 바뀌어 주변에 휘몰아쳤다.

기백만으로 주변을 압도하고, 양측의 부하들이 말려드는 것을 두려워하여 자연스럽게 거리를 벌렸다.

본능적인 공포가 전장을 지배했다. 한순간 모두가 바기아를 주목했다.

그런 상황에서도, 이라 타쿠토는 그저 즐겁게 웃을 뿐이었다.

SYSTEM MESSAGE

【연쇄 이벤트】 종말의 도래 : 대전쟁

레갈리아 조약 기구가 정통 대륙 연맹에게 선전포고했습니다 !
대전쟁이 시작됩니다 !

위대한 맹주《이라 타쿠토》

~ 자 , 모든 게 멸망할 때까지 서로 즐기자 ~

OK

삽화 그들 방식의 서프라이즈

방심할 수 없는 상황에서, 타쿠토는 이날도 변함없이 마이노그라에서 밀려드는 업무를 처리하느라 분투하고 있었다.

"자, 내정에는 그다지 신경을 쓸 순 없다지만 확실하게 처리해야 해. 특히 셀드치는 중요해."

오늘은 국내의 여러 문제를 처리 중이었다. 암흑 대륙을 통일한다는 목적을 위해 완전히 뒤로 돌렸지만 타쿠토에게 국가 운영의 참맛은 내정이고, 가장 기합을 넣어야 할 것도 내정이었다.

어떤 의미로 그에게는 휴식이기도 했고, 무슨 수를 써서라도 처리해야만 하는 일이었다.

설령 억지로 시간을 짜내더라도.

"예, 대주계나 드래곤탄은 제쳐놓고, 그 도시는 인원에도 여유가 있어요. 쌍둥이나 크레에에게 맡기고는 있지만, 어느 정도 방향성을 제시해두는 것도 필요하지 않을까요."

타쿠토의 그런 생각을 이해했을 테지. 복심 아투도 딱히 무언가 확인하지 않고 대화에 동조하며 주인을 보좌했다.

그 말에 타쿠토는 가볍게 천장을 올려다보며 머릿속으로 이런저런 정보를 처리, 재구축, 자신의 결단에 바탕으로 삼았다.

"셀드치. 제3도시라고 부르지만 사실 마이노그라에서 가장 큰 도시니까 말이지……. 생산력도 차원이 다르니까 솔직히 그냥 놀려둘 수는 없어."

"예! 드래곤탄조차 넘어서는 공업력. 어떤 부하나 건물 생산도 가능하겠죠……. 벌써부터 기대되네요!!"

타쿠토가 조용히 중얼거리고 아투가 기운차게 동의했다.

셀드치는 내정이란 항목에서는 가장 중요시해야 할 도시.

마이노그라가 레네아 신광국으로부터 지배권을 빼앗는 형태로 손에 넣었다. 그 후로 그다지 시간이 지나지 않은 데다가, 경제력에서도 공업력에서도 높은 잠재력을 자랑한다.

쌍둥이와 크레에한테 맡기고는 있지만, 직접 이것저것 손을 대 보고 싶다는 욕망이 타쿠토 안에서 생겨났다.

"뭐, 그러니까……. 사실 새로운 건물을 지었거든!"

"예? 그, 그럴 시간이 있었나요……?"

갑작스러운 외침에 아투는 맥 빠지는 목소리를 흘렸다. 그도 그럴 터. 그만큼 시간이 없다며 불평하고, 하루하루 분주하게 일하던 중에 이런 발언이 나왔으니까.

대체 어느새……. 게다가 말을 듣기에는 상당히 공을 들인 모양.

그저 건축을 지시하면 끝이 아니다. 아투가 보더라도 그것은 명백했다.

하지만 그런 아투의 걱정을 알고 있었을까. 타쿠토는 떨떠름하게 시선을 피했다.

그리고…….

"그야 뭐, 잘 시간을 쪼개서……."

너무나도 슬프게 말했다.

"괘, 괜찮아. 아마도 사악한 국가의 왕은 과로로 쓰러지진 않을 테니까…….”

아투가 말을 잃었다. 아무리 그래도 그냥 넘어갈 수는 없었다. 그대로 어이없다는 표정으로, 이윽고 분노한 표정으로 바뀌었다.

타쿠토는 앉아 있는 의자 위에서 자연스럽게 무릎을 꿇었다.

“타, 타쿠토 님!! 끝내 그 지경까지!! 안 돼요! 수면 시간을 쪼개어서는 무슨 일이 벌어질지 모른다고요! 제대로 쉬세요!”

“괜찮아! 괜찮다고! 『Eternal Nations』에서 세계 대회가 열렸을 때도 비슷한 느낌으로 생활했으니까! 그것과 비교하면……! 역시 자기 마을이라면 직접 보고, 번영시키고 싶은 법이잖아!”

“그 마음은 알겠지만요!!”

결국 아투는 평소처럼 야단법석을 떨었다. 하지만 타쿠토의 열의에 밀려서 떨떠름하게 납득할 수밖에 없었다…….

“으응, 이 분위기. 역시 수면 시간을 쪼개서 짓길 잘했네!”

《반편이》의 능력인 《의태》를 아낌없이 이용해서 만들어낸 대역을 조작하며, 타쿠토는 셀드치 거리를 실컷 즐기고 있었다.

그런 그의 옆에 있는 인물이 하나…….

“그만큼 쉬시라고 말씀드렸는데…….”

납득하지 못하겠다는 듯 연신 투덜대는 것은, 복심이자 마이노그라의 최대 전력인 《오니의 아투》였다.

그녀는 타쿠토를 내버려 둘 수 없다는 듯 직접 셀드치를 방문했다. 하지만 실제로는, 설령 대역이라고 해도 타쿠토와 단둘만의 시간을 갖고 싶다는 음험한 생각도 있다든지…….

여하튼 타쿠토와 아투는 이곳 셀드치에 함께 내려섰다.

"그건 그렇고 타쿠토 님. 조사라고는 하셨지만 무언가 목적이 있으신 것 같네요. 쌍둥이한테도 연락하지 않고 몰래 오다니, 대체 뭘 할 생각이신가요?"

"뭐, 직접 보게 될 테니까 기대해!"

"그러니까 새로운 건축물이었나요……. 타쿠토 님께서 그렇게까지 말씀하신다니, 대체 뭘 만드셨나요?"

타쿠토가 이렇게까지 기분이 좋은 것에는 이유가 있었다. 그리고 해답은 금세 밝혀진다.

"어라? 이 건물은……. 기억이 있는데, 대체 뭘까요? 타쿠토 님?"

눈앞에 나타난 것은 거대한 건물. 마이노그라 고유의 건축물이었지만 퀄리아 양식이 섞여 있어서 아투도 어떤 건물인지 판단하기 힘들었다.

그러는 사이, 타쿠토가 더는 못 기다리겠다는 듯이 해답을 말했다.

"후후. 사실은 여기, 【인형 공방】이야."

"이, 【인형 공방】이라고요?! 그건 고도의 기술력이 필요했을 텐데, 대체 어떻게……."

그 말에 경악한 것은 아투였다. 그녀가 아는 【인형 공방】이란 주로 유닛 생산에 관여하는 건축물로, 게임에서도 후반에나 간신히 볼 수 있는 것이었다.

그것이 이곳에 존재한다. 적어도 현재 보유 기술로는 도저히 불가능하기에 무언가 이례적인 수단을 이용했다고 생각할 수밖에 없었다.

아투가 혼란스러워하는 모습을 지켜보며 타쿠토가 웃었다. 장난에 성공한 미소를 머금고서, 가장 사랑하는 부하에게 이야기를 해주기로 했다.

"요전에 쓰러뜨린 《자동 고문 기계》. 그게 핵심이야."

《자동 고문 기계》는 이전에 아투가 격파하고 잔해를 회수한, 전승에 남아 있는 존재다. 나름대로 강력한 NPC였지만 아투에게는 실력 테스트 정도의 상대에 불과했고, 보유한 능력을 빼앗는 것 말고는 그다지 이용 가치가 없다고 여겨졌다…….

이제는 과거의 트로피가 되어버린 존재도 타쿠토의 손에 걸리면 화려하게 변신할 수 있나 보다.

"설마 잔해를 분석했나요?!"

"뭐, 그런 느낌이야. 사실은 드워프들의 협력을 얻어서 분석했는데, 아직 핵이 살아있다는 게 판명되었거든. 그래서 비용을 들여서 《자동 고문 기계》를 부활시킬까, 【인형 공방】을 지을까. 둘 중 하나를 선택할 수 있었어."

"아아, 그렇군요! 이른바 보너스 이벤트 같은 건가요……. 아니, 굉장한 일이잖아요!"

아투의 표정이 환희로 물들었다. 다른 이들…… 예를 들어 다크엘프들이 본다면 의아해하며 고개를 갸웃거리겠지만, 『Eternal Nations』를 아는 사람이 본다면 당연한 반응이었다.

여하튼【인형 공방】을 얻었다면 이제는 연관된 강력한 유닛도 생산할 수 있다는 의미니까…….

“응, 그게 진짜 엄청나거든. 《살아있는 인형》은 통상적으로 후반에나 생산할 수 있는 유닛이야. 전투 능력은 미묘하지만 진가는 바로 가성비지!”

타쿠토가 아투의 말에 동조했다.

《살아있는 인형》이라 불리는 새로운 부하야말로 그들이 환희에 잠긴 이유였으니까…….

“《살아있는 인형》은 유지 비용이 0! 시간과 비용만 있다면 무한하게 생산할 수 있죠! 엄청 편리해요!”

“게다가 인형이라 무생물 취급이야. 골렘처럼 독이나 정신 공격도 안 통하지.”

“이제부터 벌어질 서큐버스와의 전쟁에 딱 맞네요……!”

《살아있는 인형》── 인간 형태의 그 부하는 마이노그라의 센스가 잔뜩 담긴 외모의 기괴한 존재다.

사지는 하나씩 달려 있지만 관절은 각도에 제한이 없다. 마치 따로 살아있는 것처럼 삐걱삐걱 움직인다.

또한 각각의 유닛이 독창적이고 치사성 강한 장치를 내부에 감추고 있다. 부주의하게 다가온 존재를 순식간에 죽음으로 이끈다.

통각도 감정도 존재하지 않기에, 부서질 때까지 그저 적을 계속 공격하는 존재. 공포와 파멸의 혼이 담긴 죽음의 인형.

그것이 《살아있는 인형》이라 불리는 존재였다.

타쿠토는 기뻐하며 웃었다. 그 미소는 다가올 대결전에서 사용할 좋은 전력을 얻었다는 감정보다도, 기대하지 않았던 유쾌한 장난감을 손에 넣었다며 기뻐하는 어린아이의 표정이었다.

"뭐, 그러니까 셀드치의 생산력은 딱 필요할 만큼만 남기고 전부 여기에 쏟아부을 예정이야. 이것 참, 최종적으로 《살아있는 인형》을 몇 대나 만들 수 있을까. 기대되네."

타쿠토와 가까운 감성을 가진 부하인 아투 역시도 주인에게 이끌리듯 잔뜩 신이 났다.

"이건 정말 운이 좋네요, 타쿠토 님."

"그래그래. 그러니까 안을 좀 들여다볼까."

타쿠토의 그 말. 이것이 본론이었다.

오히려 안을 들여다보지 않으려면 굳이 여기까지 올 필요가 있었을까. 아투도 눈을 반짝이며 타쿠토에게 동의하고, 거대한 문을 향해 걸어갔다.

"그러고 보니 《살아있는 인형》은 어떤 식으로 생산하는 거죠?"

"수공업일까 기계화 공업일까……. 정말 흥미롭네."

끼익…… 문을 열었다. 이 나라에 있는 것은 전부 타쿠토가 감시하고 있다. 물론 이곳 【인형 공방】도 마찬가지였다.

하지만 타쿠토는 자신의 눈앞에 펼쳐진 칠흑의 어둠── 자신이 전혀 몰랐던 광경에 그만 미간을 찡그렸다.

"으—응? 이건 뭐야? 캄캄하잖아, 조명은 어디 있지?"

"모처럼 왕께서 오셨는데 아무도 마중을 나오지 않는다니, 이 무슨 불충! 아무도 없습니까?!"

타쿠토가 의아해하고 아투가 뾰로통하게 불만을 드러냈다.

그때. 두 사람이 들어온 문이 천천히 닫히고, 마침내 그들의 시야는 완벽하게 어둠으로 뒤덮여버렸다.

대체 무슨 일이……? 이곳은 틀림없는 아군 지역이고, 그 안에 있는 생산 시설이다. 적의 습격은 아니겠지만 너무나도 기묘한 상황.

두 사람이 곤혹스러워하며 해답을 찾기 전에…… 그 일이 벌어졌다.

"""…………어?"""

깜박, 깜박. 마치 반딧불의 빛 같은 광원이 몇 개나 켜지고, 점점 숫자가 늘어났다.

이윽고 그것은 금속인지 목재인지 판단할 수 없는, 기묘한 무언가가 비벼지는 불쾌한 소리와 함께 늘어나고…….

덜컥덜컥덜컥덜컥. 기괴하게 움직이며 두 사람을 둘러쌌다!

"""히이이이이이익!!"""

그들을 날카롭게 노려보는 무수한 눈, 눈, 눈.

나타난 것은 대량의《살아있는 인형》!

마치 공포 영화의 한 장면을 재현한 것만 같은, 꺼림칙하고 무시무시한 광경. 파멸의 왕과 그 복심인 영웅은 한심한 비명을 터뜨리며 서로를 끌어안는 것이었다…….

후기

카즈노 페후입니다.

『이세계 묵시록 마이노그라』 8권을 읽어주셔서 감사합니다.

작년 출판 이후로 만 1년, 무척 오래 기다리셨습니다……. 뭐, 카즈노 페후의 집필이 느린 게 잘못이지만요!!

그렇지, 이 책이 발매될 무렵에는 마침내 애니메이션이 방송되기 직전일까요?

저도 이것저것 도와드렸고, 타쿠토랑 아투에게 혼이 담겨 움직이는 모습을 독자 여러분보다 한발 앞서 볼 수 있었습니다.

이것 참, 뭐라고 할까요. 감동했어요! 감동입니다! 이건 굉장하다고요!

꿈에서도 나올 정도였던 마이노그라 애니메이션화. 이렇게 형태가 갖추어지니 늦게나마 감동이 확 밀려들었습니다.

그 장면도, 또 그 장면도. 이것도 저것도. 여러분의 기대에 충분히 부응할 거라 생각합니다. 모쪼록 기대해주시길.

이렇게 애니메이션에 대해서 보고드릴 수 있는 것도 전적으로 응원해주시는 독자 여러분 덕분입니다. 어떻게든 이 은혜를 갚을 수 있다면 좋겠습니다!

……어? 그럼 좀 더 빨리 쓰라고?

……예. (너무나도 정론이라 무사히 사망)

다음은, 다음 편은 좀 더 빨리 보내드릴 수 있기를 바랍니다.

여하튼 드디어 이야기도 절정, 수많은 진영이 크게 움직이며 전쟁은 더더욱 뜨거워집니다!

틀림없이 여러분께서도 얼른 다음 이야기를 보고 싶으실 테니까요!

열심히 하겠습니다!

자, 이쯤에서 감사 인사로 넘어가고자 합니다.

일러스트레이터 준 님, GC노벨즈 편집부와 담당 카와구치 씨.

교열, 디자인 회사, 그 밖에 협력해주시는 많은 분들. 그리고 독자 여러분.

이번에도 감사했습니다. 다음에도 모쪼록 기대해주시길.

타쿠토 님,
애니메이션
이에요!
윽…

Mynoghra the Apocalypsis -World conquest by Civilization of Ruin-Vol.08

이세계 묵시록 마이노그라 8

2025년 11월 15일 1판 1쇄 발행

저 자 카즈노 페후
일 러 스 트 준
옮 긴 이 손종근
발 행 인 유재옥
이 사 조병권
편 집 부 정영길 박치우 조찬희 이소의 정지원 최유정 김혜주
디자인랩팀 김보라 전세연
디지털사업팀 김지연 윤희진 장혜원
라이츠사업팀 김정미 이지현 유아현
영업마케팅팀 최원석 윤아림
물 류 팀 백철기 이새롬
경영지원팀 최정연
인쇄제작처 ㈜코리아피엔피
발 행 처 ㈜소미미디어
등 록 제2015-000008호
주 소 서울시 마포구 토정로222, 502호 (신수동, 한국출판콘텐츠센터)
판매 및 마케팅 (070) 8822-2301

ISBN 979-11-384-8799-3 [04830]
ISBN 979-11-6611-722-0 (세트)